本书为黑龙江省教育厅基本科研业务经费一般项目“唐代丹阳诗歌研究”（项目编号：1355MSYYB020），牡丹江师范学院博士科研启动经费项目“唐代润州诗歌创作主体研究”（项目编号：MNUB201905）课题的阶段性成果。

本书出版受到牡丹江师范学院地方优势特色学科资金资助（项目编号：DF-2017-10233-牡丹江师范学院-01-地方语言文学）。

唐代丹阳诗歌研究

辛馨 著

西安交通大学出版社
XI'AN JIAOTONG UNIVERSITY PRESS
国家一级出版社
全国百佳图书出版单位

图书在版编目(CIP)数据

唐代丹阳诗歌研究 / 辛馨著. — 西安 : 西安交通大学出版社，2021.3
ISBN 978-7-5693-2111-1

Ⅰ. ①唐… Ⅱ. ①辛… Ⅲ. ①唐诗-诗歌研究
Ⅳ. ①I207.227.42

中国版本图书馆 CIP 数据核字(2021)第 029087 号

书　　名 唐代丹阳诗歌研究
著　　者 辛　馨
责任编辑 赵怀瀛
责任校对 王建洪

出版发行 西安交通大学出版社
(西安市兴庆南路 1 号　邮政编码 710048)
网　　址 http://www.xjtupress.com
电　　话 (029)82668357　82667874(发行中心)
(029)82668315(总编办)
传　　真 (029)82668280
印　　刷 西安五星印刷有限公司

开　　本 720mm×1000mm　1/16　**印张** 13.75　**字数** 213 千字
版次印次 2021 年 3 月第 1 版　2022 年 3 月第 1 次印刷
书　　号 ISBN 978-7-5693-2111-1
定　　价 85.00 元

读者购书、书店添货，如发现印装质量问题，请与本社发行中心联系、调换。
订购热线：(029)82665248　(029)82665249
投稿热线：(029)82668133
读者信箱：xj_rwjg@126.com

序

唐诗以其独特的成就、灵动的韵致成为最能代表一代文学特色的作品，在其产生之后，吸引着历朝历代的学者前赴后继地对它进行研究，可谓代不乏人。改革开放以后，古典文学研究呈现出勃勃生机，作为古典文学中最为璀璨的明珠之一——唐诗，致力于它的研究者亦是层出不穷，正是基于这样的魅力，目前学界对唐诗的研究已经取得非常卓越的成绩。那么如何在前人的基础上找到新的学术生长点对于我和我的学生来讲都是一个值得深入思考的问题。对地域文学的研究早在上个世纪八九十年代即已肇始，后蔚为大观。但在具体研究的过程中，仍不乏一些可以挖掘的地方。唐代丹阳以其悠久的历史、独特的人文地理环境，吸引着优秀的文人在此流连往复，并创作出了大量的能够反映出丹阳地域文化的诗歌作品，此一选题一直是我较为中意的研究对象，至辛馨同学随我读博士，遂将其指定为该生的选题。辛馨同学在掌握大量相关文献的基础上，踏实钻研，博学审问，慎思明辨，对唐代丹阳诗歌这一具有鲜明地域性特色的文学创作做出自己的解读。在其博士毕业论文即将出版之际，辛馨同学请求我为之作序，我欣然同意。

辛馨同学的《唐代丹阳诗歌研究》秉承着对现有材料深耕细作的原则，通过详读文本的方式，以达到对丹阳这一地域文人创作分析以及再思考的目的。辛馨同学将唐代丹阳诗歌创作的主体分为三个维度，分别是：《丹阳集》所收录的诗人、大历及以后占籍丹阳的诗人以及唐代客居丹阳的诗人，包括在丹阳为官、隐逸于丹阳和曾在丹阳漫游过的诗人，分析其创作与丹阳地域文化的关系，得出一些有价值的学术见解。

《唐代丹阳诗歌研究》一书在研究方法上采用的是点面结合的方式，作者以《丹阳集》中的诗人、占籍丹阳和客居丹阳的诗人的创作进行归类，采取重点分析与丹阳相关的诗歌创作为主，并着眼于这些诗人的整体创作为辅的方式进行研究，以期达到点与面的结合。另外本书在一些地方运用比较的方法进行探究，有助于深入挖掘不同诗人创作背后的动因。例如权德舆与许浑，此二者均是丹阳较有代表性的诗人，有很多相似之处，但也有颇多相异之处，将二人进行比较，可得同中之不同，不同中之同。在研究角度上，侧重分析出诗歌创作与丹阳自然、地理、人文等相关地域文化影响的关系，将人物的生平与诗歌创作相结合进行研究，能够做到知人论世，颇具创见。

博士毕业论文的出版并不意味着学术研究的终结，关于唐代地域文学的研究在这里既不是起点也不是终点，该书虽然取得了一定的成果，但在研究对象和方法上还有进一步拓展的可能。唐代丹阳诗歌这一部分通过辛馨同学的研究已经取得了一些成绩，那么同时期地域性的文化，如何进行横向比较，能得出哪些新的结论，这些都是值得深入思考的问题，也是作者未来的研究方向之一。博士毕业既是一个终点，也是一个起点，愿我的学生再接再厉，不断取得新的成绩。

张安祖

2020 **年** 11 **月**

目　录

绪　论

中国古代关于地域的思维传统源远流长。《左传・襄公二十九年》中记载著名的"季札观乐"，就是对不同地域的诗乐会表现出来不同的思想感情的论述。而后《史记・货殖列传》也将自然环境与民风民俗联系起来。《汉书・地理志》划野分州，兼论水土风气与民间习俗的关系。《隋书・文学传序》中提到的"江左宫商发越，贵于清绮；河朔词义贞刚，重乎气质"①，反映出对南北文学差异的认识。从先秦到唐初，许多人已经注意到南北方文学之不同，并形诸文字，不同的地域有不同的文化与文学特色。历史演进到了唐代，地域性更加鲜明，殷璠《丹阳集》的编撰以及唐人创作的与丹阳相关的诗歌，都是丹阳独特文化影响下的产物。

一、选题的缘起与价值

丹阳自古即具有丰富的自然、人文、地理文化资源，在自然地理空间方面，丹阳是长江与运河的交汇处，南来北往之人多在此取道。丹阳地处"吴头楚尾"，亦是齐梁旧地，文化上呈现出兼容并包的特点。在人文历史空间方面，丹阳道教与佛教发展均比较兴盛。丹阳境内的茅山是道教上清派的发祥地，唐代佛教禅宗中的牛头宗在此地区迅速发展，丹阳众多的寺庙也为士大夫与高僧切磋吟咏以求儒佛交融提供了有利的平台。北固山、焦山、金山合称"京口三山"，以其所承载的历史人文典故而闻名，这些都可以归结到地域文化的范畴之内。对于地域文化内涵，历来有诸多解释，本书所采用的是白欲晓在《"地域文化"内涵及划分标准探析》(《江苏社会科学》，2011 年第 1 期）中对"地域文化"的界定，她认

① 隋书[M]. 北京：中华书局，1972：1730.

为用“具有地域特征和属性的文化形态”来概括“地域文化”较为恰当，并将“地域文化”划分为两个维度：一个是自然地理空间，另一个是人文历史空间。但自然地理环境自身无法构成“地域”的概念，还包括“自然的人化”对自然地理空间加以塑造的结果，也即“地域”意指一种“人化”的地理空间①。在这样的条件下，唐人创作了相当数量与丹阳相关的诗，然而唐代丹阳当地所孕育的诗人以及客居此地的诗人在丹阳创作的作品与丹阳地域文化的互动关系一直以来在学界没有得到应有的关注。

(一)关于“丹阳”辖属的界定

丹阳辖属的变化，新、旧《唐书》的表述不尽相同，但差别不大，主要包括丹徒、曲阿(即丹阳)、延陵、金坛、上元县(即江宁)和句容县②。唐玄宗天宝元年(742 年)正月，润州更名为丹阳郡，肃宗乾元元年(758 年)又改为润州。

(二)主要的研究对象

《唐代丹阳诗歌研究》的研究对象主要由三部分组成。

第一部分是《丹阳集》诗人群，以《丹阳集》收录的 18 位诗人为研究对象，这些人的基本情况在《新唐书·艺文志》(四)《包融诗》下注可见：“融与储光羲皆延陵人；曲阿有余杭尉丁仙芝、缑氏主簿蔡隐丘、监察御史蔡希周、渭南尉蔡希寂、处士张彦雄张潮、校书郎张晕、吏部常选周瑀、长洲尉谈戭，句容有忠王府仓曹参军殷遥、硖石主簿樊光、横阳主簿沈如筠，江宁有左拾遗孙处玄、处士徐延寿，丹徒有江都主簿马挺、武进尉申堂构，18 人皆有诗名。殷璠汇次其诗，为《丹杨集》者。”③《丹阳集》所选录的 18 位诗人现存 49 首诗④，这些诗在反映江南地域文化上取得了一定的成绩。

第二部分是大历至唐末占籍丹阳的诗人，包括皇甫曾、皇甫冉、包何、包佶、戴叔伦、权德舆、许浑、储嗣宗等人，这些诗人与《丹阳集》诗人群相较而言，除所处的时代不同外，因史料记载较多，故一生行迹更为清晰。这几位诗人中皇甫冉、戴叔伦、权德舆与许浑的文学成就较高，创作

---

① 白欲晓.“地域文化”内涵及划分标准探析[J].江苏社会科学.2011(1):76.

② 丹徒、曲阿(即丹阳)、延陵、金坛四县一直辖于润州，上元县(即江宁)和句容县曾于至德二年(757 年)至上元二年(761 年)及光启三年(887 年)至唐末辖属于升州，其余大部分时间辖属于润州。

③ 新唐书[M].北京：中华书局，1975：1609 - 1610.

④ 现存《丹阳集》共存诗 20 首，《丹阳集》诗人创作未收在《丹阳集》中，收在《全唐诗》中共 29 首，这部分诗称为“集外诗”，未计储光羲诗歌在内。

与丹阳相关诗歌数量较多，是本书第三章研究的重点。包何、包佶二人虽占籍丹阳，但流传下来的作品数量较少，且甚少直接与丹阳相关，所以二人不纳入本书的研究范围之内。

第三部分是唐初至唐末客居丹阳的诗人，这些诗人的籍贯并非丹阳，但是曾在丹阳作过官、生活过、游历过，他们的部分诗歌亦是丹阳地域文化影响下的产物。客居丹阳的诗人可以分为三类：第一类是到此为官的，如李德裕、李绅；第二类是在丹阳隐居的，如顾况、张祜；第三类是因各种原因寓居丹阳的，如王昌龄、杜牧、皮日休、陆龟蒙等人。这些诗人有的在丹阳生活了若干年，有的在丹阳路过，他们的共同之处在于创作出了吟诵丹阳山川风物的诗歌。

笔者根据《全唐诗》《全唐诗补编》《全唐诗续拾》《唐五十家诗》以及诗人文集的现代整理本将唐代占籍丹阳的诗人及其创作概况进行统计，以表格的方式表述出来，见表 0－1。

表 0－1　唐代占籍丹阳诗人及存诗概况一览表

籍贯	姓名	生卒年	官职	存诗概况
丹徒	马怀素	659—718 年	刑部侍郎、户部侍郎	《全唐诗》存诗 12 首
	马挺	694—745 年①	余杭郡盐铁主簿、广陵郡江都主簿、河南府济源主簿②	《丹阳集》无录诗，《全唐诗》无存诗
	申堂构	不详	武进尉	《丹阳集》录残句 1 则
	张众甫	不详	河南寿安县尉	《全唐诗》存其诗 3 首
	权徹	不详	不详	《全唐诗》存诗 1 首
	权器	不详	不详	《全唐诗》无存诗
	权德舆	759—818 年	三知贡举，位历卿相	郭广伟点校的《权德舆诗文集》共收权德舆诗 382 首
	权审	不详	常侍	《全唐诗》存诗 2 首

① 杨琼，胡可先. 新出墓志与《丹阳集》诗人考辨[J]. 陕西师范大学学报（哲学社会科学版），2014(2)：125. 该文根据《马挺墓志》后文的记载，马挺于天宝四年九月八日终于永丰里私第，春秋 51 岁。推算马挺生卒年为公元 694—745 年。

② 《新出墓志与〈丹阳集〉诗人考辨》一文结合《马挺墓志》考察得知马挺入仕之前，曾有“生徒”和“乡贡”两种科举经历，但因两次“丁忧”而中断。“丁忧”之后，在开元、天宝年间前后分别担任过余杭郡盐铁主簿、广陵郡江都主簿及河南府济源主簿等职。

续表

籍贯	姓名	生卒年	官职	存诗概况
曲阿（丹阳县）	丁仙芝	不详	余杭尉	《长宁公主旧山池》《剡溪馆闻笛》和残句2则为《丹阳集》收录，《全唐诗》存诗14首，残句2则
	蔡隐丘	不详	缑氏主簿	《石桥琪树》与残句1则为《丹阳集》收录，《全唐诗》存诗1首，残句1则
	蔡希周	不详	监察御史	《奉和扈从温泉宫承恩赐浴》为《丹阳集》收录，《全唐诗》存诗1首
	蔡希寂	不详	渭南尉	《陕中作》和残句1则为《丹阳集》收录，《全唐诗》存诗5首。《全唐诗补编》补诗1首《扬子江夜宴》，《全唐诗续拾》卷十三补残句1则
	谈戭	不详	长洲尉	《清溪馆作》和残句1则为《丹阳集》收录，《全唐诗》存诗1首，残句1则
	周瑀	不详	吏部常选	《潘司马别业》《送潘三入京》为《丹阳集》收录，《全唐诗》存诗3首
	张彦雄	不详	处士	《全唐诗续拾》存诗2首
	张潮	不详	处士	《江风行》为《丹阳集》收录，《全唐诗》存诗5首，残句1则
	张晕	不详	校书郎	《绝句》为《丹阳集》收录，《全唐诗》存诗2首
	陶翰	不详	华阴丞、思陟大理评事、太常博士、礼部侍郎	《全唐诗》存诗16首
	皇甫冉	717—770年	无锡尉、左金吾兵曹、右補阙	《全唐诗》存诗241首，残句1则
	皇甫曾	不详	侍御史、舒州司马、阳翟令	《全唐诗》存诗48首
	许浑	788—860年①	当涂、太平令，监察御史，润州司马。历虞部员外郎，转睦、郢二州刺史	罗时进笺证《丁卯集笺证》共收许浑诗537首

① 采用罗时进关于许浑生卒年的考证。

续表

籍贯	姓名	生卒年	官职	存诗概况
金坛	戴叔伦	732—789 年	新城令、东阳令、抚州刺史、容管经略使	蒋寅校注《戴叔伦诗集校注》中收可确认为戴叔伦作诗共 190 首
延陵	包融	不详	集贤殿学士、大理司直、秘书监	《阮公啸台》《送国子张主簿》为《丹阳集》收录,《全唐诗》存诗 8 首
	包何	不详	起居舍人	《全唐诗》存诗 19 首
	包佶	727?—792 年	谏议大夫、汴东两税使、诸道盐铁轻货钱物使、刑部侍郎、秘书监	《全唐诗》存诗 38 首,《全唐诗外编》补包佶诗 1 首
	储光羲	约 707—约 763 年	监察御史	《田家杂兴》《行次田家澳梁作》《夜到洛口入黄河》收录在《丹阳集》中,《全唐诗》存诗 227 首,《唐五十家诗》收其逸诗 1 首
	储嗣宗	不详	校书郎	《全唐诗》存诗 40 首,《全唐诗外编》补诗 1 首
句容	沈如筠	不详	横阳主簿	《寄张徵古》和残句 2 则为《丹阳集》收录,《全唐诗》存诗 4 首
	殷遥	不详	忠王府曹参军	《友人山亭》《春晚山行》(又称《山行》)为《丹阳集》收录,《全唐诗》存诗 5 首
	樊晃(一作光)	不详	硖石主簿	《丹阳集》录其残句 1 则,《全唐诗》存诗 1 首,残句 1 则
	周元范	不详	不详	《全唐诗》存诗 2 首,残句 2 则
	祝元膺	不详	不详	《全唐诗》存诗 3 首,残句 1 则
	刘三复	不详	刑部侍郎、弘文馆学士	《全唐诗》存诗 1 首
	刘邺	?—880 年	左拾遗、翰林学士、中书舍人、户部侍郎、翰林学士承旨、礼部尚书	《全唐诗》存诗 2 首

续表

籍贯	姓名	生卒年	官职	存诗概况
江宁（上元）	庾抱	？—618年	中书舍人、太子舍人	《全唐诗》存诗3首
	徐（一作余）延寿	不详	处士	《折杨柳》为《丹阳集》收录，《全唐诗》录其诗5首，残句2则
	孙处玄	不详	左拾遗	《失题》为《丹阳集》收录，《全唐诗》收其诗2首，残句2则
	冷朝阳	不详	太子正字、监察御史	《全唐诗》存诗11首，《全唐诗补编》存诗1首

（三）研究目的和意义

本书的研究主要立足于诗歌的发生发展与丹阳特定地域的自然环境、风俗习惯、社会历史等文化因素之间的联系，并找出一定的关联性。曾大兴在《文学地理学研究》一书中认为："文学重心的分布也是有规律可循的。从周秦到清代，从全国到各个文化区，我们都不难发现，文学重心的分布大体呈现为四大'节点'，京畿之地、富庶之区、文明之邦和开放之城。"①在这四个节点中除"京畿之地"之外，其他三点丹阳都位列其中，在这种条件下创作出来的诗歌，有进行研究的价值与意义。就目前的研究情况来看，唐代丹阳诗的研究还有继续开拓与深入的必要，主要体现在以下几个方面：第一，目前对占籍丹阳及客居丹阳诗人的诗歌与丹阳地域文化关系的关照多是散乱的，没有完整性与系统性，且没有根据这些诗人的行年确定他们在丹阳的创作及创作与丹阳相关的诗，并且没有出现具体研究这些诗人与该地地域文化关系的博士论文，所以对唐代丹阳诗作为整体来进行研究有一定的必要。第二，对丹阳诗的研究可以达到"以诗存文化"的目的。唐代丹阳的历史风貌可以在一定程度上通过描写丹阳的诗歌体现出来，通过这些诗，可以看到一千多年前唐代丹阳城的面目。随着岁月的迁移，一些遗迹已经消失在历史的长河中。比如薛据的《西陵口观海》中有"长江漫汤汤，近海势弥广"②这样的诗句，唐时西津渡附近江面宽阔，长江入海口离此不远。又如刘沧的《宿题

① 曾大兴.文学地理学研究[M].北京：商务印书馆，2012：74－75.

② 全唐诗[M].北京：中华书局，1960：2853.

金山寺》中有“海门烟树潮归后，江面山楼月照时”[①]这样的诗句，因唐时丹阳江面宽阔，长江入海口离此不远，故把焦山与松廖山之间的江面称为海门。今天长江的入海口已经没有了当年的胜景，今人只能通过唐诗来了解丹阳当时的地理条件。

目前学界对唐代丹阳诗的研究已经取得了一些成绩，但还是存在极大深入的空间。本书立足文本，将丹阳诗从文学与文化的角度进行分析，希望可以对现有的研究不足之处加以补充，并进行全面系统的研究。

二、唐代丹阳诗歌研究现状

唐代丹阳诗歌研究现状分三部分：第一部分是现今学界对《丹阳集》的研究成果；第二部分是对大历及其后占籍丹阳诗人的研究成果；第三部分是对客居丹阳诗人创作的研究。

（一）对《丹阳集》的研究

陈尚君所撰的《唐代文学丛考》（中国社会科学出版社，1997 年版）中有《殷璠〈丹阳集〉辑考》，陈尚君根据其他古籍中所存《丹阳集》诗人及诗歌残句，整理出现存规模的《丹阳集》，并指出诗及残句所存之处。该篇文章对《丹阳集》的结集时间、收诗情况、收录范围、收录标准以及与《河岳英灵集》的关系一一梳理，考辨精深。该书对后学研究《丹阳集》具有十分重要的作用。

由于《丹阳集》现存诗并不多，故而无法对其进行系统深入之研究，以其为研究对象单篇论文较少，主要有以下几篇。吕玉华的《丹阳集考辨》（《文献》，2003 年第 2 期）一文对《丹阳集》成书时间进行再探讨。在陈尚君考证《丹阳集》结集时间约在开元二十三年至二十九年之间的基础上，吕玉华提出自己新观点：《丹阳集》最后编成时间应在天宝元年润州改名为丹阳之后，乾元元年再次改名为润州之前，考辨的思路缜密。同时吕玉华指出殷璠评语可分两类，即“肯定其骨力体调，不同流俗”[②]与“语言婉约清丽，善用声色，多精心剪裁”[③]，这里指出了殷璠肯定“骨力”的一方面，但又说他的语言讲究“声色”，倒向齐梁诗风，显然存在错

---

① 全唐诗[M]. 北京：中华书局，1960：6800.

② 吕玉华.《丹阳集》考辨[J]. 文献，2003(2)：54 - 55.

③ 吕玉华.《丹阳集》考辨[J]. 文献，2003(2)：54 - 55.

误，因为在《丹阳集》中评丁仙芝诗："仙芝诗婉丽清新，迥出凡俗，恨其文多质少。"[①]从这句评语可见殷璠是反对"文多质少"的。乔长阜的《蔡希周兄弟事迹与〈丹阳集〉成书时间考》(《镇江高专学报》，2004 年第 4 期)一文结合蔡希周墓志考证了蔡希周的先世、籍贯、表字、生卒年、仕历及与蔡希寂的关系，以及蔡希寂的仕历、表字等，大多可补相关记载的缺略。乔长阜对《丹阳集》的成书时间进行了重新界定，认为当成书于天宝元年、二年间，很有可能就是天宝元年。乔长阜的《〈丹阳集〉和盛唐润州籍诗人》(《镇江日报》，2009 年 8 月 8 日)和周衡的《殷璠〈丹阳集〉选诗风格论》(《名作欣赏》，2012 年第 12 期)这两篇论文集中探讨《丹阳集》的选录标准、诗人生平、地域特色等方面的相关内容。杨琼、胡可先的《新出墓志与〈丹阳集〉诗人考辨》(《陕西师范大学学报：哲学社会科学版》，2014 年第 3 期)一文结合新出土墓志提供的《丹阳集》诗人的新材料，印证传世文献，解开了该集研究的一些待发之覆。《马挺墓志》的发现使马挺的生平得到完整呈现，纠正了学界普遍认为"马挺为马怀素之弟"的错误论断。《蔡希周墓志》的出土，使得《丹阳集》中蔡希逸、蔡希周、蔡希寂兄弟三人的事迹得到一定程度上的补充。《包陈墓志》的出土有助于对包融、包佶、包何父子三人的生平与创作进行考察。新出土墓志还有诗人丁仙芝、申堂构、孙处玄的相关材料，为他们仕历研究提供了支撑，并推断出《丹阳集》的结集时间当在开元二十九年至天宝二年之间。杨琼、胡可先的这篇论文对《丹阳集》诗人的研究提高了一个层次，而且材料翔实、论证有据，有矫正前人错误论断之功。

以上几篇论文的优点在于对《丹阳集》结集时间进行考证，并结合《新出墓志与〈丹阳集〉诗人考辨》中所选诗人的相关生平事迹，这些研究成果的出现有助于使《丹阳集》的资料以及相关作家的生平事迹逐步完整。不足之处在于：第一，缺乏对《丹阳集》诗歌总体风貌的概述。第二，虽然这些论文在提及《丹阳集》时都认为这是一部地域性诗歌选集，但是这种地域性在《丹阳集》中是如何体现的，相关论述比较少。

马冠芳的《唐代润州诗歌研究》(陕西师范大学 2010 年硕士学位论文)一文是目前为止，唯一一篇以润州诗歌为研究对象的硕士学位论文。全文内容分四章：第一章概述吴文化影响下唐代润州区域文化。第二章

① 唐人选唐诗新编[M]. 北京：中华书局，2014：126.

分析唐代润州籍诗人诗歌创作中的润州特色:第一部分对唐代润州诗人的诗歌创作进行总述;第二部分以盛、中、晚唐的时代划分探讨润州诗人的创作成果及表现出来的地域特征;第三部分是分析润州文学家族的创作情况。第三章是将唐代客居润州诗人的诗歌创作主题类型归纳为三个方面:送别酬赠、伤己思乡、隐逸情怀。第四章是介绍唐代润州诗歌的艺术特色:①清润婉致的意象,作者将润州诗歌中常见的意象进行总结,由于对润州山水的审美认同,诗人所选取的意象也大多集中在水、溪、泉、烟、雾、花、柳等具有江南特色的意象上;②清幽浑融的意境,作者认为润州诗歌摆脱了齐梁情、物相隔的状态,融入了诗人自身的人生体验,从而呈现出情景混融、兴象玲珑的意境;③清新自然的语言,受江南吴歌吴语的影响,润州诗歌从清丽浅近的乐府民歌和声韵婉转的吴侬软语中吸取养料,呈现出自然流畅如清水芙蓉般的语言特色。此篇论文优点在于紧紧围绕润州诗歌进行论述,无论是润州籍诗人,还是客居润州的诗人,论文作者都选择与"润州"相关的诗来进行主题类型与艺术特色的分析。其不足在于:第一,选代表作家时,所选有代表性的诗歌数量较少,对诗人诗歌分析浅尝辄止,并未对《丹阳集》所体现出的诗歌风貌与这些诗人《丹阳集》之外的诗歌进行探讨。作者在论述权德舆、许浑等人创作于润州或与润州相关的一些诗歌时缺乏典型性,选择分析的诗歌并不都与润州相关。第二,该论文作者在研究诗人创作是如何受地域文化影响时,所选择的一些如水、溪、泉、烟、雾、花、柳等自然物象,大都并非润州所特有,缺乏典型性。石树芳的《唐人选唐诗研究》(浙江大学 2013 年博士学位论文)的第五章第三节对《丹阳集》诗人之"仕宦不达"进行考辨,从诗歌的形式、内容到诗风分析,认定《丹阳集》为典型宫廷选本,见解与学界主流认为《丹阳集》是一部地域性诗歌选集有所不同。本书笔者认为石树芳有的观点值得商榷。

(二)占籍丹阳作家个案研究

占籍丹阳诗人取得较高成就的主要包括储光羲、皇甫冉、皇甫曾、包何、包佶、权德舆、许浑等人。储光羲为《丹阳集》所收录的作家,其他几位为大历时期到晚唐占籍丹阳的诗人。

1. 储光羲

储光羲,延陵人,祖籍兖州。他是盛唐时期著名的山水田园派诗人,也是唯一一位被殷璠同时收录在《丹阳集》和《河岳英灵集》中的盛唐诗人,可见殷璠对其十分推崇。根据顾况在《监察御史储公集序》中的记载:“其文章赋论,凡七十卷”①,可见储光羲著作颇丰。与储光羲同时代的殷璠认为他的诗“格高调逸,趣远情深,削尽常言,挟风雅之道,得浩然之气”②。殷璠推崇其诗并认为他与王昌龄“两贤气同体别”③。

近些年出现多篇研究储光羲诗歌的硕士学位论文,如杨卫军的《储光羲诗歌艺术研究》(南京师范大学 2003 年硕士学位论文)、曹茜的《储光羲诗歌用韵研究》(兰州大学 2007 年硕士学位论文)、张晓花的《储光羲诗歌与王孟诗歌比较研究》(广西师范大学 2010 年硕士学位论文)等近十篇,这些论文研究的角度各有不同侧重,有的对储光羲进行全面研究,有的选择储光羲的五言古诗作为研究对象,有的将储光羲与唐代其他诗人进行比较研究。

早年研究储光羲的单篇论文中多集中在对其生平、籍贯的考证上面,如李永祥、于友发的《储光羲事迹考略》(《东岳论丛》,1984 年第 4 期),赵路保的《储光羲的里贯辩正》(《吉林师范学院学报(哲学社会科学版)》,1985 年第 12 期)以及李金坤的《储光羲里贯、生卒年考辨》(《文学遗产》,1991 年第 5 期)等。储光羲的籍贯有山东兖州与润州延陵两种说法,李金坤结合储光羲的诗歌创作等信息考证储光羲的家乡应为润州延陵,并对其生卒年进行了考辨。

近年学界对储光羲诗歌的研究取得了较大的成绩,论文数量较多,这些论文主要从储光羲对陶渊明的继承方面、储光羲的山水田园诗的创作以及所取得的成绩、五言古诗的创作这几个角度进行阐发,肯定了储光羲在唐代山水田园诗发展过程中起到的重要作用,如刘继才的《论储光羲——兼与陶渊明等相比较》(《辽宁教育学院学报》,1992 年第 1 期),李金坤的《储光羲山水田园诗的审美特征与文学地位》(《常州工业技术学院学报》,2000 年第 3 期),李金坤的《储光羲山水田园诗新论》(《钦州师范高等专科学校学报》,2000 年第 3 期),黎鲜的《储光羲田园诗对陶渊明田园诗的吸收和创新》(《广西师范学院学报》,2005 年第 1 期),杨卫军的《词简味长 远中含淡——诗论储光羲诗歌之语言艺术》

---

① 全唐文[M]. 北京:中华书局,1983:5368.

② 唐人选唐诗新编[M]. 北京:中华书局,2014:239.

③ 唐人选唐诗新编[M]. 北京:中华书局,2014:245.

(《乐山师范学院学报》,2006 年第 1 期),竺济法的《储光羲研究三题》(《常州工学院学报:社科版》,2007 年第 3 期),严秀女的《储光羲与陶渊明田园诗之比较》(《昭通师范高等专科学校学报》,2007 年第 1 期),冯建国的《储光羲诗歌新论》(《学术界》,2007 年第 3 期),陈静的《论储光羲的田园山水诗》(《太原大学学报》,2008 年第 3 期),薛白的《储光羲与佛教》(《天府新论》,2009 年第 1 期),贺剑飞、牛海蓉的《论储光羲诗歌的民本思想》(《北京理工大学学报:社会科学版》,2009 年第 5 期),孙明材的《"行针布线":韩驹、储光羲诗的相似处》(《西南交通大学学报:社会科学版》,2009 年第 6 期),赵舒的《储光羲五言古诗的创作技法》(《写作》,2011 年第 7 期),刘燕的《从储光羲诗歌看盛唐田园诗之新变》(《社会科学论坛》,2013 年第 9 期),赵舒的《储光羲的仿古心态及其致力五古的缘由》(《钦州学院学报》,2014 年第 2 期)。

除此之外,已经有研究者注意到储光羲诗歌创作与其家乡的关系,如陆亮的《隐与仕的双重矛盾——储光羲诗歌创作的地域文化关照》(《太原城市职业技术学院学报》,2009 年第 2 期)一文中认为储光羲的家乡既有隐逸文化的传统,也有仕进文化的地域文化特征。储光羲创作的大量田园诗既有反映隐逸思想、艺术风格清远高洁的作品,也有诉说不能得志、驰骋边疆的豪情及四平八稳的酬唱应制诗。他诗作的这两个方面正是储光羲内心隐与仕的矛盾,也是他家乡隐逸文化传统与现实中仕进冲突的产物。吴芳婷的《趣远情深 诗情画意——诗论储光羲在金坛的诗歌创作》(《安徽文学》,2011 年第 7 期)一文着重探讨储光羲在金坛所作的诗歌,通过赏析这些诗歌明确储光羲前后期思想转变以及晚年归隐的原因。

总之,对储光羲的研究取得比较丰硕的成果,已有人注意到储光羲诗歌与其家乡金坛的关系,但只论述了储光羲在金坛创作的诗歌与他仕隐之辨的关系,没有涉及储光羲创作于丹阳的其他诗歌与家乡文化的关系。

2. 皇甫冉、皇甫曾

皇甫冉,字茂政,皇甫曾,字孝长,皆丹阳县人。皇甫兄弟二人主要生活在唐肃宗、代宗时期,长于诗。

对皇甫冉、皇甫曾的研究并非学界的热点,论文数量不多。早年有钱时霖的《皇甫兄弟与茶》(《福建茶叶》,1987 年第 2 期)一文,该文以诗为证考证皇甫兄弟与“茶神”陆羽的关系。储仲君的《皇甫冉考论》(《山西大学师范学院学报:综合版》,1991 年第 1 期),结合皇甫冉已知的履历和诗作推断他的生卒年。储仲君的《皇甫冉诗疑年》(《山西大学师范学院学报:综合版》,1993 年第 1 期)、熊飞的《皇甫曾贬舒州时间考》(《咸宁师专学报》,1993 年第 1 期)、储仲君的《皇甫曾诗疑年》(《晋阳学刊》,1994 年第 2 期)、黄桥喜的《版本考皇甫冉诗集》(《孝感师专学报》,1994 年第 3 期)等,这些论文集中于对诗人生卒年、诗歌艺术、诗集版本、诗歌系年等的考证上面。张云婕的《二皇甫研究》(陕西师范大学 2007 年硕士学位论文)一文重点放在研究皇甫兄弟诗歌之异同上,在此篇论文第二章第二节探讨了二皇甫与吴中地域文化的关系,在交代吴地文化特征与内涵后,点出二皇甫受吴地文化最明显的影响是性格的宽容与闲适。王超的《皇甫曾研究》(陕西师范大学 2013 年硕士学位论文)一文分三部分,分别为:皇甫曾生平考;皇甫曾诗集版本流传、创作风格及评价研究;皇甫曾诗编年校注。该论文逻辑严谨,考证细密。杨春晓的《唐代润州文化氛围对二皇甫创作的影响》(《文学教育》,2015 年第 10 期)一文认为二皇甫的诗歌创作深受丹阳一带盛行的群贤宴集诗酒文会以及其家学底蕴的影响,但论文只是对大历时浙东与浙西联唱以及二皇甫家族家学传承进行铺叙,并未对此种影响在二皇甫创作中的具体体现进行论析。

对皇甫曾、皇甫冉诗歌的研究优长在于,上述成果研究角度已比较全面,但也存在一定的不足之处,其不足之处主要在于对二皇甫创作的与家乡相关的诗歌与该地地域文化的关系认识不够重视,未能将二皇甫诗歌风貌的形成与其家乡的文化氛围结合起来进行研究。

3. 包何、包佶

包何,字幼嗣,包佶,字幼正,皆延陵人。二人是“吴中四士”之一包融之子,合称“二包”。关于包佶研究的单篇论文较多,如:陶敏的《〈唐才子传校笺〉包佶等传补笺》(《湘潭师范学院学报:社会科学版》,1992 年第 1 期),这篇文章对包佶、李嘉佑、鲍防、郎士元、灵一等五人传记笺语进行补充和订正,通过进一步考证,澄清若干史实的疑点,补充一些较少为人引用的文学史料,对中唐诗歌和诗人生平研究具有重要意义。蒋寅的《诗人包佶行年考略》(《唐代文学研究》第一辑)和《大历诗人札记(续)——包佶》(《漳州师院学报》,1994 年第 3 期),这两篇文章对包佶行年进行考证，对正确认识包佶一生大事有很大帮助。张强的《包佶考证》（湘潭大学 2008 年硕士学位论文）一文以搜集、整理、考证唐史料中大历诗人包佶的记载为铺垫，将包佶的生平行年、诗歌系年、交游游历进行考证，附录中有包佶诗歌作统计年表，以及明铜活字《包佶集》所录的包佶诗 36 首，是对包佶全面研究的一篇论文，材料翔实，考辨细密。丁清华的《包何生卒年考兼论“泉州”为何地》（《福建文博》，2012 年第 4 期）一文根据包融与包佶生卒年推断包何生年绝不晚于公元 726 年，卒年不应晚于 784 年，更可能于公元 780 年就已去世的结论。刘卓的《“三包”考辨》（华中师范大学 2015 年硕士学位论文）一文采用文献考辨的方法，对包融、包何、包佶父子三人的生平、诗文、交游等进行考证与辨析。胡可先的《论包佶、李纾与贞元诗风》（《学术界》，2015 年第 6 期）一文以新出土的《郭晞墓志》为切入点，借包佶、李纾的文学影响来研究贞元文学，视角比较新颖。于蕾的《包融及包何、包佶诗歌考辨》（《甘肃广播电视大学学报》，2016 年第 4 期）一文对包融、包何、包佶三人诗歌与其他诗人重复的部分，以及未收录到《全唐诗》中的诗歌进行了相关的考辨，将缺省的诗歌进行了增补。目前学界对包何、包佶的研究更多地集中在其生卒年、诗文、交游的考证上面，对他们二人诗歌创作的成绩与不足缺乏相应的关注。

4. 戴叔伦

戴叔伦，字幼公（一作次公），一作名融，字叔伦，金坛人，是大历贞元之际较为有名的诗人。《全唐诗》收戴叔伦诗歌 300 余首，但滥收误收情况在唐人诗集中实为罕见。

蒋寅对戴叔伦诗文的研究取得了丰硕的成果，成绩可谓独树一帜。在单篇论文方面，蒋寅的《戴叔伦的传记碑文及其诗文辑佚》（《镇江师专学报：社会科学版》，1985 年第 2 期）一文对戴叔伦相关的文章及诗歌作品进行辑佚，《戴叔伦任东阳令考——兼谈〈唐东阳令戴公去思颂〉的新发现》（《广西师范大学学报：哲学社会科学版》，1986 年第 4 期）一文为研究戴叔伦生平提供直接的材料，《论戴叔伦诗》（《文学遗产》，1988 年第 1 期）一文是一篇对戴叔伦诗歌创作活动、艺术风格进行深入全面探讨的论文，该文还对戴叔伦在诗歌发展史上的地位与影响做了较高的评价，《戴叔伦两居江西辩证》（《咸宁师专学报》，1991 年第 2 期）一文对戴叔伦两居江西进行辩正，使得戴叔伦的履历更加完整清晰。在研究戴叔伦的专著方面有蒋寅校注的《戴叔伦诗集校注》(上海古籍出版社,2010年版),该集资料详备,考辨精深,颇多创获。全书将戴诗分为编年部分、不编年部分、备考部分、伪作部分,爬梳分类甚详。蒋寅所著的《大历诗人研究》(北京大学出版社,2007年版)一书中“上编”第一章“地方官诗人的代表——戴叔伦”中对戴叔伦的年表、生平和诗歌创作的成绩与不足均有全面详细的论说。“下编”第二、三、四章分别为戴叔伦年表、戴叔伦生平考证、戴叔伦作品考述三部分,这三部分可以认为是对“上编”中关于戴叔伦部分的补充与扩展。

研究戴叔伦的硕士学位论文有王乐为的《论戴叔伦及其诗》(西北师范大学2006年硕士学位论文)与高中坡的《戴叔伦诗歌研究》(河北大学2008年硕士学位论文),这两篇硕士论文对戴叔伦的研究从生平履历延展到诗歌创作,角度比较全面。研究戴叔伦的单篇论文有以下文章:孔英的《唐代诗人戴叔伦小议》(《延边大学学报:哲学社会科学版》,1980年第2期)一文对戴叔伦为贞元十六年进士的旧说进行了辩驳,认为戴叔伦根本不是进士出身。李金坤的《戴叔伦及其诗歌初探》(《常州工业技术学院学报》,1991年第3期)一文对戴叔伦的生平、思想及诗歌做了进一步的探研。熊飞的《戴叔伦生平考补》(《华中师范大学学报:哲学社会科学版》,1995年第2期)、《戴叔伦交游考》(《渭南师专学报》,1992年第2期)、《戴叔伦年谱简编》(《抚州师专学报》,1994年第4期)对戴叔伦生平交游做了一定探讨。段承校的《戴叔伦事迹补正》(《陕西师范大学学报:哲学社会科学版》,1995年第1期)、陈钧的《戴叔伦是进士吗》(《江苏地方志》,1998年第3期)及王乐为的《戴叔伦非进士出身补正》(《佳木斯大学社会科学学报》,2005年第6期)对前人研究进行了补正。王佃启的《戴叔伦若干诗作辨伪补正》(《中国社会科学院研究生院学报》,2006年第3期)、高中坡的《“东邻西舍花发尽,共惜馀芳泪满衣”——唐代诗人戴叔伦妇女诗研究》(《太原城市职业技术学院学报》,2009年第2期)、王乐为的《戴叔伦诗歌意象新解》(《佳木斯大学社会科学学报》,2009年第3期)、赵红爱的《论戴叔伦的仕隐与诗歌》(《内蒙古农业大学学报:社会科学版》,2009年第5期)、董赟的《戴叔伦诗歌创作类型及风格浅析——兼论其与大历诗风的关系》(《安徽文学》,2014年第5期)等论文对戴叔伦的诗歌从意象、与仕隐的关系、创作类型等角度进行了探讨。

目前学界对戴叔伦的研究从文集的校注、生平履历的考证、诗歌艺术的研究等各个角度，可谓详备。但是从戴叔伦的诗歌创作与家乡地域文化关系角度进行研究的文章很少或者可以说没有，研究有待进一步深入。

5. 权德舆

权德舆，字载之，生于丹阳县，他是唐德宗、宪宗时期的政治家、文学家。他在中唐贞元、元和时期颇有文名，被时人视为文坛盟主，曾改革科举考试内容，对古文运动有很大推动作用。《全唐诗》编其诗为 10 卷，《全唐诗补编・补逸》卷六补诗 1 首，《续补遗卷五》补诗 7 首，《续拾》卷二十三补诗 2 首。《全唐文》编其文为二十七卷(卷 483—509)，《唐文拾遗》卷二十四补其文 1 篇。目前最好的研究著作要数郭广伟校点《权德舆诗文集》(上海古籍出版社，2008 年版)，该书在点校工作之外，在底本摭遗、增加附录的基础上，增为补遗 1 卷，附录四种，包括碑志传记、序跋著录、诗文集评和年谱简编等。

权德舆诗文存世量相较其他作家为多，且文学地位较为突出，近些年对于权德舆的研究的力度有所加强。较早研究权德舆的博士学位论文有严国荣的《权德舆研究》(陕西师范大学 2004 年博士学位论文)，全文除“引言”外，共分五章。第一章是对权德舆生活时代前后唐王朝社会历史文化背景的简要回顾和描述；第二章是对权德舆家世、生平、学问、交游等基本问题的勾稽和考辨；第三章专门研究了权德舆的思想渊源；第四章探讨了权德舆的文和文论；第五章主要探讨了权德舆的诗论和诗歌创作。这篇论文是一篇全面研究权德舆生平、思想、文学创作的学位论文，其不足之处在于对权德舆生平、思想内容考证颇多，而对其诗歌、文章内容分析较少，尚不足论文总量的二分之一，故有本末倒置之嫌，有进一步补充的空间。蒋寅研究权德舆也取得了较大的成绩，在其所撰的《权德舆与唐代的赠内诗》(《山西大学师范学院学报》，1999 年第 1 期)一文中认为从李白、杜甫以降，唐代诗人的赠内诗都是以男性中心主义的态度，着重描写妻子对自己的眷恋，而权德舆却是站在平等的立场，将妻子作为读者，表达各种情景中的对妻子的爱情，可以说权德舆是“赠内诗”这一诗歌类型的确立者。该文分析鞭辟入里，对后学有很大启发性。蒋寅的《权德舆与贞元后期诗风》(《唐代文学研究》第五辑)中认为贞元八年(792 年)由幕府入朝的一批文人为贞元后期文坛上的关键性人物，权德舆是其中的翘楚，并分析权氏为代表的唐代台阁体诗存在的意义。蒋寅的《大历诗人研究》中"上编"第四章中《台阁诗风的再兴——权德舆与新台阁诗人》对权德舆在其所处的贞元文坛起到的作用进行阐释，"下编"第八、九章为权德舆年谱略稿及作品系年。

郭广伟的《权德舆年谱简编》(《徐州师范学院学报》，1994 年第 3 期)以及《权德舆年谱简编(续)》(《徐州师范学院学报》，1994 年第 4 期)对权德舆一生行藏进行简要梳理，段承校的《试论皎然诗学对权德舆诗论及诗作的影响》(《南京师范大学学报：社会科学版》，2000 年第 5 期)、雷恩海的《走向贞元文坛宗主地位的阶梯——权德舆的家世背景及学术渊源考察》(《西北师范大学学报：社会科学版》，2002 年第 4 期)、陈彝秋的《权德舆对楚骚的接受与中唐文学思想的变迁》(《华南师范大学学报：社会科学版》，2006 年第 2 期)的几篇文章认为长期的南方生活使权德舆在创作心理和创作风格上均受到楚骚文学传统的影响，在理论上对楚骚的接受与肯定成就了他较为通达和宽容的文学观念。因其在贞元文坛上的重要地位，权德舆对楚骚的接受态度又潜移默化地影响了中唐诗文理论的发展与变革。胡遂、熊英的《权德舆诗歌创作与马祖洪州禅》(《湖南大学学报：社会科学版》，2006 年第 4 期)一文认为在中唐不稳定的政治局势下，多病的权德舆思想成分比较复杂，便很自然地接受了当时声势渐长的马祖洪州禅，通过诗歌表现马祖"平常心是道"的禅思想，并体现出庄禅合一的特点。方丽萍的《权德舆诗文风格成因辨析》(《唐山师范学院学报》，2008 年第 3 期)等一批研究权德舆的文章，研究的角度较为全面。

王红霞的专著《权德舆研究》(巴蜀书社，2009 年版)除绪论部分外共分五章。第一章"权德舆先世及行事系谱"，这部分对权德舆的有关材料进行编年排列。第二章"权德舆交游考"，根据权德舆的诗文整理出与之交往的三十多位人士，分别进行考证。第三章"权德舆诗歌艺术"，第四章"权德舆散文艺术特征"，这两部分主要是权德舆的诗文论。第五章"权德舆的儒释道观"，结合权德舆的诗文作品所表达出来的思想倾向，得出其思想以儒为本，融合释、道的结论。

目前学界对权德舆的研究已取得了较为丰硕的成果，但是并没有立足于权德舆在其家乡的创作以及与家乡相关的诗歌和丹阳的地域文化进行分析的论文，如在诗歌的意象上、语言上、风格上等进行深度剖析，这正是有待深入研究的角度。

6. 许浑

许浑，字用晦，或字仲晦，丹阳县人，其生卒年仍有待考证。许浑创作丰富，清编《全唐诗》收其诗作 531 首，有《丁卯集》传世。

近年来，对许浑的研究取得了一定的成绩，尤以罗时进对许浑的研究成果最为突出。罗时进的专著《晚唐诗歌格局中的许浑创作论》（太白文艺出版社，1998 年版）共分十一章对许浑的家世、履历、交游、诗歌、对后世的影响等方面一一概述。罗时进将许浑诗集进行辑校，并撰写《丁卯集笺证》（中华书局，2012 年版）。此书正编是对许浑诗的笺证，分十二卷，包括对重出的甄辨、写作年代的考证以及异文校勘等，附录部分汇集许浑的其他研究资料，可备研究者之用。

罗时进另有论文论述许浑诗歌创作、生平经历的相关内容，如《许浑千首湿与他的佛教思想》（《学术月刊》，1983 年第 5 期）、《唐代送别诗的繁兴与许浑的创作》（《铁道师院学报》，1996 年第 6 期）、《晚唐诗人的仕隐矛盾与许浑隐逸诗》（《文史哲》，1997 年第 2 期）、《论许浑诗在晚唐的典型意义》（《文学遗产》，1997 年第 5 期）、《晚唐诗人许浑卒年应如何考订——与吴在庆、高玮商榷》（《中州学刊》，2009 年第 2 期）等。

在 2000 年到 2013 年期间，以许浑诗歌为研究对象的硕士学位论文多达十余篇，研究角度各有不同。对许浑诗歌、生平做全面研究的有孟国栋的《许浑研究》（浙江大学 2008 年硕士学位论文）一文，这篇论文的重点在于：第一，对《丁卯集笺证》进行补证；第二，对许浑的人生经历进行研究；第三，对许浑诗歌创作的表现手法及诗歌范式，提出一些个人见解。对许浑诗歌从接受角度进行研究的有徐永丽的《元前许浑接受史研究》（武汉大学 2005 年硕士论文）和吕海龙的《许浑在唐宋时期的接受研究》（曲阜师范大学 2008 年硕士论文）两篇文章，对唐五代时期以及宋代的后学对许浑的接受进行阐释。另有对许浑诗歌的体裁、内容、与其他诗人比较等角度进行研究的硕士论文。

近年来对许浑进行研究的单篇论文也较多，这些论文的侧重点多放在许浑诗歌创作、生平考证以及诗歌与时代背景的关系等角度上面，限于篇幅，在此不一一赘述。且举几例，如李丹的《试论许浑七言律诗的艺术价值》（《四川师范大学学报：社会科学版》，1991 年第 1 期）一文从拗体、对偶、结构、风格等方面探讨许浑的诗歌成就，周蓉的《许浑律诗论略》(《西北师范大学学报：社会科学版》，1994 年第 5 期）一文将许浑的仕宦经历与其诗歌内容、形式方面结合起来概述许浑律诗创作取得的成就和地位，胡育欣的《许浑诗歌诗法艺术探微》(《佛山科学技术学院学报：社会科学版》，2005 年第 6 期）一文从章法、句法、字法、格法四个方面具体分析许浑律诗的诗法艺术等。

许浑诗歌对水的描绘很多，“许浑千首湿”的内容也是诸多学者关注的焦点。如罗时进的《许浑千首湿与他的佛教思想》(《学术月刊》，1983 年第 5 期）与《试论“许浑千首湿”》(《陕西师范大学学报：哲学社会科学版》，1984 年第 4 期）两篇文章，认为许浑在黑暗现实的逼迫下皈依南禅宗，“水在佛教，尤其是禅宗被视为清净无瑕、湛然恒静的最高境界，普渡众生的圣物。诗人笃信佛教，这些理念潜移默化，对他产生了深刻的影响”[①]。其后文对许浑思想做了探讨，他认为许浑本是积极入世，要求建功立业的人。但是在晚唐内忧外患、江河日下的时代背景下，诗人感到悲哀而无奈，只好把自己的身心融进水里，用水荡涤污浊的现实，净化自己的心灵。除此之外，徐俊的《试论“许浑千首湿”》(《文学遗产》，1989 年第 1 期）、贺秀明的《论许浑诗中的水》(《华中师范大学学报：人文社会科学版》，2000 年第 6 期）、郭宝军的《也说“许浑千首湿”》(《琼州大学学报》，2002 年第 5 期）、续娟娟《论许浑山水诗的审美视角及“许浑千首湿”》(《西安文理学院学报：社会科学版》，2007 年第 1 期）等文对许浑诗中常出现“水意象”从宗教、意象原型、审美角度等进行了分析论述。

从许浑诗歌创作受地域文化影响的角度进行考量的文章相比从其他视角研究许浑的文章来说数量较少，但也有一定的成果，如贾捷的《许浑诗与江苏地域的关系》(《安徽文学》，2009 年第 1 期）一文从许浑及其诗入手，分析其诗歌多描写江苏风物的成因，借此反映出许浑这位占籍丹阳的诗人对水乡江苏独有的情感。“江山风月主”许浑的诗歌在晚唐独放异彩，而以“风月江山”为主题的描写正归因于江苏地域的间接影响。沈小娣的《论许浑与江南地域文化》(华侨大学 2012 年硕士学位论文）一文从题目上看是论述许浑创作与江南地域文化的

---

① 罗时进.试论“许浑千首湿”[J].陕西师范大学学报：哲学社会科学版，1984(4)：69.

关系，实为系统全面地对许浑的人生经历、诗歌创作进行考证剖析，仅有一章从许浑诗歌创作与江南地域文化的视角，解读丁卯诗的内在意蕴，且是讨论许浑的创作与整个江南地区文化的关系，仅有一小节讨论其与丹阳的关系，在这部分着重论述许浑诗与丹阳隐逸传统的关联，未兼及其他。

由上面的综述可见，对许浑的研究已经取得了十分可观的成果，但是许浑作为占籍丹阳的一位晚唐诗人，他创作于丹阳的诗作是如何受家乡地域文化影响，以及透过许浑诗如何向读者展示许浑对家乡的文化认同，以上这些方面的研究成果目前学界较少，有进一步研究的空间。

（三）客居丹阳诗人的创作研究

唐代南北交通均取道运河由京口渡江，所以丹阳是南来北往之人的必经之路。无论是到此地做官，或是游历，或是取道的诗人，大都创作了与此地相关的诗歌，这部分诗歌早已为古人所注意，如北宋曾旼（字彦和）编纂的《润州类集》，分为 10 卷，收录诗人作品从东汉起，到南唐，止于宋朝。如今此集已散佚，仅有《润州类集序》存世。在序中曾旼道出编此文集的目的："窃谓先王之巡狩也，命太史陈诗以观民风；季子历聘也，观其诗而知其国，考其宴享之礼，登歌造赋，而又可知其人之得失。诗之不可废如此，则公今集之之意也。然前编往载，固亦多矣，所集止此，不能无遗，当俟多闻，補之异日。"①可见，该文集编纂的主要目的是为让后人能鉴往而知来。从题目《润州类集》可知，该文集当遵循以类相从的原则，因不得见其原貌，故无法深入研究。

虽然前人已经注意到作于丹阳的诗歌特别多，但是将这部分诗歌与丹阳地域文化联系起来，论及丹阳地域文化对客居丹阳诗人诗歌创作影响的论文较少甚至没有，这对于完善唐代诗歌的地域文化研究有着重要的意义，所以这部分内容有进一步研究的价值与意义。

综上所述，目前对唐代丹阳诗歌缺乏宏观与整体的关照。为继续推进对唐诗的研究，有必要从地域性研究角度深入展开，以唐代丹阳诗歌为研究对象进行完整而深入的研究是富有价值和意义的。

---

① 全宋文(102 册)[M].上海:上海辞书出版社,2006:275.

三、研究思路及方法

(一)本书的研究思路

本书的正文共分四章。第一章主要内容如下:丹阳的地理文化背景,其中包括丹阳的历代行政沿革以及丹阳的自然地理条件;丹阳的文化背景,包括丹阳的吴楚文化、移民文化、佛道文化以及此地的地理及人文景观;丹阳的经济发展概况,分商业、农业、手工业经济三个方面。第二章讨论《丹阳集》诗人的创作与殷璠诗论。第一节首先讨论《丹阳集》诗人的创作,以及《丹阳集》所选诗的题材内容,主要包括两方面,即隐逸诗风的呈现和对江南山水与田园风物的描摹。《丹阳集》诗人集外诗的创作,在内容角度可以分为四类:闺怨之情的真实展现,吴越风情的歌咏,仕途不顺、对方外之情的追求,以及壮怀逸兴之情的表现。第二节对殷璠"风骨""兴象"诗学思想进行简单讨论,结合储光羲的诗歌创作,分析其受地域文化的影响,其中包括丹阳风物与储光羲的创作、南朝诗风与储光羲早期创作、殷璠对储光羲创作的评价以及储光羲在丹阳诗坛的地位。第三章主要讨论大历及其后丹阳诗人的创作。大历时期丹阳诗人的创作,主要包括皇甫曾、皇甫冉与戴叔伦三位诗人,他们的创作深受丹阳地域文化的影响。大历以后的诗人主要是权德舆与许浑,在研究方法上首先结合史料分析他们一生行迹与丹阳的关系,然后将他们的创作如何受丹阳地域文化的影响分而述之。第四章为客居丹阳诗人的创作,分为三个小类型:第一类是到此为官的诗人,第二类是到此隐居的诗人,第三类是漫游丹阳名山秀水,或是取道于此的诗人。为官者选择李德裕、李绅、罗隐三人为例,隐居者选择顾况与张祜为例,漫游者选择王昌龄、李嘉祐、杜牧、皮日休、陆龟蒙几人为例,结合他们创作的与丹阳相关的诗歌分析他们是如何受丹阳文化影响的。同时,将丹阳文化与客居诗人的创作进行分析,主要分为四个角度:丹阳秀美的风景与风物诗的创作、茅山道教文化与酬唱诗的创作、丹阳历史文化与咏史怀古诗的创作,以及丹阳渡口文化与送别诗的创作。

(二)本书的研究方法

1. 文献法

本书注重对历史文献的收集与整理。文献之于研究的重要性不言而喻，本书在《全唐诗》《全唐诗补编》的基础上搜集唐代丹阳诗歌的相关文献，文献的来源有三：《丹阳集》现存于傅璇琮主编的《唐人选唐诗新编》中，这些诗人的其他诗歌存于《全唐诗》中；大历至晚唐占籍丹阳的诗人中，如戴叔伦、权德舆、许浑的诗文集已有较好的点校本，其他诗人的诗歌主要参见《全唐诗》及《全唐诗补编》；客居润州诗人的诗歌主要参见《全唐诗》及《全唐诗补编》，亦参见个别作家已有的诗文整理本。

2. 文史哲结合法

文学的产生离不开它所依赖的背景，将文学与历史、哲学进行联系，将产生不一样的思维角度。在本书的研究中，将诗歌的生发与历史、地理、宗教等方面的内容进行联系，从多个维度来探究其对丹阳诗歌的影响。

3. 比较法

本书在分析某位诗人所创作的丹阳诗歌时，在研究某一相似或相近的角度时，通过比较的方法，揭示出造成该现象的原因。

4. 图表法

在述及作家在丹阳的行迹以及创作的作品时，以图表代替叙述可以更为直观、清晰、一目了然，所以本书中有几处使用了列图表的方法。

第一章

丹阳的地理文化背景

丹阳一地具有悠久的历史文化传统，吴风楚韵，人文荟萃。《昭明文选》《文心雕龙》两部巨著成书于此。曾经辉煌的六朝文化至唐绵延不绝，唐时此地发达的佛道文化滋养灌溉出士人丰赡的心灵世界，长江与运河交汇处这一独特的地理位置使得丹阳作为沟通南北的交通要道日益重要。独特的人文地理条件，成为诗歌创作的沃土，丹阳诗歌在唐诗的国度中亦是熠熠生辉。

第一节　丹阳的区位地理条件

丹阳处在长江与运河交汇处，这一地缘优势使得它在历史长河中始终占据重要地位。随着历史的变迁，它的名字发生了几次改变，唐时丹阳成为了中国经济、交通发展的一个枢纽。

一、丹阳的历代行政沿革

随着历史上朝代的更迭，丹阳的名字也几经变化，李吉甫所撰的《元和郡县图志》对丹阳从春秋至隋行政沿革及名称的变化进行了概述。

> 润州……本春秋吴之朱方邑，始皇改为丹徒。汉初为荆国，刘贾所封。后汉献帝建安十四年，孙权自吴理丹徒，号曰“京城”，今州是也。十六年迁都建邺，以此为京口镇。按州理或古名京城，说者以为荆王刘贾尝都之，或曰孙权居之，故名京城。……京上郡城，城前浦口，即为京口。……即吴时或称京城，或称徐陵，或称丹徒，其

实一也。晋永嘉乱后，幽、冀、青、并、兖五州流人过江者，多侨居此处，吴、晋以来，皆为重镇。隋开皇十五年罢镇，置润州，城东有润浦口，因以为名[①]。

丹阳在春秋时期称为“朱方”，秦时称为“丹徒”，汉初称为“荆国”，东汉末年称为“京口”，三国吴时名字或称“京城”，或称“徐陵”，或称“丹徒”，至隋始称“润州”，并点明丹阳自古以来都为重镇，位置重要。在永嘉之乱以后，丹阳亦是流人喜侨居的地方。三国吴以及晋以后的历史时期内，丹阳的地位一直都比较重要。在隋开皇年间，因其城东有润浦口，“润州”始得名。

在涉及丹阳的唐诗中，并非一概以“丹阳”称之，以上这些称谓亦常出现，如孟浩然的《宿杨子津寄润州长山刘隐士》中“日夕望京口，烟波愁我心”[②]，储光羲《临江亭五咏》之一中的“晋家南作帝，京镇北为关”[③]，刘长卿《京口怀洛阳旧居兼寄广陵二三知己》中的“天涯一飞鸟，日暮南徐客”[④]，皎然《往丹阳寻陆处士不遇》中的“行人无数不相识，独立云阳古驿边”[⑤]，这几首诗中提到的“京口”“京镇”“南徐”“云阳”都是唐前对丹阳的称呼。

在《旧唐书·地理志三》对“润州”有记载：“隋江都郡之延陵县。武德三年，杜伏威归国，置润州于丹徒县，改隋延陵县为丹徒，移延陵还治故县，属茅州。六年，辅公祏反，复据其地。七年，平公祏，又置润州，领丹徒县。八年，废简州，以曲阿来属。九年，扬州移理江都，以延陵、句容、白下三县属润州。天宝元年，改为丹阳郡。乾元元年，复为润州。永泰后，常为浙江西道观察使理所。旧领县五，户二万五千三百六十一，口十二万七千一百四。天宝领县六，户十万二千三十三，口六十六万二千七百六。在京师东南二千八百二十一里，至东都一千七百九十七里。”[⑥]由此可见，润州辖丹徒、曲阿（丹阳）、金坛、延陵、上元、句容几县。天宝元年（742 年）更名为丹阳郡，乾元元年（758 年）复为润州。唐前期在州

---

① 李吉甫. 元和郡县图志[M]. 贺次君，点校. 北京：中华书局，1983：589 - 590.

② 徐鹏. 孟浩然集校注[M]. 北京：人民文学出版社，1989：69.

③ 全唐诗[M]. 北京：中华书局，1960：1409.

④ 储仲君. 刘长卿编年笺注[M]. 北京：中华书局，1996：94.

⑤ 全唐诗[M]. 北京：中华书局，1960：9210.

⑥ 旧唐书[M]. 北京：中华书局，1975：1582.

之上设置道一级的监察机构，理所先设置于苏州，后设置于润州。安史之乱后，江左设置浙西观察使，领润、常、苏、湖、睦、杭六州三十七县地，理所设置在润州。

在一些唐诗中“金陵”也指丹阳，晚唐张祜有诗《题金陵渡》可证：“金陵津渡小山楼，一宿行人自可愁。潮落夜江斜月里，两三星火是瓜洲。”[①]这里的金陵渡是指丹阳的瓜洲古渡，张祜的这首诗也从间接上证明唐时金陵辖属丹阳，另如李绅的《却到金陵登北固亭》、罗隐的《金陵思古》、周贺的《郭秀才归金陵》等诗皆可为证。

二、丹阳的自然地理条件

丹阳背山面水，背靠宁镇丘陵山脉和连绵起伏的茅山山脉，对面是川流不息的扬子江。隋统一以后，江南地区经过六朝经营，生产力有了很大发展，丰饶的物产使这一地区成为新的经济中心。由于隋炀帝杨广开凿运河的主观目的以及劳民伤财的客观结果，运河的作用到唐代方彰显出来。皮日休在《汴河怀古二首》（其二）中对隋炀帝开凿运河的功过进行评述“尽道隋亡为此河，至今千里赖通波。若无水殿龙舟事，共禹论功不较多”[②]。这个说法还是比较辩证的。随着京杭大运河的开通，丹阳南北交通要道的地位日益重要，此地也日渐繁华。《隋书·地理志》中对丹阳的区位优势有这样的记载：“京口东通吴会，南接江、湖，西连都邑……亦一都之会也……数郡，川泽沃野，有海陆之饶，珍异所聚，故商贾并凑。”[③]文献将此地交通条件的四通八达概括了出来。丹阳处于江河交汇处特殊的地理位置，有“黄金水道”之称的中国最大的东西水运大动脉——长江，流经此地，并与京杭大运河在此交汇，形成了丹阳“十字黄金水道”的区位优势。

唐朝时，南方商业贸易发达，交通运输也非常繁忙。交通运输既是社会生产发展的必要条件，同时也是沟通和加强各地经济联系的桥梁与纽带。丹阳位于江南运河北端入江口，北面长江，隔江与扬州相望，是两浙地区的交通枢纽，向北可沿运河到达中原，溯长江而上，向南可达岭南，入汉水向北可进入中原，一直向西可达剑南益州。《元和郡县图志·江南

---

① 尹占华. 张祜诗集校注[M]. 成都：巴蜀书社，2007：228.

② 全唐诗[M]. 北京：中华书局，1960：7099.

③ 隋书[M]. 北京：中华书局，1973：887.

道一》记载润州“西北至上都二千六百七十里，西北至东都一千八百一十里”①。另外，经扬州循运河可以到达汴州、洛阳和长安，与中原、关中相连。这条线路可通过山阳渎、淮水、汴渠到达中原地区，而在江南境内以江南运河作为连接，从而把江南和中原紧密地联结在一起，这亦是唐王朝的经济命脉。李敬芳的《汴河直进船》:“汴水通淮利最多，生人为害亦相和。东南四十三州地，取尽脂膏是此河。”②将丹阳在水路上所起的重要作用叙述出来，统治者通过这里的便利条件剥削民脂民膏。丹阳所在的地理位置，决定了它在交通上承担起相应的重要角色。

唐朝时，长江下游江南地区的交通中心实际已经移到丹阳，唐朝中央政府将浙西观察使里所设置在丹阳，很大程度上就是这个因素，因此江南北部地区向江南腹地的交通实际上是从丹阳向外辐射。由丹阳向外的水陆交通线路有多条，如丹阳水陆向西，可由长江到达昇州、宣州和江南西道；同时还有一条驿路，与江并行。由殷尧藩《旅行》③诗:“烟树寒林半有无，野人行李更萧疏。堠长堠短逢官马，山北山南闻鹧鸪。万里关河成传舍，五更风雨忆呼庐。寂寥一点寒灯在，酒熟邻家许夜沽”④可知，这条驿路两旁种树设堠，官马往来不断。丹阳处在南北交通枢纽上，大运河的贯通更加强了其南北要津的地位，所以唐代的丹阳诗歌中有大量以送别为内容的诗歌。

第二节　丹阳的文化背景

丹阳地区具有比较独特的文化背景。它是吴楚文化的交汇地，历史上及唐代都受到移民文化较大的影响。丹阳发达的佛道文化是继承前代而来，在唐代又有所发展。

一、丹阳的吴楚文化

丹阳位于长江下游江南沿海地带，先秦时期在江浙吴越文化影响范围内，号称“吴头楚尾”，意思是该地区处于吴文化与楚文化的交界处。

① 李吉甫.元和郡县图志[M].北京:中华书局，1983:590.

② 全唐诗[M].北京:中华书局，1960:5776.

③ 一作《金陵道中》。

④ 全唐诗[M].北京:中华书局，1960:5569.

关于“吴头楚尾”的具体含义，在《汉语大辞典》中列“吴楚”有三个释义，分别为：①春秋吴国与楚国；②泛指春秋吴楚之故地，即今长江中、下游一带；③汉高祖分封的吴楚诸侯国。简而言之，“吴头楚尾”就是指吴国与楚国交界的长江中下游地带。对“吴头楚尾”的界定可以看出，丹阳就在这个范围内。这里地域特色极为鲜明，既有吴地的妩媚，也有楚地的雄浑。

丹阳与吴地的关系始于春秋时期，丹阳地区先后属于吴国、越国和楚国，但以吴国统治时期最长。司马迁在《史记·吴太伯世家》中写道：“太伯之奔荆蛮，自号句吴。”①句吴是历史上吴国的前身。3000年前，周太王长子太伯、次子仲雍由陕西周原南下，渡江进入宁镇地区。他们本着入乡随俗的理念，与土著荆蛮人结合在一起。于是“荆蛮义之，从而归之千余家，立为吴太伯”②。宁镇地区是商末太伯、仲雍奔荆蛮的最早立国之处。从句吴建立到吴王夫差被越所灭，前后约有700年的历史。公元前210年，秦始皇设丹徒县。由于大运河入江口的不断西移，促使城市由东向西推进。东汉末年，丹徒县的政治中心由丹徒镇西移至北固山前面的鼓楼岗一带。195年孙策在此修筑一座城池，名曰“京城”，形似瓮状，故号称为“铁瓮城”。208年孙权自吴徙京口，这里再次成为当时孙吴的政治、军事中心，直至211年孙权再徙建邺。由此可以看出，从商周至三国时期，丹阳一带一直是吴文化的核心地区。在李白漫游丹阳时作的《丁都护歌》中有“吴牛喘月时，拖船一何苦”③，另外在《永王东巡歌》之六中有“丹阳北固是吴关，画出楼台云水间”④这样的句子，即将丹阳一带指称为“吴地”，李绅的诗《早发》“火旗似辨吴门戍，水驿遥迷楚塞城”⑤中的“吴门”在丹阳。唐代丹阳为镇海军节度使驻地，故称“吴门戍”，可见在唐人的眼中丹阳是属于吴地范围内的。

丹阳在历史上曾有段时间属楚，乐史撰《太平寰宇记》卷八十九载：“润州，禹贡扬州之城。春秋时属吴，谓其地为朱方……后楚灵王使屈申围朱方，执庆封，其地属楚。”⑥在唐代诗人中亦可看出对丹阳楚地文化

---

① 史记[M].北京：中华书局，1959：1445.

② 史记[M].北京：中华书局，1959：1445.

③ 瞿蜕园，朱金城.李白集校注[M].北京：中华书局，1980：422.

④ 瞿蜕园，朱金城.李白集校注[M].北京：中华书局，1980：550.

⑤ 卢燕平.李绅集校注[M].北京：中华书局，2009：126.

⑥ 乐史.太平寰宇记[M].王文楚，等点校.北京：中华书局，2007：1758.

的认可，占籍丹阳的皇甫冉和许浑等人的诗中多处自诩为楚人，如皇甫冉的《酬张二仲彝》中："吴洲见芳草，楚客动归心"①，许浑的《京口闲居寄两都亲友》中："相思何处不相见，凤城宫阙楚江楼"②。其中"楚客"为皇甫冉自称，"楚江楼"指的是京口一带的建筑。由于楚地文化特殊的艺术魅力使得在这片土地上生活过的人受到感染。

二、丹阳的移民文化

丹阳在历史上受南下的北方移民影响很大，本地吴文化与南下的北方文化不断冲突融汇。西晋末年"永嘉之乱"，迫使北方人大量南渡。东晋王朝建都建康（建邺）后，许多北方世家大族和百姓纷纷南迁，广陵（扬州）和京口成为当时北人南迁的主要迁入地，很多人在京口定居。

据历史学家统计，从永嘉元年（307 年）至南朝宋泰始二年（466 年），共发生 7 次大规模的迁徙，约有 90 万北方人南下，占当时北方人口总数的八分之一。在全国侨寓人口中，侨寓在今江苏省范围内的有 26 万余人，而南徐州（京口）一州领有侨寓人口 22 万，几乎占全部侨寓人数的十分之九。寓居的人口数量超过了本地居民（20 万）的数量。南朝宋时，设立南徐州，治所即设在京口。大量北方移民南下，使得南北文化强烈碰撞，丹阳地域文化逐步形成可南北兼容的移民型文化。中原居民大量南迁，使得丹阳地区的民俗文化也逐渐"北化"。唐代诗人刘禹锡《和浙西李大夫晚下北固山喜松径成阴怅然怀古偶题临江亭并浙东元相公所和》中有"风俗太伯余，衣冠永嘉后"③这样的诗句，就是对丹阳民俗文化深受商末太伯、仲雍率领周人南下和西晋末年永嘉之乱中原大量居民南迁深刻影响的最好诠释。

唐代中期，安史之乱起，打断了北方发展的进程，黄河流域再次遭到巨大破坏，相对安宁的南方成为北方人民逃避战乱的去处，许多关陇及中原地区士族到江南避乱，"三川北虏乱如麻，四海南奔似永嘉"④说的就是这种情况，此诗将人们遭遇战乱措手不及描绘得栩栩如生。由于江南地区物产丰饶，经济富庶，是当时朝廷主要的财税来源，故一向由效忠

---

① 全唐诗[M]. 北京：中华书局，1960：2795.

② 罗时进. 丁卯集笺证[M]. 北京：中华书局，2012：317.

③ 瞿蜕园. 刘禹锡集笺证[M]. 北京：中华书局，1989：1401.

④ 瞿蜕园，朱金城. 李白集校注[M]. 北京：中华书局，1980：547.

朝廷且得到朝廷信任的大员把守，相对于河南河北的纷乱不堪而言，这里一直处于平和安定中。这次移民，北方士人迁往吴地的比较多，“天下衣冠士庶，避地东吴，永嘉南迁，未盛于此”①，“时荐绅先生多游寓于江南”②。权德舆的父亲即为避安史之乱而迁居丹阳，《旧唐书·权德舆传》对此有记载：

> 权德舆，字载之，天水略阳人。父皋，字士繇，后秦尚书翼之后。少以进士补贝州临清尉。安禄山以幽州长史充河北按察使，假其才名，表为蓟县尉，署从事。皋阴察禄山有异志，畏其猜虐，不可以洁退，欲潜去，又虑祸及老母。天宝十四年，禄山使皋献戎俘……乃奉母昼夜南去，及渡江，禄山已反矣。由是名闻天下③。

此段文字表明权皋来丹阳的主要原因，也从侧面说明丹阳是士人避乱的一个主要迁入地。

总之，无论是晋永嘉年间，还是在唐安史之乱期间，丹阳一带都是北方居民主要的迁居场所，使得这一带形成了富有地方特色的移民型文化。南北文化的交流碰撞，使丹阳地区拥有良好的学术氛围，也在一定程度上带动了丹阳诗歌的创作。

三、丹阳的佛道文化

丹阳一地有着比较发达的佛教与道教文化。佛教的牛头宗在丹阳发展，茅山则是道教文化的重要载体。这就使得与丹阳相关的诗歌中有相当数量的与佛、道教徒的酬唱诗，以及描写寺院、道观的诗歌。

(一)丹阳的佛教文化

唐代牛头宗在丹阳地区发展迅速，禅宗中的丹阳牛头宗出现在禅宗的形成阶段，创建者为法融(594—657年)，俗姓韦，延陵人。牛头宗的历代继承者均为丹阳地区人，并出现丹阳僧人群。刘禹锡《牛头山第一祖融大师新塔记》中记载：“初摩诃迦叶受佛心印，得其人而传之，至师子比邱，凡二十五叶，而达摩得焉。东来中华，华人奉之为第一祖。又三传至双峰信公，双峰广其道而歧之：……一为牛头宗，严、持、威、鹤林、径山

① 全唐文[M]. 北京：中华书局，1983：3529.

② 权德舆诗文集[M]. 郭广伟，点校. 上海：上海古籍出版社，2008：232.

③ 旧唐书[M]. 北京：中华书局，1975：4001.

其后也。”[①]牛头宗一祖法融，二祖智岩，三祖法持，四祖智威，五祖玄素，六祖法钦，到鹤林玄素时大盛其道。但由于牛头宗自身的弱点，过于局限于丹阳本地，到晚唐时就被逐渐融合，没有继续发展。中国佛教律宗的开创者为隋末唐初的丹徒人道宣。道宣(596—667 年)，俗姓钱，字法遍，著有《四分律比丘含注戒本》《四分律删补随机羯磨》《四分律拾毗尼义钞》等三部律学。他首开南山律宗，被称为南山律师。

(二)丹阳的道教文化

茅山既因风景优美而著称，亦是名扬天下的道教胜地。顾祖禹在他所撰的《读史方舆纪要》卷二十记载茅山的环境特点及发展历程，并指出茅山在道教诸山中的地位。

> 在县东南四十五里，山高三十里，周百五十里，初名句曲山，又名巳山，皆以形似名。吴越春秋，禹巡天下，登茅山以朝诸侯，更名为会稽，亦曰苗山。又《茅山记》：秦始皇三十七年，游会稽，还登句曲，今茅山北垂有良常，秦望诸山，以始皇名也。汉有三茅君得道于此。因谓之三茅峰。梁陶弘景亦隐居此山。道书以为第八洞天，第一福地。有三山并秀，其支山别阜，随地立名者，约三十余山。连峰叠嶂，南达吴兴，天目诸山，大抵皆茅山也。又有峰岩洞壑，冈垄泉涧之属。其得名者以百计，唐六典，江南道名之一，曰茅山[②]。

西汉时咸阳茅氏三兄弟被称为“三茅真君”，是为茅山道教的祖师。三国时，茅山曾是孙权练兵的场所。两晋时道教学者葛洪在茅山采药，炼丹留有丹井。东晋道教徒杨羲、许谧、王灵期在此创立道教上清派。齐梁时陶弘景居山创立道教茅山派，陶弘景归隐茅山后，带领弟子在茅山上广修道观，并在道观周围修塘垦田，为道观建立固定的经济来源。然后，他招聚徒众，倡导道士出家静心修炼。经过陶弘景和其弟子数十年的苦心经营，茅山成为上清派的活动中心，上清派又被称为茅山宗。隋代南北道教的融合以茅山宗为主，《隋书·地理志下》：“京口……其人君子尚礼，庸庶敦厖，故风俗澄清，而道教隆洽，亦其风气所尚也。”[③]到了隋唐时期，茅山宗的地位日益提高且影响逐渐扩大，这与当时著名的

---

① 全唐文[M].北京：中华书局，1983：6117.

② 顾祖禹.读史方舆纪要[M].北京：中华书局，1955：943－944.

③ 隋书[M].北京：中华书局，1973：887.

道士王远知有很大关系，王远知是陶弘景的弟子，曾被陈宣帝召见。隋末，李渊未举兵时，王远知曾向其密告符命，宣称他将得天下。这样茅山宗在唐代有了强有力的政治靠山，为茅山宗的势力扩展提供了有力的保证。唐朝时是茅山道教最为辉煌的阶段，这时，茅山道教宗师名徒辈出，享誉朝野，这些人的足迹遍布全国各地，而且有一套完善的理论体系。唐时的茅山宗师主要有王远知、潘师正、司马承祯、李含光、韦景昭、黄洞源、吴法通、刘得常、王栖霞等人。茅山道士的著作很多，进一步发展完善了唐代道教的理论内涵，广泛宣传茅山上清派的修炼宗旨，使茅山宗成为唐代宗教的主流。茅山道教宗师和道士有的以茅山为基地，著书立说，弘扬并发展上清经法，亦有的离开茅山，遍游全国各地，并在所到之处建兴道观，广收门徒，弘扬上清经法，这在很大程度上有助于茅山扩大其影响力。在《茅山志》叙录中记载："梁唐尊尚之笃，真人道士，代为帝王者师。"[①]此话将茅山道士在唐代的重要地位充分点明。茅山道教由于其自身的兼容性，从出现就得到统治者的扶植和尊崇。在唐近三百年的历史当中，茅山宗一直保持着经久不衰的影响力。

丹阳的文化包括了吴楚文化、移民文化和佛道文化三个方面，它们交相互动，丰富了丹阳的地域文化类型，也为诗人的创作提供了很好的素材及影响。

第三节　丹阳的地理与人文景观

丹阳不仅自然风景优美，而且拥有众多的人文景观，大多数都积淀了深厚的文化内涵。北宋曾旼在《润州类集序》中有云：

> 盖朱方之重，非一日也。江山清绝，襟吴带楚。芙蓉名楼，甘露表寺，幽赏丽观，不出城市。水嬉则焦庐、裴岩相望于西江之中，陆走则鹤岭、鹿泉映带于南郛之外。秦潭、庆井，则暴君戾臣之可鉴戒；谢堂、许涧，则贤人端士之可想象。其远若碑书十字，泉费四井，则余光遗烈，风高千古；青童马迹，紫阳鹤驭，则洞天福地，事隔人境[②]。

---

① 茅山志[M]//续修四库全书(史部地理类). 光绪丁丑年刊本:2.

② 全宋文(102册)[M]. 上海:上海辞书出版社,2006:274.

丹阳自然风景优美，亦是吴楚交界之地，这样的重要地位是日积月累的结果。除自然风景优美之外，还拥有众多的人文历史景观，这些景观不仅是诗人们游赏所到之地，它们承载的历史文化，也是丹阳地域文化的重要组成部分，还是诗歌创作的触发点。

一、丹阳的主要佛寺

佛寺是佛教的标志性建筑与活动场所，也是士大夫与高僧切磋吟咏以求儒佛交融、传播文化的平台。唐代丹阳寺院林立，名声较大的有招隐寺、金山寺、焦山寺、甘露寺、鹤林寺等寺院。《至顺镇江志》载："润据江山形胜，高僧寂士爱其幽邃，卓锡建宇，兹郡为多。金、焦、甘露、鹤林、寿邱，皆古刹也。"[①]丹阳一地风光优美，地理位置十分重要，所以有较多的寺院。刘言史的诗《夜泊润州江口》有"千船火绝寒宵半，独听钟声觉寺多"[②]这样的诗句，从侧面说明丹阳有较多的佛寺。

（一）招隐山与招隐寺

招隐山原名兽窟山，因南朝名士戴颙隐居于此，故名招隐山。在《元和郡县图志·江南道一》丹徒县中记载："兽窟山，一名招隐山，在县西南九里，即隐士戴颙之所居也。"[③]这段文字记述了招隐山的别名以及地理位置，还有招隐山得名的原因。在《宋书·隐逸传》中有关于戴颙的记载："戴颙字仲若，谯郡铚人也。父逵，兄勃，并隐遁有高名。颙年十六，遭父忧，几乎毁灭，因此长抱羸患，以父不仕，复修其业。"[④]宋初高祖、太祖屡以高官征其皆不就，隐居为学，"乃述庄周大旨，著逍遥论，注礼记中庸篇"[⑤]。戴颙既通达老庄思想，又精于儒家礼学，与其父儒道合一，一脉相承。帝之招，颙之隐，这一招一隐的招隐佳话，世代传颂。

招隐寺最初创于南朝宋景平元年（423 年），戴颙膝下无子，所生一女名磨笄，嫁张邵子张柬。戴颙死后，磨笄将其故室舍为佛寺，取名招隐寺。文人到此地仰慕隐士戴颙的风采，作诗以吟咏。招隐寺里亦有"增华阁"和"读书台"，乃昭明太子萧统所立。唐代诗人多有题咏招隐寺的

① 宋元方志丛刊[M].北京：中华书局，1990：2736.

② 全唐诗[M].北京：中华书局，1960：5325－5326.

③ 李吉甫.元和郡县图志[M].北京：中华书局，1983：591.

④ 宋书[M].北京：中华书局，1974：2276.

⑤ 宋书[M].北京：中华书局，1974：2277.

诗歌，如刘禹锡的《题招隐寺》："隐士遗尘在，高僧精舍开"①，张祜的《题招隐寺》："千载戴颙宅，佛庙此崇修"②，这些诗多与隐逸情怀有关。

招隐山展示了古代丹阳特有的隐士文化风采，成为中国隐士文化的圣殿。丹阳山清水秀、优雅宁静的环境，深厚而丰富的文化积淀，令文人墨客流连忘返，使丹阳成为历史上隐士们钟情的隐居之地。他们隐居以后，并没有销声匿迹，相反却创造出了优秀的隐士文化。

（二）金山与金山寺

金山是"京口三山"③之首，位于丹阳西北部。金山上的主要寺庙金山寺始建于东晋，至今已有1600多年历史。金山寺原名泽心寺，《至顺镇江志》卷九记载："龙游寺在金山，旧名泽心。不知始于何时。梁武帝尝临寺设水陆会。或云起于唐之裴头陀。"④此寺南朝、唐朝时称为金山寺，在《新定九域志》卷五记载："金山寺，在扬子江中。寺记云：金山旧名浮玉山，唐时有头陀挂锡于此，因名头陀岩，后断手以建伽蓝。忽一日于江际获金数镒，寻以表闻，因赐名金山。"⑤唐人咏金山寺的诗句见诸史籍者颇多，如张祜的《题润州金山寺》中"树色中流见，钟声两岸闻"⑥这样的诗句。

（三）焦山与普济寺

焦山，一向以山水天成、古朴幽雅闻名于世。焦山因东汉隐士焦光而得名。东汉末年，焦光隐居在此，汉献帝曾三次下诏书请他出山做官，但他不愿和腐败的朝廷同流合污，拒不应召。他在山上采药炼丹，治病救人，后人为了纪念他，改樵山为焦山。普济寺在焦山即焦光隐居之地，在《嘉定镇江志》中对普济寺有记载："普济禅院在焦山，祥符图经不载始建岁月。"⑦普济寺位于焦山之上，但具体建造时间不详。

（四）甘露寺

甘露寺位于北固山后峰，关于甘露寺的修建年代尚无定论，有说建

---

① 全唐诗[M].北京：中华书局，1960：4043.

② 尹占华.张祜诗集校注[M].成都：巴蜀书社，2007：141.

③ 京口三山包括北固山、焦山和金山。

④ 宋元方志丛刊[M].北京：中华书局，1990：2740.

⑤ 王存.元丰九域志[M].魏嵩山，王文楚，点校.北京：中华书局，2004：618.

⑥ 尹占华.张祜诗集校注[M].成都：巴蜀书社，2007：109.

⑦ 宋元方志丛刊[M].北京：中华书局，1990：2381.

于三国吴末甘露年间，还有说建于南朝梁天监年间，一说建于唐宝历年间李德裕镇守浙西时。在《太平寰宇记》中记载："甘露寺，在城东角土山上，下临大江。晴明，轩槛望见扬州历历。"[①]《太平寰宇记》指出了甘露寺临江的位置。诗人行至此多有歌咏，如张祜的《题润州甘露寺》："千重构横险，高步出尘埃。日月光先见，江山势尽来。冷云虚水石，清露滴楼台。况是洞溟上，平生意一开"[②]，将甘露寺的独特位置表述出来，杜牧的《寄题甘露寺北轩》："曾上蓬莱宫里行，北轩阑槛最留情。孤高堪弄桓伊笛，缥缈宜闻子晋笙。天接海门秋水色，烟笼隋苑暮钟声。他年会著荷衣去，不向山僧说姓名"[③]，将在甘露寺上四望的独特感受描绘了出来。陆龟蒙亦有《纪梦游甘露寺》等。

（五）鹤林寺

鹤林寺建于东晋元帝大兴四年（321 年），原名为竹林寺。在《至顺镇江志》卷九载鹤林寺："鹤林寺在黄鹄山下，旧名竹林寺。宋永初中改今名。唐开元间始为禅院。僧元素尝主焉。时又名古竹院。"[④]鹤林寺名称几经变化，到唐代始为禅院。唐人登临多有题咏，如李涉的《题鹤林寺僧舍》："终日昏昏醉梦间，忽闻春尽强登山。因过竹院逢僧话，偷得浮生半日闲"[⑤]，又如张祜的《题润州鹤林寺》："古寺名僧多异时，道情虚遣俗情悲。千年鹤在市朝变，来去旧山人不知"[⑥]。鹤林寺的晨钟暮鼓常会给人以醍醐灌顶的作用。

二、丹阳的其他地理文化景观

北固山、焦山、金山合称的"京口三山"以其独特风貌和历史故事而闻名，山水文化是丹阳地域文化的重要组成部分。丹阳地处江南腹地，江南的山水对其地人文性格的形成及其诗歌创作均有一定的作用。

（一）北固山

北固山，原名土山，刘禹锡在《浙西李大夫述梦四十韵并浙东相公酬

---

① 乐史.太平寰宇记[M].王文楚，等点校.北京：中华书局，2007：1761.

② 尹占华.张祜诗集校注[M].成都：巴蜀书社，2007：116.

③ 吴在庆.杜牧集系年校注[M].北京：中华书局，2013：289.

④ 宋元方志丛刊[M].北京：中华书局，1990：2743.

⑤ 全唐诗[M].北京：中华书局，1960：5429.

⑥ 尹占华.张祜诗集校注[M].成都：巴蜀书社，2007：227.

和斐然继声》诗中有“玉山京口峻，铁瓮郡城牢”“山是千重嶂，江为四面濠”①这样的诗句。因远望北固，横枕大江，石壁嵯峨，山势险固，因此得名北固山。南朝梁武帝曾题书“天下第一江山”来赞其形胜。唐代诗人王湾曾写诗《次北固山下》：“客路青山外，行舟绿水前。潮平两岸阔，风正一帆悬。海日生残夜，江春入旧年。乡书何处达？归雁洛阳边”②来描写北固山周围的环境。

(二)蒜山与金陵渡

蒜山在南朝时已较有名气，颜延之存诗中有《车驾幸京口侍游蒜山作》，鲍照存诗中也有《蒜山被始兴王命作》。据《元和郡县图志·江南道一》记载：“蒜山，在县西九里。山临江绝壁，……山多泽蒜，因以为名。”③

西津渡是长江下游南岸重要的古渡口，始于六朝，兴于唐代。西津渡古称西渚、西浦，三国时期称蒜山渡，唐代时称金陵渡，晚唐诗人张祜有诗《题金陵渡》：“金陵津渡小山楼，一宿行人自可愁。潮落夜江斜月里，两三星火是瓜洲。”④这首诗将金陵渡夜晚迷人的夜景用充满诗意的语言描绘了出来。从春秋时期起，西津渡就是连通吴楚、北上江淮的必经之路。顾祖禹曾说：“京口南控江湖，北拒淮泗，山川形胜，自古用武处也。”西津渡形成之初，主要的功能是军事方面的，谁控制了这里，谁就能主导江南的半壁江山。

东汉末年，孙权在京口筑“铁瓮城”，这是丹阳建城池的开始，周瑜领导的东吴水师，就驻扎在蒜山的下面。刘备或诸葛亮，到东吴议事，都从西津渡登岸。因为诸葛亮和周瑜在蒜山定下火烧赤壁的计谋，后人还把蒜山称为“算山”。陆龟蒙《算山》一诗“水绕苍山固护来，当时盘踞实雄才。周郎计策清宵定，曹氏楼船白昼灰。五十八年争虎视，三千馀骑骋龙媒。何如今日家天下，阊阖门临万国开”⑤，就将这段历史表述了出来。东晋以后的宋齐梁陈都偏安江南，长江天堑是统治者安身立命的天然防线。无论是北上还是南下，西津渡都是兵家必争之地。

---

① 瞿蜕园.刘禹锡集笺证[M].北京：中华书局，1989：1394.
② 全唐诗[M].北京：中华书局，1960：1170.
③ 李吉甫.元和郡县图志[M].北京：中华书局，1983：591.
④ 尹占华.张祜诗集校注[M].成都：巴蜀书社，2007：228.
⑤ 全唐诗[M].北京：中华书局，1960：7188.

(三)京岘山

京岘山位于丹阳东南部，在《太平寰宇记》中有对京岘山的记载："(梁)武帝望京岘山盘纡似龙，掘其左右为龙目二湖。"[①]相传，在周朝时期就有人断定这一带要出王侯将相。后秦始皇为断其"龙脉"，败其"风水"，派人砍毁古树名木，劈山削岭，并将谷阳更名为"丹徒"。

(四)芙蓉楼

在《元和郡县图志·江南道一》记载："其城吴初筑也，晋王恭为刺史，改创西南楼名万岁楼，西北楼名芙蓉楼。"[②]"七绝圣手"王昌龄有《芙蓉楼送辛渐》二首："寒雨连江夜如吴，平明送客楚山孤。洛阳亲友如相问，一片冰心在玉壶。丹阳城南秋海阴，丹阳城北楚云深。高楼送客不能醉，寂寂寒江明月心。"[③]这两首诗使得芙蓉楼名扬天下，蜚声古今。芙蓉楼原建于古丹阳城内"三山"(日精山、月华山、寿丘山)中的月华山上，为东晋刺史王恭所建，唐代时芙蓉楼已经成为送客、欢聚、宴饮、赋诗的理想场所。

(五)齐梁帝墓与石刻

曲阿县是南朝齐梁(479—557 年)两代帝王的故里。齐太祖高皇帝萧道成是梁武帝萧衍的族伯，"其先本居东海兰陵县中都乡中都里，晋元康元年，惠帝分东海郡为兰陵，故复为兰陵人。中朝丧乱，皇高祖淮阴令整，字公齐，过江居晋陵武进县之东城里，寓居江左者，皆侨置本土，加以南名，更为南兰陵人也"[④]。萧衍"与齐(南齐萧氏)同承淮阴令整"，为"南兰陵中都里人"[⑤]。南兰陵郡"故城在今江苏武进西北九十里"[⑥]，即现江苏省丹阳市的胡桥、荆林一带。南朝齐梁的帝王大多归葬家乡。目前已知墓主的陵墓有齐宣帝萧承之永安陵、齐高帝萧道成泰安陵、齐武帝萧赜景安陵、齐文帝萧顺之建陵、梁武帝萧衍修陵和梁简文帝萧纲庄陵六座。另外，后巷镇建山金王陈村、埤城镇胡桥吴家村两处佚名帝陵，后巷镇建山烂石弄和埤城镇水经山附近的两处佚名王墓，各葬何人还无

---

① 乐史. 太平寰宇记[M]. 王文楚，等点校. 北京：中华书局，2008：1760.

② 李吉甫. 元和郡县图志[M]. 北京：中华书局，1983：590.

③ 全唐诗[M]. 北京：中华书局，1960：1448.

④ 南史[M]. 北京：中华书局，1975：97.

⑤ 南史[M]. 北京：中华书局，1975：167.

⑥ 中国古今地名大辞典[M]. 上海：商务印书馆，1931：602.

定论。

丹阳主要的佛寺包括招隐寺、金山寺、普济寺、甘露寺与鹤林寺等，这些佛寺是佛教文化的重要载体，另外丹阳其他的地理文化景观也是文人喜流连吟咏之地，这些都是丹阳地域文化的有机组成部分。

第四节　唐代丹阳经济发展概况

丹阳不仅有悠久的历史文化、便利的交通条件、优美的风景，还具有比较发达的商业、农业与手工业经济，所以此地人才聚集，为丰富此地的诗歌创作创造了客观条件。

一、商业

自隋唐起，丹阳就成为江南以商业、手工业和运输业著称的“商贾并凑”的商贸城市。丹阳是长江下游南岸丝绸贸易的海上货运集散地，常衮在《授李栖筠浙西观察使制》中称丹阳是“震泽之北，三吴之会，有盐井铜山，有豪门大贾，利之所聚，奸之所生，资于大才，济我难理”[①]。由于手工业的发展，在丹阳聚集着一些实力较强的商人，利用在交通上的便利条件，赚取大量金钱。作为政治和军事中心的丹阳，亦是一个商业都会。

二、农业

丹阳经济较有特色的一个方面是农业生产的飞速发展，由此也使其成为南方农业的核心地区。唐代在六朝时期兴建大量水利工程的基础上进行大规模农田水利建设，如《新唐书・地理志五》载：“有练塘，周八十里，永泰中，刺史韦损因废塘复置，以溉丹杨、金坛、延陵之田，民刻石颂之。”[②]唐人诗文中，有很多关于丹阳大面积种植水稻的记载，如刘长卿的《和樊使君登润州城楼》一诗中提到：“江田漠漠全吴地，野树苍苍故蒋州。”[③]除水稻外，丹阳的粮食作物还有粟和麦。南方虽不是粟的主产区，但丹阳的种植粟的数量并不在少数。《新唐书・地理志》载丹阳土贡

① 全唐文[M]. 北京：中华书局，1983：4231.

② 新唐书[M]. 北京：中华书局，1975：1057.

③ 储仲君. 刘长卿诗编年笺证[M]. 北京：中华书局，1996：327.

黄粟是当地特产，有许多人把它当作主粮。此地得天独厚的自然环境和气候条件使果树种植快速发展起来，李颀在《送卢少府赴延陵》中写到“春江连橘柚”[①]的景象。丹阳也大量种植有茶树，杜牧在《秋晚怀茅山石涵村舍》中有“云暖采茶来岭北”[②]的诗句，说明中唐以后在茅山地区已经产茶。

三、手工业

丹阳丝织业在唐前期就已经达到相当高的水平。《唐六典》卷三记录的开元贡中，丹阳就有方棋、水波绫两个品种。《元和郡县图志》卷二载，丹阳的开元贡有纹绫，开元赋有丝。《通典》卷六的天宝贡，丹阳有方丈绫十匹、水文绫十匹。《新唐书·地理志五》记载当地的土贡有衫罗、水纹、方纹、鱼口、绣叶、花纹等绫。由此可见当地的丝织不仅种类多，而且花样全。《旧唐书·韦坚传》谈到天宝折造贡有京口绫、杉段。对江南东道各州丝织品进行统计，以州为单位来讲，丹阳为最多，由此可以看出丹阳的丝织业相当发达。

丹阳制酒业很发达，酿酒技术较高。在《嘉定镇江志》卷六记载：“曲阿出名酒者，皆云后湖水所酿，故醇烈也。”[③]后湖就是练湖，好水出好酒，曲阿新丰酒从六朝起就已经非常有名，直到五代末年丹阳的酿酒业仍很兴盛。丹阳一地的酒楼也特别多，杜牧在《润州二首》中也谈到此，有诗为证：“青苔寺里无马迹，绿水桥边多酒楼。”[④]

丹阳的经济对促进该地文化的发展有积极的作用，在一些描写丹阳风物的诗中对此亦有所反映。经济基础决定上层建筑，良好的经济环境吸引着诗人的到来，并创作出许多脍炙人口的诗篇。

本章小结

丹阳一地自古便是物华天宝、地灵人杰，无论在唐前，还是在唐代，这里都涌现出很多成就斐然的人物。丹阳悠久的历史，使这里有深厚的

---

① 全唐诗[M]. 北京：中华书局，1960：1365.

② 吴在庆. 杜牧集系年校注[M]. 北京：中华书局，2013：792.

③ 宋元方志丛刊[M]. 北京：中华书局，1990：2368.

④ 吴在庆. 杜牧集系年校注[M]. 北京：中华书局，2008：170.

人文积淀。吴头楚尾的独特地理位置，使丹阳既有吴风，又有楚韵。移民的大量迁入，使丹阳的文化具有多元化的特点。丹阳一地发达的佛、道文化对在此地生活的诗人不仅在创作的作品上产生影响，而且对他们的思想产生一定的熏陶。丹阳位于京杭大运河和长江交汇处，是南北交通要道，即北上南下的取道之处。金山、焦山、北固山、招隐山以及道教圣地茅山，这些江山风貌以及历史悠久的寺庙，都吸引着众多诗人流连驻足、探奇揽胜。发达的经济条件、深厚的农业基础为文化的发达提供了雄厚的物质基础。以上这些都是唐代诗人创作大量丹阳诗的基础，独具特色的丹阳诗为唐诗的百花园添了一抹亮丽的色彩。

第二章

《丹阳集》诗人的创作与殷璠诗论

唐代的丹阳秉承了前代文学的优良传统，涌现出一批优秀的文人。殷璠就是其中颇具特色的一位，他以独到的眼光将其同时期占籍丹阳的诗人的作品汇次编集为唐代第一部地域性诗歌选集《丹阳集》。《丹阳集》首开选评结合的方式，对丹阳诗人的创作进行了选录与评点，充分体现了殷璠个性化的诗学思想对后代有较为深远的影响。殷璠在《丹阳集》与他所编辑的《河岳英灵集》中所表达出的文学思想既有继成亦有创新，自成一家。

第一节　《丹阳集》诗人的创作

丹阳诗人众多，这就给结集提供了必要条件，但真正将占籍丹阳诗人作为一个整体纳入到历史帷幕中的人是殷璠，他所编订的《丹阳集》[1]作为唐代第一部地域性诗歌选集所产生的意义在中国诗歌史上是十分积极的，但由于传播条件所限，这部诗集并未完整地流传下来。虽然如此，但说明丹阳这一地有着十分优秀的诗学传统，却是极为有力而可信的，且殷璠在这其中的功绩不言而喻。《丹阳集》一卷已散佚，现存部分《丹阳集》为陈尚君根据宋人《吟窗杂录》和明人《唐诗纪》所摘引《丹阳集》诗句编纂而成，共存诗 20 首，残句 12 则，收入《唐人选唐诗新编》中。

① 《丹阳集》的“丹阳”，不是指由曲阿改名的丹阳县，而是指由润州改名的丹阳郡。

一、殷璠与《丹阳集》

关于殷璠的生平事迹流传下来的记载甚少。唐人较早提及殷璠的是晚唐诗人吴融的《过丹阳》，其诗中“藻鉴难逢耻后生”一句后自注“殷文学于此集《英灵》”[①]，是记述殷璠仕历的唯一材料。南宋时《嘉定镇江志》卷一八[②]、元代《至顺镇江志》卷一九[③]、《全唐文》卷四三六等均记殷璠为丹阳人[④]，处士，有诗名，但现存的文献中并没有他的诗歌作品传世。据《新唐书・百官志》记载，唐代上州设文学一人，从八品下，丹阳在唐为上州，傅璇琮先生据此推断殷璠可能曾任润州的文学[⑤]。唐代应试举子不论登第与否都可称进士，登第后一般称前进士，加之润州文学官位低微，不由进士出身亦可聘任，因此无法断定殷璠是否进士登第。殷璠在《叙》中也说“爰因退迹，得遂宿心”[⑥]，殷璠可能辞官退隐著述，所以有“处士”之称。

在《新唐书・艺文志》(四)《包融诗》下注对《丹阳集》的作者有如下概述：“融与储光羲皆延陵人；曲阿有余杭尉丁仙芝、缑氏主簿蔡隐丘、监察御史蔡希周、渭南尉蔡希寂、处士张彦雄张潮、校书郎张晕、吏部常选周瑀、长洲尉谈戭、句容有忠王府仓曹参军殷遥、硖石主簿樊光、横阳主簿沈如筠，江宁有右拾遗孙处玄、处士徐延寿，丹徒有江都主簿马挺、武进尉申堂构，十八人皆有诗名。殷璠汇次其诗，为《丹杨集》者。”[⑦]对《丹阳集》所收录的作者情况进行了简要概述。另《全唐诗》卷四在“包融”题下对《丹阳集》的概述有这样一段话：“今存者包融以下十五人，储光羲别见。张彦雄、马挺无考。申堂构止存句。”[⑧]在《全唐诗》中，包融以下的十五人都有记载与作品留世。在武后朝中后期，由于州县的普及，寒士的文化教育程度得以普遍提高，加上丹阳为齐梁旧地，素有重文学艺术的传统，所以在中宗、睿宗时开始酝酿，开元中前期开始登上文坛的《丹

---

① 全唐诗[M].北京：中华书局，1960：7858.

② 宋元方志丛刊[M].北京：中华书局，1990：2525.记为“殷璠丹阳人处士有诗名”。

③ 宋元方志丛刊[M].北京：中华书局，1990：2869.记为“殷璠丹阳人处士有诗名”。

④ 全唐文[M].北京：中华书局，1983：4452.记为“璠，丹阳人，处士”。

⑤ 傅璇琮，李珍华.河岳英灵集研究[M].北京：中华书局，1992：100.润州的文学是一个从八品以下品位低微的小官。

⑥ 唐人选唐诗新编[M].北京：中华书局，2014：156.

⑦ 新唐书[M].北京：中华书局，1975：1609－1610.“丹杨集”当作“丹阳集”。

⑧ 全唐诗[M].北京：中华书局，1960：1153.

阳集》文学群体初露锋芒。胡震亨《唐音癸签》卷三十:“一方士人诗有《丹阳集》。开元中,丹阳进士殷璠汇次润州包融……十八人诗,前各有评,一卷。”[①]指明该书的编集时间、内容与体例。《丹阳集》所录这些诗人年龄跨度比较大,而且大多数人在“两唐书”无传,生卒年不可确考。但从现存的史料中仍可寻觅出一些蛛丝马迹。在这群人当中,孙处玄最为年长,开元初已有记载。《旧唐书·隐逸传》中有关于孙处玄的相关内容:“孙处玄,长安中征为左拾遗。颇善属文,尝恨天下无书以广新文。神龙初,功臣桓彦范等用事,处玄遗彦范书,论时事得失,彦范竟不用其言,乃去官还乡里,以病卒。”[②]包融、沈如筠、余延寿等人,皆与殷璠父辈年纪相近。储光羲、丁仙芝、蔡氏兄弟、殷遥等,年岁与殷璠大略相仿。谈戭、张翚、申堂构等,开元末期刚刚步入仕途,年辈比殷璠略低,申堂构的卒年最晚,天宝末年尚在世。这些人活动年代大致在神龙至开元年间前期。如蔡希寂,开元十二年登进士第,关于张翚在《唐诗纪事》卷一五有所记载:“翚,开元进士,萧颖士同年生也。”[③]丁仙芝、蔡希周,均为开元十三年(725 年)进士。谈戭为开元十五年(727 年)进士。余延寿、张潮、张彦雄为开元年间处士。

《丹阳集》没有选录马怀素[④]及其诗,主要是因为他是殷璠的前辈。马怀素所存诗歌大部分为应制诗,这与他“贵且文者”的地位相关,他是当时最有文名的丹阳人。马怀素现存 12 首诗歌,其中以“应制”[⑤]为题的占 7 首,其他 5 首诗多为送别诗。之前有部分学者认为马挺为马怀素之弟,如陈尚君结合《秋庭贻马九》诗及序认为:“扶风为马氏显望。‘舍人’‘世哲’‘哲兄’均指马怀素……储诗多次提到马舍人,均指怀素。挺为其

---

① 四库全书影印本唐音癸签(卷三十)。

② 旧唐书[M].北京:中华书局,1975:5123.

③ 计有功.唐诗纪事[M].上海:上海古籍出版社,1985:227.

④ 马怀素(659—718 年),字贞规,一字惟白,润州丹徒人,寓居江都。少师事李善,家贫苦读。十五岁举孝廉,弱冠登文学优赡科,授鄠县尉,累迁左拾遗、左台监察御史、殿中侍御史,刚正敢言,不畏权贵,迁礼部员外郎。景龙二年(708 年),为考功员外郎、修文馆直学士。迁中书舍人,与李乂同掌诏制。后历检校吏部侍郎、大理少卿,虢州刺史。开元初,为刑部侍郎,转户部侍郎,封常山县公。开元五年(717 年),为秘书侍郎,兼昭文馆学士,奉诏编次群书,未成而卒。

⑤ 《唐诗百科大词典》对“应制诗”的定义为:“旧时臣子奉皇帝之命所作之诗,亦包括臣僚对皇帝某一诗篇的唱和之作。唐宋以后多为‘应制’为标题,如上官仪《过旧宅应制诗》。内容多为歌功颂德、粉饰太平,少数作品也陈述一些对当时政治的期望。形式多用五言六韵或八韵的排律。”唐诗百科大辞典[M].北京:光明日报出版社,1990:1302.

弟，开元间当已入中年。其家居，似在荥阳一带。”[①]吕玉华亦言：“储光羲的诗里还多次提到‘马舍人’，均指马怀素。马挺为其弟，开元中当已入中年，似居家在荥阳一带。而殷璠《丹阳集》收录马挺，不录马怀素，恐非偶然遗漏，或许是有意为名望不显者扬名，并不迎合时势。”[②]近期，杨琼、胡可先的《新出土墓志与〈丹阳集〉诗人考辨》一文中结合新出土的马挺墓志纠正了之前学界一直认为的“马挺为马怀素之弟”一说。推算马挺生卒年为公元 694—745 年，而马怀素生卒年为公元 659—718 年。马怀素比马挺年长 35 岁，从年龄差距看，“马挺为马怀素之弟”的判断也很不合理[③]。马怀素虽是丹徒人，且诗歌创作有一定成就，但是他与殷璠不是同时代人，鉴于《丹阳集》中收录的 18 位诗人，与殷璠除同乡关系之外，生活时代基本处于同时。所以马怀素对于殷璠来说是“先贤”，故不录。

在《唐音癸签》卷二十八中提及《丹阳集》：“亦多盛唐间人，吴、杨所产也。殷氏叙其履历，但一二稍显。自余布衣冗秩，旁午篇中，岂此方当时遂无贵且文者耶。”[④]从诗人们的官职来看，《丹阳集》所收录的诗人职位都不是甚高，无有“贵且文者”。从《丹阳集》所选的诸位诗人，其任职情况来看，有 3 位是不做官的“处士”，有 10 位是县尉、主簿、校书郎等下级官吏，级别最高的大理司直包融也不过六品。所以《丹阳集》收录的诗人是由下级官吏和“处士”所组成，且与殷璠是同时代的人。殷璠在《丹阳集》与《河岳英灵集》所选的都是一些藉藉无名的诗人[⑤]，即使《河岳英灵集》中有的诗人后来身居高位，但被选入此集时还未宦达。所以对诗人进行品评时，一再以文学成就与仕履进退相对立表达对世道的不满，认为有才能的人，不是屈居下位，就是受人谤毁。在常建的评语中说：

---

① 陈尚君．殷璠《丹阳集》辑考[M]//唐代文学论丛(第 8 辑)．西安：陕西人民出版社，1986：86.

② 吕玉华．《丹阳集》考辨[J]．文献，2003(2)：50.

③ 杨琼，胡可先．新出土墓志与《丹阳集》诗人考辨．陕西师范大学学报：哲学社会科学版，2014(5)：124－125.

④ 四库全书影印本唐音癸签(卷二十八)。

⑤ 在石树芳的《唐人选唐诗研究》(浙江大学 2013 年博士学位论文)中，作者认为殷璠有可能在长安担任过“文学”一职，并认为《丹阳集》是殷璠于长安宫廷诗风的影响下编撰的地域选本，主要有两点原因：首先，《丹阳集》从形式到内容均带有明显的宫廷选本的特征。其次，《丹阳集》并未如《河岳英灵集》一般仅录“仕宦不达”之人，亦未流露出浓郁的愤懑之情，其中和淡远的诗风亦与宫廷追求一脉相承。另外，《丹阳集》编撰之时年轻一代刚刚登上政治舞台，目前所能考知登第最晚者为谈戭、申堂构、张晕，三人所授官职分别为长洲尉、武进尉、校书郎。但是笔者认为仅从对所选诗人标明官职以及诗风符合宫廷选本的标准来判断《丹阳集》为宫廷选本未免有些牵强，缺乏立论的坚实基础，应有明确的证据才能得此结论。

“高才无贵仕，诚哉是言。”[1]对王季友“白首短褐”[2]、薛据“自伤不早达”[3]、李颀“只到黄绶”[4]、孟浩然“沦落明代，终于布衣”[5]的评语中亦有相类似的话，可见殷璠是以诗评的方式，集中表现了他怀才不遇，不得朝廷垂青的愤懑情绪。

殷璠所选《丹阳集》首创评选结合、借选诗表达自己诗歌宗旨的新体例，这在文学批评史上无疑具有开风气之先的意义。在乔长富的《〈丹阳集〉和盛唐润州籍诗人》一文中认为《丹阳集》开创了“五个第一”，分别为：第一部盛唐人选盛唐诗；第一部由唐人编选的地域性的诗歌选集；第一部由唐代润州人编选的唐代润州籍诗人的诗歌选集；第一部古代镇江人编选的镇江籍诗人的诗歌选集；第一部在每位入选诗人名下都有评语的诗歌选集[6]。这段话充分地指出《丹阳集》的开创性意义。从体例来看，《丹阳集》有序言和集论，在所收录诗人名下加评语，简介生平，总括诗歌风貌，选摘佳句，其最为创新之处是“评”手法的运用，这也为后来诗选者所借鉴。《河岳英灵集》以及《中兴间气集》《南薰集》都采取了这种选评相结合的方式来处理诗歌。清代永瑢等编撰《四库全书简明目录》认为，《河岳英灵集》“每人名字之下，各有品题。总集之有评语，自是书始”[7]。《四库全书简明目录》之所以认为《河岳英灵集》开创“总集之有评语”的评论体例，是因为约在南宋后期《丹阳集》就已散佚[8]，《四库全书》的编者未曾见过《丹阳集》，故有此语。

二、《丹阳集》所选诗的题材内容

《丹阳集》所收录的诗人群的诗作除现存《丹阳集》所收录诗歌之外，在《全唐诗》中亦有保留。本书拟将这两部分诗分而论之，这样能够更加清晰地看出《丹阳集》诗歌的总体特点，《丹阳集》集外诗在后文中讨论。

---

① 唐人选唐诗新编[M].北京：中华书局，2014：165.
② 唐人选唐诗新编[M].北京：中华书局，2014：165.
③ 唐人选唐诗新编[M].北京：中华书局，2014：225.
④ 唐人选唐诗新编[M].北京：中华书局，2014：202.
⑤ 唐人选唐诗新编[M].北京：中华书局，2014：233.
⑥ 乔长富.《丹阳集》和盛唐润州籍诗人[N].镇江日报(文化周刊)，2009-08-10(1).
⑦ 永瑢，等.四库全书简明目录[M].上海：上海古籍出版社，1985：829.
⑧ 陈尚君.唐代文学丛考[M].北京：中国社会科学出版社，1997：226.

现在我们已经无法看见《丹阳集》的全貌，但尚有不少材料保存于《吟窗杂录》等书中，陈尚君根据上海图书馆馆藏明刻本《吟窗杂录》和复旦大学图书馆馆藏明万历刻本《唐诗纪》，将《丹阳集》残文汇集成编为《殷璠〈丹阳集〉辑考》，最初在《唐代文学论丛》第八辑中刊出，后收录于《唐人选唐诗新编》中，共存诗 20 首，残句 12 则。从诗歌体例角度来分，五言古诗 8 首，五言律诗 8 首，七言律诗 1 首，五言绝句 3 首，五言残句 10 则，七言残句 2 则。从诗歌题材角度来分，送别诗 2 首，咏史怀古诗 2 首，羁旅行役诗 6 首，山水田园诗 6 首，奉和应制诗 1 首，乐府诗 2 首，酬赠诗 1 首。总体上看，在《丹阳集》中表达隐逸之诗风和对江南山水与田园风物的描摹这两方面的内容显得颇为突出。

（一）隐逸诗风的呈现

隐逸情结是中国士阶层一种独特的社会文化现象。唐代丹阳隐逸之风盛行主要有两个原因。一方面，在大环境上，唐代隐逸之风盛行，上至皇亲国戚、朝廷显贵，下至普通士子，具有隐逸情结者甚众。唐代立国之始便开始尊崇道教，道教地位在唐高宗时期得以大大提升。在《旧唐书·隐逸传》中记载："高宗、天后，访道山林，飞书岩穴，屡造幽人之宅，坚回隐士之车。"①在整个初盛唐时期，寻访栖隐的狂热，在高宗，武后时期达到了高潮，后来好道的玄宗亦绵延此风。上行下效，"隐逸"主题的诗歌大行其道。另一方面，丹阳本地有隐逸的传统，如茅山、招隐山所蕴含深刻的文化内涵和历史传统，使得丹阳本地有丰富的隐逸传说与文化积淀。这对丹阳诗人的行为心态、人生价值、审美倾向、人生境界有着深刻的影响。

在霍建波的《隐逸诗研究——先秦至隋唐》一文中对何为"隐逸诗"有比较宽泛的界定：认为凡是具有一定分量的隐逸思想的诗歌，都可称之为隐逸诗。"隐逸诗歌"中的隐逸思想应该包括以下几个方面的内容：因时局混乱、仕途险恶等社会问题而表达避世归隐愿望、寻求人生归宿的；向往山水、田园的自然美景而甘愿终老于此的；描绘种种高雅行径、闲情逸致等有关隐士生活情调的；直接发表对于隐居、隐士等有关隐逸问题看法的；尽管诗中没有明显的隐逸思想，但因其言外之意能够被后代文人多次在论及隐逸问题时作为典故引用的。具有以上任何一个方

---

① 旧唐书[M]. 北京：中华书局：1975：5116.

面的内容，并且该内容占有一定分量的诗歌，都可称之为隐逸诗①。《丹阳集》所收录的诗中，“隐逸诗”占的比重比较大，下面举两诗为例《石桥琪树》与《同家兄题渭南王公别业》来说明。

石桥琪树　蔡隐丘

山上天将近，人间路渐遥。
谁当云里见，知欲渡仙桥②。

就该诗题目中的“石桥”而言，在《文选·游天台山赋》李善注引顾恺之《启蒙记》中有：“此山有石桥，广不盈尺，下临万丈深涧，又有莓苔生于石上，甚滑也。”③可见是极险之地。琪树是传说中的玉树，《游天台山赋》中有“建木灭景于千寻，琪树璀璨而垂珠”④这样的句子。渡仙桥乃是传说中的天台山石桥，虽极险，然渡此桥即入仙境。此诗当为诗人游天台山，看见石桥与琪树产生的联想，现实中的景象与诗人欲登仙的想法合二为一。天台山登到高处就离天比较近了，人间之路渐行渐遥，谁与我能在云中相见，是因为我想渡仙桥而成为神仙。在这首诗中，诗人将幻想与现实融为一体，虽为登山游赏，借助“石桥”“琪树”所蕴含的文化底蕴，让诗人产生飘飘欲仙之感。

同家兄题渭南王公别业　蔡希寂

好闲知在家，退迹何必深。
不出人境外，萧条江海心。
轩车自来往，空明对清阴。
川涘将钓玉，乡亭期散金。
素晖射流濑，翠色绵森林。
曾为诗书癖，宁为耕稼任。
吾兄许微尚，枉道来相寻。
朝庆老莱服，夕闲安道琴。
文章遥颂美，寤寐增所钦。

---

① 霍建波. 隐逸诗研究——先秦至隋唐[D]. 西安：陕西师范大学，2005.
② 全唐诗[M]. 北京：中华书局，1960：1157.
③ 文选[M]. 北京：中华书局，1987：211.
④ 文选[M]. 北京：中华书局，1987：212.

即郁苍生望，明时岂陆沉[①]。

诗题的"家兄"指的是蔡希周。这里"江海心"指隐居之心。安道琴为《晋书·隐逸传》中的戴逵，"戴逵字安道，谯国人也。少博学，好谈论，善属文，能鼓琴，工书画。……太宰、武陵王晞闻其善鼓琴，使人召之，逵对使者破琴曰：'戴安道不为王门伶人'"[②]。写此诗时诗人赋闲在家，没有做官，虽然没有远离人境，仍与外界有一定的联系，但诗人有一颗"心斋"之心，"素晖射流濑，翠色绵森林"是对自己隐居环境的描写，周围有流水、有青翠的山林，环境清幽，在这样的环境中读书、耕稼与隐居的整体氛围相吻合，并运用"老莱服"与"安道琴"的典故，进一步表达想归隐田园的想法，整首诗表达出来的都是向往园林之心。

在《丹阳集》仅存的20首诗中，可以准确找出表达诗人想"成仙""隐逸"的诗歌就有多篇，一管而窥全豹，整部《丹阳集》以隐逸为主题的诗歌估计不在少数。

（二）江南山水与田园风物的描摹

《丹阳集》诗中对山水的精彩描摹源自于吴地优美的自然景色、清丽的山川风物，以及清新、俊秀的南朝文化。丹阳诗人们学习南朝诗人借游赏山水、吟咏自然以娱情的审美方式，所以创作出了许多清新婉丽的诗，如丁仙芝的《剡溪馆闻笛》，周瑀的《潘司马别业》《送潘三入京》，谈戭的《清溪馆作》，殷遥的《友人山亭》《春山晚行》等，这些诗歌创作给唐初以来日趋富丽、缛彩的诗歌风貌注入了新鲜的艺术气息。下面以《送国子张主簿》《潘司马别业》《春山晚行》为例分析之。

送国子张主簿　包融

湖岸缆初解，莺啼别离处。
遥见舟中人，时时一回顾。
坐悲芳岁晚，花落青轩树。
春梦随我心，悠扬逐君去[③]。

此诗为送别诗，国子监张主簿为何人不可考。诗人与朋友来到湖

① 全唐诗[M].北京：中华书局，1960：1158.
② 晋书[M].北京：中华书局，1974：2457.
③ 全唐诗[M].北京：中华书局，1960：1154.

边,送朋友到船上,解开系在岸边树上的缆绳,这时突然听到黄莺的声声啼叫,不免黯然神伤。“湖岸”点明送别地点,“莺啼”点明送别时间是春季,同时也用黄莺欢快的啼叫反衬诗人与友人离别的愁绪,莺啼更加重了离别的伤感。船已远去,只能远远地望见船中的友人,时不时地回头看向岸边的自己。诗人久立岸边遥望舟中,友人亦时时回顾岸边的诗人,这是一种眼神的交流,更是一种心灵的呼唤,表现主客二人依依不舍之情。因为暮春时节而悲伤,树上的花儿也已经纷纷落下。别后的时刻,诗人用暮春时节的景色来抒写内心的感受,暮春时节,落花纷纷,美好的时光就要消失不见。表面上是写诗人的惜春之情,其实是写友人别离之后,作者心里的伤感。朋友的离去,正像春天的离去一样,不容挽留。此时此刻,只剩下自己孤零零的一个,那些喝酒赋诗玩乐的美好日子一去不复返了。此刻的离别,不知何时才能相见。在暮春时节夜深人静的晚上,友人频频出现在诗人的梦境之中。友人已经离去,这是无法改变的事实,诗人只能借助梦来表达对友人的思念之情。

潘司马别业　周瑀

门对青山近,汀牵绿草长。
寒深包晚橘,风紧落垂杨。
湖畔闻渔唱,天边散雁行。
萧然有高士,清思满书堂①。

这首诗是对潘司马别业周围环境的描写,属典型的江南秋天景色。别业在空间上地处偏僻,远离尘俗,门外正对着青山,水边有绿草为伴。寒深、风紧则从物候上写出了深秋的景色,反衬当时居住环境的萧索。见一落叶而知秋之将至,何况已是落叶纷纷、候鸟迁徙的时候,这时已是深秋时节,从不同角度展现潘司马作为隐士的超凡脱俗。此诗运用视听结合的手法,抬头可看群雁、低头可闻渔唱,隐居生活是平淡的,更是悠闲惬意的。潘司马是世外之高人并且埋头书斋,思想清远。全诗前六句通过环境描写烘托潘司马寄情山水的情怀,最后两句写他读书思考的萧然,对潘司马的赞叹之情跃然纸上。

---

① 全唐诗[M].北京:中华书局,1960:1161-1162.

春晚山行　殷遥

寂历青山晚，山行趣不稀。
野花成子落，江燕引雏飞。
暗草薰苔径，晴杨扫石矶。
俗人犹语此，余亦转忘归①。

此诗是写一个春天的傍晚，诗人在山间行走，见到山间的美景，滋生出了很多乐趣。山间的野花自开自落，燕子带着自己的幼雏练习飞行，山间的小路长满了青草和青苔，杨树的枝丫轻轻拂动下面的石头，这里的一切都在向作者昭示着和谐安详的画面，诗人虽是路过此地，却也萌生出忘归之心。这首诗语言恬淡自然，所绘之景充满大自然的乐趣，没有浓墨重彩的描绘，但是读起来却让人无比神往。在《唐才子传·殷遥》中有对殷遥思想情趣的概述："（殷遥）与王维结交，同慕禅寂，志趣高疏，多云岫之想。"②可见殷遥他的总体风格即是向往自然、向往禅趣，《春山晚行》就是这种旨趣的体现。

以上所举三首诗中均有对景物的描写，这些景物描写多为诗人眼见之实景，虽没有浓墨重彩的描摹，但笔法清新淡远，颇多意趣，且景物描写多为诗歌主旨服务。

《丹阳集》的诗歌题材主要有以上这两种。而无论是表达隐逸之思，还是对江南山水与田园风物的描摹，均与诗人所生活的环境即丹阳风物与文化有着密切的关系。据现有史料记载，这群诗人大多缺乏游历祖国名山大川的经历，而是偏安于江南一隅，为当地风行的道教所浸染，为当地的美景所陶冶，因而写出这些内容的诗歌亦不足为奇。《丹阳集》编撰的意义在于，它代表了以籍贯为单位收录文学的现象在此得以确认，其选诗标准和评论导向暗示了区域作者的创作趋向。虽然《丹阳集》现存诗歌较少，但是写景咏物之诗当为吴越诗人创作的主要内容。

三、《丹阳集》诗人集外诗的创作

《丹阳集》诗歌题材内容较为丰富，除此集已选的 20 首诗、12 则残

① 全唐诗[M].北京：中华书局，1960：1163.
② 辛文房.唐才子传校笺（第一册）[M].北京：中华书局，1987：503.

句外，还有29首诗，7则残句①。这部分诗歌亦有它独特的艺术风貌。

(一)《丹阳集》集外诗的主要内容

这部分的诗歌从内容角度可以大致划分为四类：闺怨之情的真实展现，吴越风情的歌咏，仕途不顺、对方外之情的追求以及壮怀逸兴之情的表现。

1. 闺怨之情的真实展现

这群诗人所处的时代是唐王朝发展最为鼎盛的时期，经济繁荣、商业兴盛，吴中地区商业尤其发达。丹阳位于江南运河北端入江口，便利的交通为经济繁荣提供了重要基础。与经济发展相适应的是“商人”与“商人妇”的形象已经出现在《丹阳集》作家群的诗歌当中。这些诗虽为男子作闺音，但已然将男子在外漂泊、女子在家诚惶诚恐的感受细致地描摹了出来，如张潮的《江风行》：“孟夏麦始秀，江上多南风。商贾归欲尽，君今尚巴东。巴东有巫山，窈窕神女颜。常恐游此方，果然不知还。”②此诗写麦子抽芽，写江上多风，其实都是衬托女性内心的躁动不安，商人在外没有回家的想法，妻子在家白白着急。所谓的“神女颜”其实是对外界诱惑的一个概括，商人妇在家想象着外界的诱惑是何等之巨，自己在家亦是白白着急，以前自己就担心商人去这些地方，现在受到诱惑果然不知道回家了。张潮另有《长干行》：“那作商人妇，愁水复愁风。”③商人在外经商，到处行走，妇人在家担心他的衣食饮居，也担心他出行是否安全。《襄阳行》：“是君妇，识君情，怨君恨君为此行。下床一宿不可保，况乃万里襄阳城。”④这首诗似将商人的薄情寡义渲染到了极致，一旦下床离开，这种情意有可能就断了。商人在外漂泊，可以受到各种诱惑，商人妇往往在家望穿秋水，担心之情溢于言表，往往又无可奈何。

商人妇对商人既有“怨”也有“恋”。“怨”与“恋”二者相反相成，互相激发。无穷的“恋”激起多重的“怨”，而当妇人这种依恋无法变成现实，只能是一种梦想的时候，又会反过来增添悲怨愁苦。这一矛盾不仅使得

---

① 储光羲除《丹阳集》收录的诗歌之外的其他诗未算在内，后面有单节进行讨论储光羲诗歌与丹阳地域文化的关系。

② 全唐诗[M].北京：中华书局，1960:1160.

③ 全唐诗[M].北京：中华书局，1960:1160-1161.

④ 全唐诗[M].北京：中华书局，1960:1160.

“怨”与“恋”的意蕴更加丰富，而且有助于商人妇闺怨之情的表达。

2.吴越风情的歌咏

这群诗人学习吴越当地的民歌，创作了一些流转、媚美的乐府诗，如丁仙芝的《江南曲五首》，张潮的《采莲词》《江南行》等，这些诗在一定程度上描绘出了“吴越风情”。下面以具体诗歌为例予以说明。

南州行　徐延寿

摇艇至南国，国门连大江。
中洲西边岸，数步一垂杨。
金钏越溪女，罗衣胡粉香。
织缣春卷幔，采蕨暝提筐。
弄瑟娇垂幌，迎人笑下堂。
河头浣衣处，无数紫鸳鸯①。

这首诗通过诗人的视角向我们描绘了他乘船至“南州”所见之景。“摇艇”这种出行方式正符合江南水道较多的特点，乘小艇到南州，这里的水道与大江相通。河岸的西面种植了很多杨树，杨树经年生长，叶子低垂。越地的女子，打扮分外妖娆，美丽的女子散发着江南特有的妩媚气息，“织缣”“采蕨”等活动都是对“越溪女”行为的描写，无事时弹琴鼓瑟，有人来时笑语相迎。河头浣衣之处，满眼的紫色鸳鸯，“一切景语皆情语”，眼中所见之鸳鸯无疑表达的是“越溪女”对爱情的渴望。

人日剪彩　徐延寿

闺妇持刀坐，自怜裁剪新。
叶催情缀色，花寄手成春。
帖燕留妆户，黏鸡待饷人。
擎来问夫婿，何处不如真？②

农历正月初七为人日，剪彩是古代立春时的一种风俗，用色绢、彩纸剪成燕或花朵，插于头发，并互相赠送，表示迎春，称为“彩胜”。这首诗将一个天真烂漫的闺妇形象刻画得淋漓尽致，女性的娇嗔、心灵手巧皆

① 全唐诗[M].北京：中华书局，1960：1165.
② 全唐诗[M].北京：中华书局，1960：1166.

有体现。主人公拿着自己裁的装饰品，问自己的夫婿，有什么地方不像真的呢！

江南曲五首　丁仙芝

其一：长干斜路北，近浦是儿家。
　　　有意来相访，明朝出浣纱。
其二：发向横塘口，船开值急流。
　　　知郎旧时意，且请拢船头。
其三：昨暝逗南陵，风声波浪阻。
　　　入浦不逢人，归家谁信汝？
其四：未晓已成妆，乘潮去茫茫。
　　　因从京口渡，使报邵陵王。
其五：始下芙蓉楼，言发琅琊岸。
　　　急为打船开，恶许旁人见①。

《江南曲》为乐府旧题，唐代有很多诗人以《江南曲》为题吟咏抒怀。这一组诗五首分别歌咏五个地点：长干、横塘、南陵、京口、芙蓉楼，其中的两处在丹阳。风格上清新明丽，有江南古曲的特色。语言浅近清新，手法纯是白描，洋溢着一种痛快淋漓、热情活泼的气息，民歌风味浓烈，女子向情郎表达爱意主动大胆。《江南曲》属清商曲辞，此曲源于南朝，五言四句，形式简洁灵动。用乐府写民歌，自由活泼，坦诚奔放，纯朴而清新。这组诗继承了南朝乐府民歌谐音双关的艺术表现手法。

"吴越风情"是带有地域特色的一种文化，笔者认为主要是指描写吴越一带民风、民俗等风土人情类的内容，《丹阳集》诗人所作诗歌不仅仅局限于描写丹阳一带，也包括这些诗人活动的整个地区，但仍以江南为主。例如，《南州行》是对"南州"一带自然风光及风土人情的描摹，《人日剪彩》是对"人日"剪彩习俗及小夫妻之间打情骂俏状态的记述，《江南曲五首》从描写对象到语言、意象都带有浓厚的吴越风情。

3. 壮怀逸兴之情的表现

《丹阳集》诗人的创作不仅有山水的描摹，也偶有气概壮大之作，只存 2 首，殷遥《塞上》和孙处玄《失题》。

---

① 全唐诗[M]. 北京：中华书局，1960：1157.

塞上

万里隤城在，三边虏气衰。
沙填孤嶂角，烧断故关碑。
马色经寒惨，雕声带晚悲。
将军正闲暇，留客换歌辞①。

虽不知殷遥是否去过边塞，但是这首边塞诗却写得非常生动传神。边塞之上，倒塌之城绵延万里，一望无际，边境的风都夹杂着外邦人的气息。战争的反复蹂躏使得这一带已经没有任何生机，有的只是无限的凄凉。“马色”“雕声”与自然景物相结合染上了悲凉的色彩。在诗人看来，一切景物、生物都在战争的阴影下而显得格外萧瑟。而诗的最后两句“将军正闲暇，留客换歌辞”把将军的娴雅之情与前文环境的描写形成鲜明对比，这似在无声地控诉所谓之“将军”，他们的不作为正给敌人以可乘之机，也间接造成了边境百姓的流离失所。

失题

汉家轻壮士，无状杀彭王。
一遇风尘起，令谁守四方②。

这首诗中的彭王指的是彭越。他在秦末聚众起兵，后归顺刘邦，多立奇功，封为梁王，后以谋反罪被刘邦诛杀。这首诗没有对边塞环境以及战争的描写，甚至将题目拟为“失题”，似乎是针对目前的状况而不知该说什么，将诗人那种无可奈何而又无比忧虑的心情表达了出来。唐人多以汉自喻，这首诗有借古讽今的成分在，可能是针对某一实事有感而发，表达出对国家战争无将可用的深深忧虑。

这两首诗在诗歌风貌上与《丹阳集》诗人所创作的总体风格略有不同，写出了诗人对国计民生的深深忧虑。表达感情上格调较为阔大，不只局限于对江南风物及个人情感的抒发上。

4.仕途不顺、对方外之情的追求

何谓方外之情？所谓“方外”本出自《庄子·大宗师》：“孔子曰：彼，

---

① 全唐诗[M].北京：中华书局，1960：1163.

② 全唐诗[M].北京：中华书局，1960：1165.

游方之外者也；而丘，游方内之者也”[①]，即超然于世俗之外。个人地位的卑微、人生四处的漂泊自然会引起诗人对人生出处行藏的思索。如张晕的《绝句》："茫茫烟水上，日暮阴云飞。孤坐正愁绪，湖南谁捣衣”[②]，由眼前寂寥孤独的状态，联想到自己家中的情况，妻子在百无聊赖地捣衣，此时是否也有对诗人的思念之情呢？殷遥的《送杜士瞻楚州觐省》："共道官犹小，怜君孝养亲”[③]，说明官职不高，在家奉养双亲。孙处玄的《咏黄莺》："欲啭声犹涩，将飞羽未调。高风不借便，何处得迁乔”[④]，借咏黄莺不得高迁而喻己之不得志。这群诗人的一个普遍特点是官职不高，心情难免抑郁不平。虽得不到高迁，但当时是唐之盛世，加之唐代社会道教流行，诗人内心的苦闷往往会借助一些寻仙问道的诗歌来反映和排解。如殷遥的《友人山亭》："故人虽薄宦，往往涉清溪”[⑤]，表明诗人的友人俸禄微薄，喜爱山水。蔡希寂的《赠张敬微》："不知君作神仙尉，特讶行来云雾深”[⑥]，这两句诗对张敬微的描写颇有几分仙风道骨。张晕的《游栖霞寺》："一从方外游，顿觉尘心变”[⑦]，表明方外的生活，使得诗人有摒弃俗世生活之意。这些诗句有描写丹阳郡诗人之友人的，有描写诗人自己之行为的，但都表达出对方外之情的追求，反映出的是丹阳诗人的一种普遍心态。

丹阳制酒业和酿酒技术比较发达，在《宋元方志丛刊·嘉定镇江志》卷六记载："曲阿出名酒，皆云后湖水所酿，故醇烈也。”[⑧]练湖水美，故用其酿酒也甚为醇烈。在唐人之诗中有很多关于此的记载，如李白在《叙旧赠江阳宰陆调》诗中有云："多沽新丰醁，满载剡溪船”[⑨]，新丰指的是江南丹徒县的新丰，产美酒，此诗表达出的是李白对丹阳所产美酒的念念不忘。丹阳诗人嗜酒反映到诗歌里面，如包融同孟浩然相邀“相携竹林下”，“对酌不能罢”[⑩]，丁仙芝的《馀杭醉歌赠吴山人》："十千兑得馀杭

---

① 陈鼓应．庄子今注今译[M]．北京：中华书局，2001：193.
② 全唐诗[M]．北京：中华书局，1960：1161.
③ 全唐诗[M]．北京：中华书局，1960：1163.
④ 全唐诗[M]．北京：中华书局，1960：1164－1165.
⑤ 全唐诗[M]．北京：中华书局，1960：1163.
⑥ 全唐诗[M]．北京：中华书局，1960：1159.
⑦ 全唐诗[M]．北京：中华书局，1960：1161.
⑧ 宋元方志丛刊[M]．北京：中华书局，1990：2368.
⑨ 全唐诗[M]．北京：中华书局，1960：1744.
⑩ 全唐诗[M]．北京：中华书局，1960：1122.

酒，二月春城长命杯。酒后留君待明月，还将明月送君回”[①]，蔡希寂的《洛阳客舍逢祖咏留宴》：“绵绵钟漏洛阳城，客舍贫居绝送迎。逢君贳酒因成醉，醉后焉知世上情”[②]。从丁仙芝与蔡希寂的诗中可看出，二人有豪饮之习惯，虽然他们所饮之酒不是丹阳所产，但是在家乡盛产美酒的环境下所熏陶出性格至游宦在外亦未变。狂饮，从积极方面来看是个性的自我展示，从消极方面来看是一种解脱，体现一种精神的解放、个性的自由。既然没有机会做官，为民造福，施展宏图大志，也不妨在酒中找到人生的另一种乐趣。

另在包融等人的诗中可以看到对“世外桃源”的追求，如包融的《赋得岸花临水发》：“春来武陵道，几树落仙家”[③]，以及《武陵桃源送人》：“武陵川径入幽遐，中有鸡犬秦人家。先时见者为谁耶？源水今流桃复花”[④]，还有殷遥的《送杜士瞻楚州觐省》：“风流与才思，俱似晋时人。淮月归心促，江花入兴新”[⑤]。上述诗句中的“武陵”“桃花”“晋时人”均是指陶渊明的武陵源，陶渊明和他建构的武陵源是中国士大夫阶层的一座精神憩园，一旦在现实中遇到挫折，就会向里面寻找心灵的慰藉，这一点也与《丹阳集》收录的诗歌一脉传承。虽然这些诗歌目前不是《丹阳集》收录的诗歌，但是这些诗也可能被《丹阳集》收录，只是因散佚不得见《丹阳集》全貌而无法确定。

《丹阳集》所收录诗的创作者，他们生活在江南地区山清水秀的环境之中，对山水进行描摹的诗数量比较多，现存近三分之二的诗中有描写山水的成分，但题材较为狭窄。他们多数为下级官吏或以处士终身，在政治上作为不大，所以较难写出气象恢宏、意态博大之诗。

第二节　殷璠的诗学思想

《丹阳集》约成书于开元后期或天宝前期，较《河岳英灵集》为早。但是原书已散佚，其序文和对各家的评语部分保存于北宋末年蔡传所编的

① 全唐诗[M].北京：中华书局，1960：1156.
② 全唐诗[M].北京：中华书局，1960：1159.
③ 全唐诗[M].北京：中华书局，1960：1154.
④ 全唐诗[M].北京：中华书局，1960：1155.
⑤ 全唐诗[M].北京：中华书局，1960：1163.

《吟窗杂录》中，可窥见其部分面貌。其中的评论虽然不及《河岳英灵集》精警，但二者也可互相参证。殷璠在《丹阳集》与《河岳英灵集》的共同之处在于创立了诗歌选评结合的模式，《丹阳集》小试牛刀，至《河岳英灵集》已蔚为大观，通过选本来体现自己的文艺观，进行文学批评，并对入选诗人的创作进行扼要的评论，观点鲜明，在两部选集中体现出殷璠诗论发展演进的轨迹。如《丹阳集》评张彦雄诗："彦雄诗但贵潇洒，不尚绮密。至如'云壑凝寒阴，岩泉激幽响'，亦非凡俗所能至也。"[①]这段文字只是概括了张彦雄诗歌的总体风貌，而缺乏其他角度的评价。到了《河岳英灵集》评语规模扩大，综合运用各种批评方法，如对王昌龄诗歌风貌的评价：

> 元嘉以还，四百年内，曹、刘、陆、谢，风骨顿尽。顷有太原王昌龄、鲁国储光羲，颇从厥迹。且两贤气同体别，而王稍声峻。至如'明堂坐天子，月朔朝诸侯。清乐动千门，皇风被九州。庆云从东来，泱漭抱日流'，又'云起太华山，云山相明灭。东峰始含景，了了见松雪'……斯并警耳骇目。今略举其数十句，则中兴高作可知矣。余常睹王公《长平伏冤》文，《吊枳道赋》，仁有余也。奈何晚节不矜细行，谤议沸腾。再历遐荒，使知音者叹惜[②]。

在这段较长的评语中，殷璠使用了溯源流、作比较、摘名句、叙生平等多种方式，对王昌龄其人其诗进行评价。可见从《丹阳集》到《河岳英灵集》这种诗歌选评结合的方式已发展得相当成熟。殷璠是对盛唐诗歌艺术成就率先作出理论总结的人，在《丹阳集》中已体现出比较成熟的诗歌理论建构能力，但因《丹阳集》散佚较早，故常为人们忽视。发展到《河岳英灵集》已集选、评于一体，殷璠能够精确地洞察与把握盛唐一代诗歌的总体风貌和本质特性，从而实现了对唐前期诗学的全面总结。殷璠的诗学思想体现在诗歌选本的序言、集论和评语之中，既对前人有所继承，也有自身的发展变化。

一、崇尚"风骨"

"风骨"这一概念虽非殷璠所创，但与盛唐社会昂扬向上的精神风貌

---

① 唐人选唐诗新编[M]. 北京：中华书局，2014：139.

② 唐人选唐诗新编[M]. 北京：中华书局，2014：254.

相适应的是不少诗人都重视风骨，努力使作品的思想感情有鲜明爽朗的特征，语言刚健有力，诗歌具有风清骨峻的特色。在这样的历史潮流中，殷璠亦扛起标举“风骨”的大旗，他在《丹阳集序》中将魏晋至隋末这段历史时期“风骨”的发展演变过程一一进行陈述。

> 李都尉没后九百余载，其间词人，不可胜数。建安末，气骨弥高，太康中体调尤峻，元嘉觔骨仍在，永明规矩已失，梁、陈、周、隋，厥道全丧。盖时迁推变，俗异风革，信乎人文化成天下①。

从这段话中可以看出殷璠认为从李陵去世至唐，期间文人虽多，但是每个时期诗歌风貌的特点是不相同的，建安时期以三曹七子为代表的诗人撑起了“建安风骨”，到太康、元嘉时期体调及觔骨仍在，永明时期的创作中所含“风骨”已然很少，到了梁、陈、周、隋这几个历史时期，诗人创作中“风骨”已经荡然无存。随着时间的推移，诗歌风貌已然发生了的变化。

盛唐诗已从初唐受六朝错彩镂金、丽藻雕饰诗风影响的余绪中解脱出来，独具风貌。陈子昂所倡导的风骨，渐渐成为诗人自觉遵循的创作规范。“风骨”不仅是殷璠选录诗歌的重要标准，亦是其文学思想的重要组成部分。他在《丹阳集》与《河岳英灵集》中多次以“气骨”和“风骨”品评诗人，如在《丹阳集》中评蔡隐丘“虽乏绵密，殊多气骨”②。《河岳英灵集》中殷璠推崇诗歌的“气骨”，认为“建安末，气骨弥高”，而“元嘉觔骨仍在”。在《河岳英灵集·序》：“开元十五年后，声律风骨始备矣。”③《河岳英灵集·集论》：“言气骨则建安为传。”④在《河岳英灵集》中评高适：“然适诗多胸臆语，兼有气骨，故朝野通赏其文。”⑤评薛据：“据为人骨鲠，有气魄，其文亦尔。”⑥

所谓“气骨”与“风骨”含义大致相同，指的是诗歌既有坚实的事义，亦有深沉浓郁的情感。从这些内容可以看出殷璠标举的盛唐风骨一定程度继承于建安，但他又要求“有气魄”，这又区别于建安。傅璇琮在《河

---

① 唐人选唐诗新编[M].北京:中华书局,2014:131.

② 唐人选唐诗新编[M].北京:中华书局,2014:137.

③ 唐人选唐诗新编[M].北京:中华书局,2014:156.

④ 唐人选唐诗新编[M].北京:中华书局,2014:157.

⑤ 唐人选唐诗新编[M].北京:中华书局,2014:208.

⑥ 唐人选唐诗新编[M].北京:中华书局,2014:225.

岳英灵集研究·盛唐诗风与殷璠诗论》中将"风骨"的定义为:"'风骨'当然是指建安诗歌中一种特有风格。读建安诗给人一种'力'的感觉,这'力'的表现主要通过诗人的忧国伤民、慷慨任气的情绪和江山城郭人事的结合而淋漓尽致地表现出来。"① 比如高适的《邯郸少年行》:"未知肝胆向谁是,令人却忆平原君"②,此句表达出的是"游侠子"对于纵性任侠的生活远远感到不满足,而是希望凭借自己的侠肝义胆为国建功立业,施展自己的宏图抱负。这种"气骨"是建立在英雄豪迈的壮志抱负和慷慨悲壮的气魄情调之上的。如殷璠评价薛据的诗:"为人骨鲠,有气魄,其文亦尔"③,正是指他的《古兴》之类作品"怨愤颇深"④之故。这些对于风骨的理解与前人有一脉相承之处。而李白之"纵逸"、储光羲之"高逸",也在殷璠风骨的含义之内。殷璠"风骨"的概念设格较宽,着重于体现描写对象的风貌神态,具有"离形得似""传神写照"之妙,殷璠标举"风骨"的目的是以期来扭转齐梁至初唐诗歌靡丽柔弱之风。

二、"兴象"概念的提出

与"风骨"这一概念早已不同,"兴象"这个概念为殷璠在《河岳英灵集》中首次提出并使用。他所提出"兴象"的概念,在王运熙、顾易生主编的《中国文学批评通史·隋唐五代卷》中有如下阐释:"所谓象,指反映在作品中的外界事物(主要是景色)的具体形象。所谓兴,指表现在作品中的诗人由外界事物(主要是景色)触发而产生的感受、兴致。殷璠所谓兴象,大抵是指自然景物和诗人由此引发的感受。"⑤ 由这段文字可见,兴象是一种由外在的自然景物触发诗人思想所产生的感受。殷璠常以具有兴象来赞美所选的某些诗人,并赞美他们的作品具有秀雅幽远的意境。兴象的产生可以看作是盛唐山水诗创作经验的理论概括,在日本僧人遍照金刚所著的《文镜秘府论·南卷·论文意》中有云:"凡诗,物色兼意下为好,若有物色,无意兴,虽巧亦无处用之。"⑥ 又有:"诗贵销题目中意尽,然看当所见景物与意惬者相兼道。若一向言意,诗中不妙及无味;

---

① 傅璇琮,李珍华.河岳英灵集研究[M].北京:中华书局,1992:52.

② 唐人选唐诗新编[M].北京:中华书局,2014:209.

③ 唐人选唐诗新编[M].北京:中华书局,2014:225.

④ 唐人选唐诗新编[M].北京:中华书局,2014:225.

⑤ 王运熙,顾易生.中国文学批评通史·隋唐五代卷[M].上海:上海古籍出版社,1996:231.

⑥ 遍照金刚.文镜秘府论[M].北京:人民文学出版社,1975:133.

景语若多，与意相兼不紧，虽理道亦无味。”[①]从这些表述中可以看出如何处理情与景的关系使之相得益彰，诗人已开始注意这个问题，也标志着唐代抒情写景诗在南北朝基础上有新的发展，并在文学理论方面得到呼应。

殷璠在《河岳英灵集》中对常建、刘眘虚、王维几则评语即可看出他对“兴象”的追求。

> 常建：建诗似初发通庄，却寻野径，百里之外，方归大道。所以其旨远，其兴僻，佳句辄来，唯论意表。至如“松际露微月，清光犹为君”，又“山光悦鸟性，潭影空人心”，此例十数句，并可称警策[②]。
>
> 刘眘虚：眘虚诗，情幽兴远，思苦语奇，忽有所得，便惊众听。顷东南高唱者十数人，然声律宛态，无出其右。唯气骨不逮诸公。自永明已还，可杰立江表。至如“松色空照水，经声时有人”，又“沧溟千万里，日夜一孤舟”，又“归梦如春水，悠悠绕故乡”，又“驻马渡江处，望乡待归舟”。……并方外之言也[③]。
>
> 王维：维诗词秀调雅，意新理惬。在泉为珠，着壁成绘，一句一字，皆出常境[④]。

殷璠所举的这些诗人的作品多为山水诗，这些诗人、诗作与道、禅的关系，作品所描绘的物象与所传达的意味内在地融为一体，表达的多是传统景物中隐含了某些难以言传的意蕴。其所举的例子以物象的生动性、鲜明性与意蕴的抽象性、模糊性形成强烈的反差，并由此而产生了强大的艺术张力。殷璠评价常建的诗：“其旨远，其兴僻，佳句辄来，唯论意表。”这里的“意表”指的是诗歌审美意象所蕴含的超乎象外、难以言喻的微妙之处。殷璠所举常建诗中的警策之语，如“松际露微月，清光犹为君”，“山光悦鸟性，潭影空人心”等句，被清代王士禛称为有禅悟之妙的作品。殷璠在评王维的诗时说：“在泉为珠，着壁成绘，一句一字，皆出常境。”所谓“常境”是指能够用语言文字来描绘的境界，而王维达到的“出常境”是指诗歌中所体现的无法用语言文字来表达的境界。例如，殷璠

---

① 遍照金刚．文镜秘府论[M]．北京：人民文学出版社，1975：137－138．

② 唐人选唐诗新编[M]．北京：中华书局，2014：165．

③ 唐人选唐诗新编[M]．北京：中华书局，2014：186．

④ 唐人选唐诗新编[M]．北京：中华书局，2014：181．

所指出的“落日山水好，漾舟信归风”“涧芳袭人衣，山月映石壁”“天寒远山净，日暮长河急”[①]，读者细细体会就可发现其中蕴含的是隐居田园的心境和禅机，但是这种意境需要读者自己去体悟和再创造。殷璠评价刘昚虚诗：“情幽兴远，思苦语奇，忽有所得，便惊众听。顷东南高唱者十数人，然声律宛态，无出其右……并方外之言也。”这里认为“情幽兴远”是“方外之言”，更说明殷璠提倡的“兴象”与“方外之言”是紧密相连的。另外，在评张谓的诗“并在物情之外”[②]，王季友的诗“远出常情之外”[③]，綦毋潜的诗“善写方外之情”[④]，储光羲的诗“趣远情深，削尽常言”[⑤]等，可使我们对“兴象”的特殊含义有十分清楚的认识和把握，这也对唐代诗歌意境理论的发展产生深刻的影响。

《河岳英灵集》标举“兴象”反对“轻艳”，在叙和集论中批评了“然挈瓶庸受之流”责备“古人不辩宫商徵羽，词句质素，耻相师范”[⑥]。这里所着重批判的是南朝的声律派及其后来的追随者。“兴象”是殷璠首先提出十分重要的文艺美学概念，它是指诗歌中完整的审美意象，而这种审美意象偏重于指主体比较隐蔽的客体形象，然而它又可以极大地感发人的性灵，产生浓厚的审美兴趣，启发人们丰富的想象。“兴象”即“可以兴”的审美形象，这种审美形象所具有的“兴”的特点是指钟嵘《诗品·序》中所说的“文已尽而意有余”的“兴”，与殷璠论诗重在有言外之意是密切相关的。殷璠所标举的“兴象”理论正是总结盛唐诗歌艺术成就的基础上提出来的。“兴象”的超妙是构成诗歌意境的基础。因此，殷璠在评论所选盛唐人的诗歌时，所强调的具有言外之意的诗境，实质上正是对“兴象”理论的深化和发展。注重“兴象”的描绘，正是为了使诗歌的审美意象构成一种含蓄不尽、耐人寻味的境界。这样的诗要能够激发读者的想象能力，实现在欣赏过程中的再创造。殷璠对“风骨”“兴象”的理论总结可说是其文论中的最大亮点。

在现存的史籍中，关于殷璠行迹的记载甚是寥寥，偏居于江东丹阳的殷璠能独领风气之先，选录出代表一代诗风的作品，总结出卓异诸家

---

① 唐人选唐诗新编[M].北京：中华书局，2014：165.

② 唐人选唐诗新编[M].北京：中华书局，2014：191.

③ 唐人选唐诗新编[M].北京：中华书局，2014：193.

④ 唐人选唐诗新编[M].北京：中华书局，2014：230.

⑤ 唐人选唐诗新编[M].北京：中华书局，2014：239.

⑥ 唐人选唐诗新编[M].北京：中华书局，2014：156.

的诗歌理论，当与丹阳的地理条件有相当大的关系。古人一般以长江为界来划分南北，长江以北为北方，长江以南为南方，丹阳就处在南北交汇的界限上面，此地亦是唐代的交通要道，南来北往之人多在此取道，使得此地文化交流甚为发达，为南北文风在此合流提供了客观条件。在《隋书·文学传序》中有这样一段话："江左宫商发越，贵于清绮，河朔词义贞刚，重乎气质。气质则理胜其词，清绮则文过其意，理深者便于时用，文华者宜于歌咏，此其南北词人得失之大较也。若能掇彼清音，简兹累句，各去所短，合其两长，则文质斌斌，尽善尽美矣。"[①]这段话很好地诠释了南北文风交汇会产生怎样的实际效果，即"文质斌斌，尽善尽美矣"。殷璠总结的诗歌理论中"风骨"与"兴象"正是南北文风交汇所结出的硕果。他是想通过对盛唐诗歌的评选来提出他的诗歌主张，那就是"神来、气来、情来"，要求建立"既多兴象，复备风骨"，"既闲新声，复晓古体"，"言气骨则建安为俦，论宫商则太康不逮"这样既继承前人的理论遗产，又有所超越前人成就的诗歌风貌。

第三节　储光羲的诗歌创作

储光羲是《丹阳集》诗人群中存诗最多的一位诗人，殷璠对他的评价亦非常之高，所以将他的创作与丹阳文化的关系单作为一节来进行讨论。

储光羲(约707—约763年)，延陵人，祖籍兖州。开元十四年(726年)进士，授冯翊县尉，转汜水、安宜、下邽等县尉。仕宦不得意，隐居终南山的别业。后出山任太祝，世称储太祝，迁监察御史。天宝末，奉使至范阳。时安禄山兼任范阳、平卢、河东三镇节度使，强兵劲卒，正积极准备发动叛乱，而唐玄宗委任权奸，荒于政事。后安史之乱起，叛军攻陷长安，储光羲被俘，迫受伪职，后脱身归朝，贬死岭南。顾况所作《监察御史储公集序》，篇幅不长，却给我们提供了一些关于储光羲生平、交友以及后人对他评价的相关资料，现将全文录于下。

> 圣人贤人，皆钟运而生，述圣贤之意，亦钟运盛衰矣。开元十四年，严黄门知考功，以鲁国储公进士高第，与崔国辅员外、綦毋潜著

---

① 隋书[M].北京：中华书局，1973：1730.

作同时；其明年，擢第常建少府、王龙标昌龄，此数人皆当时之秀，而侍御声价隐隐，轥轹诸子。其文篇赋论，凡七十卷。虽无云雷之会，意气相感；而扶危拯病，绰有贤达之风。拔身虏庭，竟陷危邦，士生不融，可以言命。然窥其鸿黄窈窕之学，金石管磬之声，如登瑶台而进玉府，灵扃邃宇，景物寥映，绿流翠草，佳木好鸟，不足称珍。嗣息曰溶，亦凤毛骏骨。恐坠先志，溯洄千里，泣拜告余曰："我先人与王右丞，伯仲之欢也。相国缙云，尝以序冠编次。会缙云之谪，亡焉。"后辈据文之士，风流不接，故小子获忝操简。伏恐魂游无方，嗤责造次，茫茫古道，不见来者。岂以龙战，害乎鹿鸣，齐竽竞吹，燕石争宝。呜呼！薄游之士，未跻一峰，已伐其峻；登阆风者，乃知其迤逦昏明，掩豁将尽，复通之者，其若是乎！①

由这段文字我们可知，储光羲于开元十四年进士及第，与他同榜的还有崔国辅和綦毋潜，这一年的主考官为严挺之。根据《登科记考》记载，严挺之知贡举三年，即开元十四、十五、十六年。从顾况的《监察御史储公集序》可知储光羲之子储溶携其父集请顾况作序。从储溶语提到储光羲与王维是挚友的关系，"我先人与王右丞，伯仲之欢也"。后顾况盛赞储光羲的文学成就，已到登堂入室之境界："然窥其鸿黄窈窕之学，金石管磬之声，如登瑶台而进玉府，灵扃邃宇，景物寥映，绿流翠草，佳木好鸟，不足称珍"，可谓造诣颇高。

一、丹阳风物与储光羲的创作

文人游山玩水，多半是在关照的自然之物中寻找心灵的慰藉，以达到心与物交流的目的。储光羲出生在延陵，家乡的地域文化对他诗歌创作的内容、风格都起到一定的影响作用。

（一）"远势一峰出，近形千嶂分"——茅山

延陵地处江南，地理位置相对中原来说要偏远一些，当地的诗人学者受儒家文化的影响较中原地区的人小，文化个性相对自由、活跃。茅山一带景色秀美，环境安逸，受安史之乱的影响也较小，比较适宜隐居，隐逸文化是延陵的核心文化之一，作为储光羲家乡地域文化的主要构成

① 全唐文[M].北京：中华书局，1983：5368.

部分，隐逸文化也深深地影响了他的诗歌作品。故其诗中多有茅山道观、风物及茅山道法之吟咏，使他的诗歌于闲雅、玄远的处世态度中多一份清俊、飘逸之气。在《献八舅东归》一诗对储光羲的家学渊源有一定的描述："素业作仙居，子孙当自传。门多松柏树，箧有逍遥篇。独往不可群，沧海成桑田。"[①]由此可见储光羲的家族与道家有一定关系。下面以《游茅山五首》为例来进行分析。

游茅山五首

其一：十年别乡县，西去入皇州。
此意在观国，不言空远游。
九衢平若水，利往无轻舟。
北洛反初路，东江还故丘。
春山多秀木，碧涧尽清流。
不见子桑扈，当从方外求。

其二：世业传儒行，行成非不荣。
其如怀独善，况以闻长生。
家近华阳洞，早年深此情。
巾车云路入，理棹瑶溪行。
天地朝光满，江山春色明。
王庭有轩冕，此日方知轻。

其三：平生非作者，望古怀清芬。
心以道为际，行将时不群。
兹山在人境，灵贶久传闻。
远势一峰出，近形千嶂分。
冬春有茂草，朝暮多鲜云。
此去亦何极，但言西日曛。

其四：昔贤居柱下，今我去人间。
良以直心旷，兼之外视闲。
垂纶非钓国，好学异希颜。
落日登高屿，悠然望远山。
溪流碧水去，云带清阴还。

① 全唐诗[M].北京:中华书局,1960:1377.

想见中林士，岩扉长不关。
其五：名岳徵仙事，清都访道书。
山门入松柏，天路涵空虚。
南极见朝采，西潭闻夜渔。
远心尚云宿，浪迹出林居。
为己存实际，忘形同化初。
此行良已矣，不乐复何如①。

《游茅山五首》写于公元733年，是储光羲以其家乡“茅山”为描写对象的代表作品之一。第一首诗为诗人辞官归乡后游茅山所作。“十年别乡县，西云入皇州”一句是写诗人离家远赴京城，为的是报效国家，建功立业，而最终的结果却是“空远游”，一腔热血无处释放。诗中描述的是诗人重返故里后的心情，“九衢平若水，利往无轻舟。北洛反初路，东江还故丘”这几句诗描写储光羲返乡途中的见闻。“不见子桑户，当从方外求”可见诗人的失意与无奈。诗人离开家乡有十年之久，入仕为官，但仍仕途偃蹇，无进身之阶。

第二首前四句“世业传儒行，行成非不荣。其如怀独善，况以闻长生”，写出诗人因为仕途上的挫败，导致其对儒家“兼济天下”积极用世思想的动摇，不如“怀独善”，尚可“长生”，“王庭有轩冕，此日方知轻”这两句可以看作诗人对功名利禄的淡然态度，王庭中即使有再多诱惑，在诗人看来亦是不足道的，诗人似已从第一首诗中仕途不得意的消极情绪中走了出来。

第三首、第四首、第五首三首诗同样表达了诗人对仕途的失意之情。“心以道为际，行将时不群”“垂纶非钓国，好学异希颜”这两句诗说明自己是一个“不合时宜”的人，也希望自己能像颜回一样好学，想表达的是自己如何不适合仕途；作者又以“平生非作者，望古怀清芬”“昔贤居柱下，今我去人间”“名岳征仙事，清都访道书”等诗句表达自己对道家的向往；并将道教的一方洞天付诸笔端，如“冬春有茂草，朝暮多鲜云”“溪流碧水去，云带清阴还”“南极见朝采，西潭闻夜渔”等，其中既有想象，亦有现实，也颇多其家乡的印记。

在这组诗中作者多次说自己厌弃官场，愿寄情山水之间。但实际上

① 全唐诗[M]. 北京：中华书局，1960：1378.

这只是诗人不得意时的自我解忧之词，其隐退仅仅是出于对县尉卑职的厌倦所作的自排自解，是一种韬光养晦、待时而发的政治策略。

储光羲另有以“茅山”为对象的诗歌是《泛茅山东溪》和《题茅山华阳洞》。

泛茅山东溪

清晨登仙峰，峰远行未极。
江海霁初景，草木含新色。
而我任天和，此时聊动息。
望乡白云里，发棹清溪侧。
松柏生深山，无心自贞直①。

这首诗是诗人去茅山游览所作，诗人早起登茅山，但因为所要到的目的地较远而未能成行。在登山的过程中，诗人有机会欣赏到茅山的美景。一夜雨过，茅山周围的河流湖泊等都有了新的面貌，草木在经过雨水的冲刷之后亦呈现出新鲜的颜色。在这样的环境中，诗人心胸得以开阔，情绪较为舒展，此时此刻诗人抛却利禄之心，神游八荒。此时虽发棹清溪之侧，但诗人希望到达的是白云之乡，渴望过归隐的生活。诗之最后二句借松柏生于深山，无心争世俗之利，任性自然，保持贞直之态来比附自己，亦是希望自己能像松柏一样长于深山，保持贞直的秉性，此诗虽为游赏之作，亦使诗人得到了深切的领悟。

题茅山华阳洞

华阳洞口片云飞，细雨濛濛欲湿衣。
玉萧遍满仙坛上，应是茅家兄弟归②。

这首诗亦是储光羲一次游赏茅山华阳洞所作，游赏之时，华阳洞口有云飘过，外面细雨蒙蒙，想象着玉萧布满仙坛，应是茅家兄弟回华阳洞了，现实与想象相结合。

储光羲现存的诗中有多首直接或间接以茅山为描写对象的诗歌，可见茅山是诗人喜欢游赏、经常游赏之地。茅山所蕴含的精神内核与储光羲的家学渊源亦有十分密切的联系，所以可以说茅山不只是储诗中的一

---

① 全唐诗[M].北京：中华书局，1960：1377.

② 全唐诗[M].北京：中华书局，1960：1419.

个物象，茅山的隐逸文化亦对储光羲影响深远。道家思想对储光羲影响比较大，读他的诗作就会发现有其诗中有不少是与道士往来的作品，如《昭圣观》《题辛道士房》《题辨觉精舍》等，这些作品或是诗人游历道观有感而发，或是与道士交往时所作。年轻时期的储光羲受道家思想影响较大，并与不少道士往来。他创作与“茅山”相关的作品，与这点不无关系。

(二)“红荷碧筱夜相鲜”——洮湖

在清人顾祖禹《读史方舆纪要》卷十九中对“洮湖”有记载：“洮湖，一名长荡湖。在江宁府溧阳县北二十里。镇江府金坛县西南三十里。常州府宜兴县西百里。……湖周一百二十里。西通石臼、丹阳等湖，东通太湖。中有大坯、小坯二山，皆水环四面，望之若浮，亦名浮山。”[①]从顾祖禹的记载中可知洮湖的具体位置以及周围的景致。储光羲在家时，洮湖亦是他经常游赏之地，作有《同武平一员外游湖五首时武贬为金坛令》等诗。

同武平一员外游湖五首时武贬为金坛令

其一：红荷碧筱夜相鲜，皂盖兰桡浮翠筵。
舟中对舞邯郸曲，月下双弹卢女弦。
其二：青林碧屿暗相期，缓楫挥觥欲赋诗。
借问高歌凡几转，河低月落五更时。
其三：朝来仙阁听弦歌，暝入花亭看绮罗。
池边命酒怜风月，浦口回船惜芰荷。
其四：朦胧竹影蔽岩扉，淡荡荷风飘舞衣。
舟寻绿水宵将半，月隐青林人未归。
其五：花潭竹屿傍幽蹊，画楫浮空入夜溪。
芰荷覆水船难进，歌舞留人月易低[②]。

武平一，名甄，以字行，并州文水人，武则天同族，颖川郡王武载德之子。武后时，避祸遁世，隐嵩山，修佛法，屡召不应。中宗时召为起居舍人，景龙二年(708年)兼修文馆直学士，迁考功员外郎。四年(710年)，知贡举。玄宗时，贬苏州参军，徙金坛令，开元末年卒。据《全唐诗》可知

① 顾祖禹.读史方舆纪要(第一册)[M].北京：中华书局，1955：874.

② 全唐诗[M].北京：中华书局，1960：1319.

武平一现存诗15首，多为奉和应制之作，未见有与储光羲的相唱和之作。但是在武平一被贬到金坛时，储光羲多次与其游湖，可见二人有一定交情，储光羲还作有《舟中别武金坛》。

《同武平一员外游湖五首时武贬为金坛令》一诗对夜间洮湖的美景进行了描摹，此时荷花正盛，时节当为夏季。诗人与武平一游湖欣赏音乐并伴有舞妓以舞助兴。洮湖上芰荷照水，竹影朦胧，月隐青林，歌舞留人。此时此地，此情此景，未饮先醉。诗歌辞藻婉丽，属对精工，从中既可看出对南朝游宴诗的继承痕迹，又含有吴越诗人之清新远韵，并显出诗人的匠心和较强的艺术感受力。诗人在这组诗当中用了多种表示颜色的词汇，如“红荷”“碧筱”“皂盖”“青林”“碧屿”“绿水”等，用这些色彩来表现家乡的青山绿水，形成一幅淡雅朦胧的画面。在这里除了色彩以外，还有歌声、琴声、风声、水声。诗中将声音、颜色、感情有机地联系在一起，形成艺术上和谐统一的境界，仿佛一幅美丽的山水画卷，天籁与人籁在这美妙的画卷中轻轻和鸣。

(三)“江水中分地，城楼下带山”——临江亭

“临江亭”是唐时京口亭名，临江而建，故得名。储光羲登上此亭，思接千载，咏古以抒怀，作有《临江亭五咏》，这组诗主要的描写对象是丹阳一带的风物，但是反映出的却是此地所附着的历史文化。

临江亭五咏并序

建业为旧都矣。晋主来此，而礼物尽备。虽云在德，亦云在险，京口其地也。呜呼！有邦国者，有兴亡焉。自晋及陈，五世而灭。以今怀古，五篇为咏。临江亭得其胜概，寄以兴言，虽未及乎辩士，亦其志也。

其一：晋家南作帝，京镇北为关。
江水中分地，城楼下带山。
金陵事已往，青盖理无还。
落日空亭上，愁看龙尾湾。

其二：山横小苑前，路尽大江边。
此地兴王业，无如宋主贤。
潮生建业水，风散广陵烟。
直望清波里，只言别有天。

其三：城头落暮晖，城外捣秋衣。
江水青云挹，芦花白雪飞。
南州王气疾，东国海风微。
借问商歌客，年年何处归。
其四：古木啸寒禽，层城带夕阴。
梁园多绿柳，楚岸尽枫林。
山际空为险，江流长自深。
平生何以恨，天地本无心。
其五：京山千里过，孤愤望中来。
江势将天合，城门向水开。
落霞明楚岸，夕露湿吴台。
去去无相识，陈皇安在哉①。

这首诗咏叹的史实为东晋时事，晋元帝司马睿在于建武元年（317年）在建康（今南京）建立东晋政权，京口地势险要，是首都建康的门户。虽然这首诗可划归为咏史怀古诗类，但是其总体风格仍能代表储光羲诗歌的特点。在《唐诗选脉会通评林》中周敬评此组诗曰：“殷璠评储诗格高调逸、趣远情深，如此作真盛唐之超越者也，与《渭桥北亭》作同一无限悲凉。他如《汉阳即事》《山中流泉》等作，翩翩才思，出人意表，谁谓参军俪偶参错、五律合度者少！”②这段话对储光羲此诗评价很高。此组诗其一以“晋家南作帝，京镇北为关”领起，先从总体上概括东晋时期京口所处的地理位置及重要意义。其二中“潮生建业水，风散广陵烟”直感叹世事的变迁。其三中，诗人站在临江亭上，可以看见京口城里城外的景色，结尾借用“商歌客”宁戚的典故来表达自己仕进无门的感慨。其四中前四句对诗人所见的外部环境进行描写，后四句表达出储光羲想超脱于物的心境。其五最后以咏史怀古作结。这组诗情景交融，情寓于景中。由古思今，将身世之感寓于丹阳所承载的历史文化之中，感慨古人的同时亦深深地熔铸着自己内心的情怀。

储光羲诗中对丹阳风物的描摹主要包括茅山、洮湖、临江亭，家乡的景物是储光羲诗吟咏的对象，家乡的文化精神孕育了储光羲诗的精神气

① 全唐诗[M].北京：中华书局，1960：1409－1410.
② 陈伯海.唐诗汇评（增订本）[M].上海：上海古籍出版社，2015：640.

度。可见，储光羲的创作与家乡有较为深厚的联系。

二、南朝诗风与储光羲早期创作

储光羲约生于唐中宗景龙元年(707年)，少年时期就展现出过人的天赋，但是命运并不垂青于他。唐玄宗开元十二年(724年)，他参加了当年在长安举行的科举考试，落第后入太学学习；次年，储光羲又从长安来到洛阳，参加在洛阳举行的进士考试，并再次落第。此时，储光羲没有离开洛阳，而是留在洛阳读书。从储光羲出生到其正式步入仕途之前的这段时间，可认为是储光羲诗歌创作的起步阶段，而这段时间诗人主体风格尚未明确形成，所以易受他人诗风影响。

储光羲的家乡延陵一带是齐梁旧地，地域文化色彩偏于纤丽轻靡。陆时雍的《诗镜总论》曾有云："调入初唐，时带六朝锦色。"①这说明初唐时期，文学还处在六朝文学的影响下。魏征在《隋书·文学传序》中亦有言："江左宫商发越，贵于清绮，河朔词义贞刚，重乎气质。气质则理胜其词，清绮则文过其意。"②对"江左"与"河朔"不同地区有不同文学风格的状态进行了阐释。从储光羲现存诗歌中我们可以看出其对南朝诗歌的承袭是受时代风气与地域文化的双重角度的影响。

储光羲从南朝诗人处主要继承了游宴、咏物、艳情的题材，以及律诗、绝句的体式和流丽的风格。例如上文所引的《同武平一员外游湖五首时武贬金坛令》组诗在艺术上给人的感觉是纤巧细腻，声律精工细密，风格艳丽绮靡，得南朝游宴诗的风味，可与颜延之的《车驾幸京口三月三侍游曲阿后湖作诗》相比较，颜延之诗具体如下。

虞风载帝狩，夏谚颂王游。
春方动辰驾，望幸倾五州。
山祇跸峤路，水若警沧流。
神御出药軨，天仪降藻舟。
万轴胤行卫，千翼汎飞浮。
彫云丽璇盖，祥枱被采斿。
藐盼觏青崖，衍漾观绿畴。

---

① 历代诗话续编[M]. 丁福保，辑. 北京：中华书局，1983：1114.

② 隋书[M]. 北京：中华书局，1973：1730.

人灵骞都野，鳞翰耸渊丘。
德礼既普洽，川岳遍怀柔[①]。

这首诗也是游湖之作，除了语言追求辞藻富丽密实的视觉效果之外，描写的内容与储光羲游湖诗相类似，所以说储光羲的一些诗歌深具南朝游宴诗的风神。储光羲另有《同武平一员外游湖》一诗。

同武平一员外游湖

竹吹留歌扇，莲香入舞衣。
前溪多曲溆，乘兴莫先归[②]。

这首诗描写的是诗人与友人游湖时的所见所感，竹管、歌扇、莲香、舞衣形象虽美，带着六朝文学的深刻烙印。清人吴景旭《历代诗话》阐明古人诗歌创作有“舞衣”“歌扇”并用的习惯，在阐述这一规律时就曾举此诗前两句为例，并例举前代诗人阴铿有“莺啼歌扇后，花落舞衣前”，李元操有“红树摇歌扇，绿珠飘舞衣”，徐陵有“舞衫回袖胜春风，歌扇当窗似秋月”，萧放有“歌还团扇后，舞出伎行前”，庾信有“绿珠歌扇薄，飞燕舞衣长”等诗句[③]。南朝诗歌文采固然有值得借鉴的地方，但格局甚窄，储光羲早期诗歌在这种诗风的影响下，也存在这方面的问题，如在《夜观妓》这首诗中体现较为明显。

夜观妓

白雪宜新舞，清宵召楚妃。
娇童携锦荐，侍女整罗衣。
花映垂鬟转，香迎步履飞。
徐徐敛长袖，双烛送将归[④]。

《夜观妓》这首诗的描写对象是一位舞者，其中“花映垂鬟转，香迎步履飞。徐徐敛长袖，双烛送将归”这几句诗写出了舞者舞姿由急促向缓慢的变化过程。作者观察十分细致，充分地展示舞蹈的摇曳多姿和顿挫之美。诗味带有浓郁的香馥之气，一定程度有宫体诗的特质。“宫体”之

① 先秦汉魏晋南北朝诗[M]. 北京：中华书局，1983：1231.
② 全唐诗[M]. 北京：中华书局，1960：1417 - 1418.
③ 陈鸿墀. 全唐文纪事[M]. 北京：中华书局，1959：907.
④ 全唐诗[M]. 北京：中华书局，1960：1413.

名，发轫于梁，诗歌内容以描写女性之美为主，形式工巧，声律严整。重声律，词采丽靡轻艳。储光羲在生长于齐梁故地，所以在其早期诗歌形式上会受到齐梁诗风的影响亦是情有可原的。

三、殷璠对储光羲创作的评价

历代诗话以及现阶段的一些研究者对储光羲诗歌的认识多集中在他的田园诗上，诚然，储氏的田园诗与以往的田园诗相较更有特点。在胡应麟《诗薮》中这样评价储光羲的农事诗："储光羲闲婉真至，农家者流，往往出王、孟上。"[①]胡应麟认为储光羲的诗能做到闲婉真至，农事诗所取得的成绩在王维、孟浩然之上。将储光羲诗歌的创作特点与殷璠的诗歌理论中对储光羲的评价结合起来进行论述的几乎没有。殷璠对储光羲诗作的评价可以分为两个阶段。第一个是《丹阳集》阶段："光羲诗宏赡纵逸，务在直置。"[②]第二个是《河岳英灵集》阶段："储公诗，格高调逸，趣远情深，削尽常言，挟风雅之道，得浩然之气。"[③]从殷璠对储光羲的称呼上有变化，一为"光羲"，一为"储公"，可见殷璠对储光羲的钦敬之情在进一步接触储诗后日益增加。《河岳英灵集》集成在《丹阳集》之后，评价更为成熟，所以此小节旨在将殷璠对储光羲的诗歌评价与储光羲诗歌相结合，进行分析。

（一）格高调异 趣远情深

殷璠对储光羲的诗歌评价一点是"格高调异，趣远情深"，笔者主要从两方面来考量，一是语言，二是意境。储光羲的诗歌呈现出语言清新、意境清远的特征。

1. 语言清新

储光羲的诗歌中有很大一部分是描写田园耕种以及闲居生活的，这些诗往往可以反映出作者真正的情趣之所在。在研究储光羲的文章中有人注意到其诗歌中多爱用"清"字，据统计在其现存的200多首诗中，"清"字共出现102次。"清"字在诗歌中反复出现可见储光羲非常喜爱这个字以及此字所表达出的内涵。但是笔者认为这只是诗人语言特点

---

① 胡应麟. 诗薮[M]. 上海：上海古籍出版社，1979：36.

② 唐人选唐诗新编[M]. 北京：中华书局，2014：134.

③ 唐人选唐诗新编[M]. 北京：中华书局，2014：239.

的鲜明体现，即仅仅表现出诗人语言特点的一个方面，储光羲诗歌在语言上呈现出的是清新的特征。下面且举几例，如在《至嵩阳观观即天皇故宅》中有这样的诗句“松柏有清阴，薜萝亦自妍”①，是对松柏及薜萝姿态的描绘，《霁后贻马十二巽》中的“高天风雨散，清气在园林”②，是对雨后天高云淡，空气清新的描写，《述降圣观》中的“夹门小松柏，覆井新梧桐”③，是描写降圣观外松柏及梧桐自然可爱的模样，《夏日寻蓝田唐丞登高宴集》中的“南行小径尽，绿竹临清流”④，是对登高宴集清幽环境的描摹，《酬李处士山中见赠》中的“绿竹动清风，层轩静华月”⑤述及李处士在山中的居住环境，《同房宪部应旋》中的“长风散繁云，万里静天宇”⑥写出一种极静的自然状态，《贻阎处士防卜居终南》中的“竹林即深远，松宇复清虚”⑦写出自然静谧的居住环境。这些诗句散落在储光羲诗歌的各个角落中，可以看出是诗人惯常作诗语言的特点。

2. 意境清远

储光羲的有些诗读来给人的整体感受清远，意蕴无穷。下面以《吃茗粥作》《闲居》为例来分析。

吃茗粥作

当昼暑气盛，鸟雀静不飞。
念君高梧阴，复解山中衣。
数片远云度，曾不蔽炎晖。
淹留膳茶粥，共我饭蕨薇。
敝庐既不远，日暮徐徐归⑧。

闲居

薄游何所愧，所愧在闲居。
亲故不来往，中园时读书。
步栏滴馀雪，春塘抽新蒲。

① 全唐诗[M]. 北京：中华书局，1960：1376.
② 全唐诗[M]. 北京：中华书局，1960：1377.
③ 全唐诗[M]. 北京：中华书局，1960：1378－1379.
④ 全唐诗[M]. 北京：中华书局，1960：1394.
⑤ 全唐诗[M]. 北京：中华书局，1960：1397.
⑥ 全唐诗[M]. 北京：中华书局，1960：1400.
⑦ 全唐诗[M]. 北京：中华书局，1960：1404.
⑧ 全唐诗[M]. 北京：中华书局，1960：1378.

梧桐渐覆井，时鸟自相呼。
悠然念故乡，乃在天一隅。
安得如浮云，来往方须臾①。

《吃茗粥作》描写的是一个赤日炎炎夏日的午后诗人与友人吃类似于现在的下午茶，日暮徐徐而下时回家，此时的诗人心态很平和，甚为享受这种悠然自得的闲适状态。《闲居》是作者离开家乡后所创作的，诗中的第五到八句是对在外宦游时的季节及所居环境的描摹，第九到十二句旨在表明自己在外宦游而无得，思乡之情却与日俱增，诗人希望自己能够像浮云一样来去自由，在思念家乡时可以很快能够回去，这两首诗所表现出来的意境有共同之处即较为清远。

(二)挟风雅之道 得浩然之气

《诗大序》中首次提出所谓"风雅"："发乎情，民之性也；止乎礼仪。发乎情，民之性也；止乎礼义，先王之泽也。是以一国之事，系一人之本，谓之风。言天下之事，形四方之风，谓之雅。雅者，正也，言王政之所由废兴也。政有大小，故有小雅焉，有大雅焉。"②"风雅"之道承《诗经》的传统精神而来，唐人关于"风雅"的认识以白居易较为典型，他认为"风雅"是"六义"的精神实质，这一点主要在《与元九书》中有所体现，在文中，白居易提出其主张"文章合为时而著，歌诗合为事而作"③，其核心思想是诗歌创作以审美教化为最终目的。

古代诗人的行为举止、德行操守，后人因无缘得见其人，故而只能在其诗文以及同时代人对其的记载中窥见一二。通过储光羲的诗歌可以看见其人格的复杂性，在《哥舒大夫颂德》可以看出储光羲趋炎附势的一面，此诗作于天宝十一年冬天，哥舒翰入朝时。华清宫是唐代帝王游幸的别宫，始建于唐初，鼎盛于唐玄宗执政以后，玄宗每年十月都要到此游幸，岁末回长安。玄宗与杨贵妃所演绎的风流韵事，使得华清宫名声日盛。储光羲在《述华清宫五首》里面有对玄宗并无讽谏，更多的是对其阿谀逢迎与歌功颂德，如其一："上在蓬莱宫，莫若居华清。朝朝礼玄阁，日

① 全唐诗[M].北京：中华书局，1960：1406.
② 诗经[M].上海：上海古籍出版社，2009：1.
③ 全唐文[M].北京：中华书局，1983：6890.

日闻体轻。大圣不私己，精禋为群氓。”[①]将玄宗描绘成一个为民祈福的君主，对他奢侈淫靡的后宫生活却绝口不提。但这些并不能掩盖诗人作为一个正直的歌者，透过他的笔端将民生疾苦一一道出。《野田黄雀行》《樵父词》《渔父词》《牧童词》《猛虎词》《效古二首》《登秦岭作时陷贼归国》《观范阳递俘》《次天元十载华阴发兵作时有郎官点发》《送丘健至州敕放作时任下邽县》《同诸公秋日游昆明池思古》《同诸公送李云南伐蛮》《同张侍御宴北楼》等诗都在不同程度反映出战争给普通百姓带来的灾难。下面以《效古二首》为例来分析储光羲诗歌所体现出来的“风雅”之道。

效古二首

晨登凉风台，暮走邯郸道。
曜灵何赫烈，四野无青草。
大军北集燕，天子西居镐。
妇人役州县，丁男事征讨。
老幼相别离，哭泣无昏早。
稼穑既殄绝，川泽复枯槁。
旷哉远此忧，冥冥商山皓。

东风吹大河，河水如倒流。
河洲尘沙起，有若黄云浮。
赪霞烧广泽，洪曜赫高丘。
野老泣相语，无地可荫休。
翰林有客卿，独负苍生忧。
中夜起踯躅，思欲献厥谋。
君门峻且深，踠足空夷犹[②]。

战争伴随着人类社会而存在，当权者追名逐利的同时，真正受害的却是无辜的平民百姓。陈铁民的《储光羲生平事迹考辨》认为此诗作于天宝九年(750 年)。《效古二首》所写的重点不同，其一描写战争爆发，男子被抓走当兵，剩下老幼妇孺在家，往往这种离别即是永诀，所以此时家人伤心欲绝，“老幼相别离，哭泣无昏早”将这种情形描写殆尽。因壮

① 全唐诗[M].北京：中华书局，1960：1375.
② 全唐诗[M].北京：中华书局，1960：1380.

丁被抓走，后果则是田地无人耕种，川泽枯槁。其二中对自然环境的描写加强，进一步渲染气氛。恶劣的自然环境亦是险恶社会环境的折射，面对这样的社会环境，诗人有为国效力的想法，但是“君门峻且深，踠足空夷犹”，报国无门。这首诗是储光羲诸多反映民生疾苦诗歌中的一首，正反映出其诗歌中的“风雅”之道，带有一定的典型性。

“浩然之气”的典故出自于《孟子·公孙丑上》，通过孟子与公孙丑的对话予以阐释，（公孙丑问）“敢问夫子恶乎长？”（孟子）曰：“我知言，我善养吾浩然之气。”（公孙丑问）“敢问何谓浩然之气？”（孟子）曰：“难言也。其为气也，至大至刚，以直养而无害，则塞于天地之间。其为气也，配义与道；无是，馁也。是集义所生者，非义袭而取之也。行有不慊于心，则馁矣。”①通过这段话可以看出“浩然之气”指的是伟大、刚强的精神状态，与正义和大道相配合。一旦做了问心有愧之事，这种气就会疲萎。如果说“风雅之道”更多的是关注国计民生，那么“浩然之气”指的则是一种正义的、昂扬向上的状态。下面以《同诸公送李云南伐蛮》为例分析之。

昆明滨滇池，蠢尔敢逆常。
天星耀鈇钺，吊彼西南方。
冢宰统元戎，太守齿军行。
囊括千万里，矢谟在庙堂。
耀耀金虎符，一息到炎荒。
蒐兵自交趾，茇舍出泸阳。
群山高崭岩，凌越如鸟翔。
封豕骤跧伏，巨象遥披攘。
回溪深天渊，揭厉逾舟梁。
玄武扫孤蜮，蛟龙除方良。
雷霆随神兵，硼磕动穹苍。
斩伐若草木，系缧同犬羊。
馀丑隐弭河，啁啾乱行藏。
君子恶薄险，王师耻重伤。
广车设罝梁，太白收光芒。

---

① 杨伯俊.孟子译注[M].北京：中华书局，1960：62.

边吏静县道，新书行纪纲。
剑关掉鞅归，武弁朝建章。
龙楼加命服，獬豸拥秋霜。
邦人颂灵旗，侧听何洋洋。
京观在七德，休哉我神皇①。

此诗表达的是对蛮夷反叛的挞伐以及对李唐王朝正义之师的歌颂。“昆明滨滇池，蠢尔敢逆常。天星耀鈇锧，吊彼西南方”前四句将蛮夷的叛乱与朝廷的威严相对比，从“冢宰统元戎，太守齿军行”到“君子恶薄险，王师耻重伤”是对王师雄赳赳气昂昂的状态进行描写，王师所到之处，所向披靡，敌人在王师的横扫之下，溃不成军。后八句是对王师的热切赞美，最后两句“京观在七德，休哉我神皇”将对王师的赞美上升到最高点。这首诗对天子军队的赞赏体现出的就是一种浩然之气，是对正义的赞美，充满了昂扬向上的态度。

殷璠站在同时代人的角度上对储光羲诗所取得的成绩予以肯定，指出其诗歌的特点，如“格高调逸，趣远情深”和“挟风雅之道，得浩然之气”，他的诗以独特的艺术魅力吸引着、感染着同辈及后人。

四、储光羲在丹阳诗坛的地位

殷璠所选的《丹阳集》和《河岳英灵集》中均有储光羲的作品入选。“寓论断于叙事”是古人行文的一种方法，从储光羲在这两部诗歌选集中的位置，可见其在丹阳诗坛的地位及殷璠对储光羲的推崇。《丹阳集》收录“延陵二人”“曲阿九人”“句容三人”“江宁二人”“丹徒二人”，所录的五地以“延陵”为首，延陵二人即为包融与储光羲，在二者地位上包融驰名神龙中，是《丹阳集》诗人中的前辈，延陵一地以包融置首也属于正常。

通过储光羲的诗歌可以看出他与《丹阳集》所选诗人多有交往。与丁仙芝交往的诗有《贻丁主簿仙芝别》，与周瑀诗有《送周十一》，与殷遥诗有《新丰作贻殷四校书》，与余延寿有诗《贻余处士》，与马挺诗有《秋庭贻马九并序》等。

储光羲与丁仙芝交往作有《贻丁主簿仙芝别》。

---

① 全唐诗[M]. 北京：中华书局，1960：1398－1399.

贻丁主簿仙芝别

赫赫明天子，翘翘群秀才。
昭昭皇宇广，隐隐云门开。
摇曳君初起，联翩翩复来。
兹年不得意，相命游灵台。
骅骝多逸气，琳琅有清响。
联行击水飞，独影凌虚上。
关河施芳听，江海徼新赏。
敛衽归故山，敷言播天壤。
云峰虽有异，楚越幸相亲。
既别复游处，道深情更殷。
下愚忝闻见，上德犹邅迍。
偃仰东城曲，楼迟依水滨。
脱巾从会府，结绶归海裔。
亲知送河门，邦族迎江滋。
夫子安恬淡，他人怅迢递。
飞艎既眇然，洲渚徒亏蔽。
人谋固无准，天德谅难知。
高名处下位，逸翮栖卑枝。
去去水中沚，摇摇天一涯。
蓬壶不可见，来泛跃龙池①。

参照诗歌以及诗人的自注可知，储光羲与丁仙芝除同乡之谊之外，还同为太学诸生，应有一定交情。诗歌内容记述了诗人与丁仙芝的交游以及一同赴举的过程，语言中流露出对丁仙芝中举的欣羡之情。从这首诗的创作内容推测当时储光羲的地位当不及丁仙芝，所以此诗流露出来对丁仙芝的情感是一种对地位比自己高之人的崇敬之感。

储光羲与周瑀交往作有《送周十一》。

送周十一

秋风陨群木，众草下严霜。

---

① 全唐诗[M].北京：中华书局，1960：1399－1400.

复问子何如，自言之帝乡。
岂无亲所爱，将欲济时康。
握手别征驾，返悲岐路长①。

这里提到的“帝乡”是指长安，此诗是送周十一去长安时所作。陈尚君疑周十一就是储光羲的同乡周瑀。此时季节为秋季，送别即代表分离，于心理上已甚为难过，发生在秋季的离别更加让人惆怅。此次送别的发生地在诗中不显，但是据诗可见的是诗人对周十一的离开非常伤感，在送其离开后悲伤之情仍很浓重。

储光羲与殷遥交往所作的诗有《新丰作贻殷四校书》，在殷遥去世以后还作有《同十三维哭殷遥》。在储光羲所作的《新丰作贻殷四校书》中有“不见芸香阁，徒思文雅雄”②这样的诗句，表现出对同乡的思念与赞美，根据诗意推断此诗当作于储光羲天宝初年结束在家乡的归隐入秦之时。在储光羲另外一首《同十三维哭殷遥》中有云：“故人王夫子，静念无生篇。”③这里提到王十三维，即王维。王维与殷遥当也有交往，王维有《哭殷遥》《送殷四葬》等诗。殷遥曾有想跟从王维学习佛学无生之说，但此愿望没有得以实现，有诗《哭殷遥》为证：“忆昔君在时，问我学无生。劝君苦不早，令君无所成。故人各有赠，又不及生平。负尔非一途，恸哭返柴荆。”④储光羲在这里对老友王维说现在只能默念无生篇来怀念殷遥了。从这些内容可以看出，储光羲与殷遥有着相当不错的交情。

储光羲与余延寿交往作有《贻余处士》。

贻余处士

故园至新浦，遥复未百里。
北望是他邦，纷吾即游士。
潮来津门启，罢楫信流水。
客意乃成欢，舟人亦相喜。
迟迟菱荇上，泛泛菰蒲里。
渐闻商旅喧，犹见凫鹥起。

---

① 全唐诗[M]. 北京：中华书局，1960：1406.
② 全唐诗[M]. 北京：中华书局，1960：1404.
③ 全唐诗[M]. 北京：中华书局，1960：1399.
④ 全唐诗[M]. 北京：中华书局，1960：1256.

市亭忽云构，方物如山峙。
吴王昔丧元，隋帝又灭祀。
停舻一以眺，太息兴亡理。
秋苑故池田，宫门新柳杞。
我行苦炎月，乃及清昊始。
此地日逢迎，终思隐君子。
莫言异舒卷，形音在心耳①。

诗之前四句交代的是思乡之情，南望是家乡，北望是他邦。从“潮来津门启”到“方物如山峙”记述了诗人乘船离开家乡，一路上的所见所闻，通过见闻反复渲染思乡之情。从“吴王昔丧元”至“宫门新柳杞”几句记述了诗人见历史遗迹，联想到兴亡之理。从“我行苦炎月”到“形音在心耳”表达的是对终日在外行役之厌倦感。试想作者能够向余延寿表达思乡之情，与之关系想必比较近。

储光羲与马挺交往作有《秋庭贻马九并序》。

秋庭贻马九并序

扶风马挺，余之元伯也。
舍人诸昆，知己之目，
挺充郑乡之赋，予乃贻此诗。
伊昔好观国，自乡西入秦。
往复万馀里，相逢皆众人。
大君幸东岳，世哲扈时巡。
予亦从此去，闲居清洛滨。
稍稍寒木直，彩彩阳华新。
迭宕孔文举，风流石季伦。
妙年一相得，白首定相亲。
重此虚宾馆，欢言冬及春。
哲兄盛文史，出入驰高轨。
令德本同人，深心重知己。
绛衣朝圣主，纱帐延才子。

① 全唐诗[M].北京：中华书局，1960：1403.

伯淮与季江，清濬各孤峙。
群芳趋泛爱，万物通情理。
而我信空虚，提携过杞梓。
夫君美声德，直道期终始。
孰谓忽离居，优游郑东里。
东里近王城，山连路亦平。
何言相去远，闲言独凄清。
万里鸿雁度，四邻砧杵鸣。
其如久离别，重以霜风惊[①]。

此诗小序即交代了储光羲与马挺的关系，通过“扶风马挺，余之元伯也。舍人诸昆，知己之目”可知储光羲与马挺是生死至交。诗中有“迭宕孔文举，风流石季伦”这样的诗句，借此盛赞马挺的为人，其他诗句亦对马挺之德行反复摹写，“孰谓忽离居”至“重以霜风惊”表达的是对二人分离的不满之情。整首诗都可看出储光羲对马挺的欣赏之情以及对他的深深眷恋。

从这些例子可以看出，储光羲与其同乡交往较为密集。除储光羲外，其他《丹阳集》的诗人之间互相交往唱和的诗歌基本没有或者可能没有留存下来，从这些诗中即可看出储光羲在同乡中有一定的地位，而且他也有较重的乡土情结。

殷璠在《河岳英灵集》当中对王昌龄和储光羲的地位给予了相当的肯定，在王昌龄条下，殷璠的评语是：“元嘉以还，四百年内，曹、刘、陆、谢，风骨顿尽。顷有太原王昌龄、鲁国储光羲，颇从厥迹。且两贤气同体别，而王稍声峻。”[②]这是一段文学演进史的话，放在这里，似乎是为了突显二人的地位。想承曹、刘、陆、谢而有风骨者就要等到王昌龄和储光羲的出现了，这似乎与文学史对二人的定位不符。另外，对王昌龄与储光羲以“公”相称，在“储光羲”条下：“储公诗，格高调逸，趣远情深，削尽常言，挟风雅之际，得浩然之气。《述华清宫》诗云：‘山开鸿濛色，天转招摇星。’又《游茅山》诗云：‘山门入松柏，天路涵虚空。’此例数百句，已略见《荆杨集》，不复广引。璠尝睹公《正论》十五卷，《九经分义疏》二十卷，言

① 全唐诗[M].北京：中华书局，1960：1390.

② 唐人选唐诗新编[M].北京：中华书局，2014：244－245.

博理当,实可谓经国之大才。”[①]“王昌龄”条下:“余尝睹王公《长平伏冤文》《吊枳道赋》,仁有余也。”[②]仔细品读殷璠对二人的评价,实际在抬高储光羲的地位,王昌龄是“声稍峻”“仁有余”,储光羲是“实可谓经国之大才”,结合殷璠“知人论世”的批评方式可知,殷璠有意抬高储光羲的地位,以平衡王、储二人的关系。可见无论在殷璠心中,还是在《丹阳集》文人群体中,储光羲都有一定的地位。

储光羲的诗歌创作受其家乡一带地域文化影响可以体现在诗歌内容和风格上,可以说储光羲能够在诗歌上取得较高的成就与其家乡人文底蕴的熏陶有密不可分的关系。殷璠充分地认识到了储光羲所取得的成绩,在《丹阳集》与《河岳英灵集》中对其推崇备至。储光羲与其同乡多有交往,体现出储光羲有较强的乡土情结。

本章小结

本章主要包括三部分。第一部分对《丹阳集》诗人及创作进行梳理、讨论,《丹阳集》所收录诗人的诗歌分为两部分,即《丹阳集》集内诗及《丹阳集》集外诗。《丹阳集》中所收录的诗歌内容主要包括两类:一类是隐逸诗风的呈现;另一类是对江南山水与田园风物的描摹,呈现出的是典型的江南情调。《丹阳集》作家群在《全唐诗》集外还有一部分诗歌,这部分内容大致可以分为四个小类:闺怨之情的真实展现,吴越风情的歌咏,诗人仕途不顺、对方外之情的追求,壮怀逸兴之情的表现。但是囿于环境与时代,他们的诗歌创作亦呈现出一些不足,主要是诗歌题材比较狭窄,诗风中缺乏博大胸襟的展现等。

储光羲是《丹阳集》所收录诗人群中现存诗歌最多、成就最高的一位诗人,所以将他的诗作与丹阳地域文化的关系单列一节进行讨论,分为以下几个角度:丹阳风物茅山、洮湖、临江亭是储光羲诗作进行描摹的对象;南朝诗风对储光羲诗歌创作有一定的影响;殷璠对储光羲的评价很高,这种评价在储诗中的体现以及储光羲在丹阳诗坛的地位。

殷璠《丹阳集》中的这群诗人虽居于江南一隅,吟唱的也大多只是江

① 唐人选唐诗新编[M].北京:中华书局,2014:239.

② 唐人选唐诗新编[M].北京:中华书局,2014:245.

南的美景，题材虽不免狭窄，但他们却以其对山水景物的体悟与描摹，在一定程度上促进了唐诗的发展，虽然诗集散佚，却无法抹去他们实际的历史功绩。

第三章

大历及其后丹阳诗人的创作

唐代占籍丹阳的诗人除在第二章提到的《丹阳集》诗人群体以外，大历及其之后主要有皇甫冉、皇甫曾、戴叔伦、权德舆、许浑、储嗣宗等人。这几位诗人大致可以分为三个时段：第一个时段以皇甫冉、皇甫曾、戴叔伦为代表，他们是大历年间前后的诗人，经历过安史之乱。第二个阶段以权德舆为代表，他步入仕途时战乱时期已经结束，但社会气象已与盛唐时迥然有别。第三个阶段以许浑、储嗣宗为代表，他们所处的时代已届晚唐。

第一节　大历时期丹阳诗人的创作

皇甫冉、皇甫曾、戴叔伦这几位诗人所处唐代的阶段大致相似，都经历唐王朝由盛转衰的历史过程。唐玄宗天宝十四载（755 年）十一月，安史之乱爆发，至唐代宗广德元年（763 年）唐王朝军队联合回纥兵讨伐史朝义收复洛阳，平定了这场长达七年零三个月的内乱。但今时不同往日，历来作为唐王朝政治文化中心的长安和洛阳已是满目疮痍，《旧唐书·郭子仪传》记载："夫以东周之地，久陷贼中。宫室焚烧，十不存一；百曹荒废，曾无尺椽；中间畿内，不满千户。井邑榛棘，豺狼所嗥，既伐军储，又鲜人力。东至郑、汴，达于徐方，北自覃怀，经于相土，人烟断绝，千里萧条。"[①]两京尚且如此，何况它处。在安史之乱之后的几年，唐王朝一直内乱不断，烽烟四起，各地大大小小的叛乱接踵而至，外族反动势力也趁机而入，整个唐王朝千疮百孔、民不聊生，皇甫冉、皇甫曾和戴叔伦

① 旧唐书[M].北京：中华书局，1975：3457.

正是经历此种巨变的文人，心灵自然也会受到潜移默化的影响。安史之乱将这些人的生活境遇和人生道路分成两个阶段，社会的巨大反差，让这群诗人对社会现实很失望，已激发不起盛唐时那种蓬勃的热情和豪迈的气概。积极进取和乐观自信的态度也随之消失，进取之心转化为消极的隐遁之思。这几位诗人除了所处时代大略相似之外，他们虽都占籍丹阳，但所处县不尽相同。

一、皇甫冉、皇甫曾的诗歌创作

从严格意义上讲，二皇甫不是大历时期的诗人，“大历”为唐代宗李豫的年号，指的是公元 766 年 11 月至公元 779 年 12 月这段历史时期。皇甫冉生于公元 717 年，卒于公元 771 年，皇甫曾生卒年不详。大历五年(770 年)，皇甫冉已谢世。但因二人诗风与大历时期诗歌风貌相近，故而将二人置于此处讨论。

(一)皇甫冉、皇甫曾与丹阳的关系

皇甫冉、皇甫曾是唐肃宗、唐代宗时期的著名诗人，丹阳县人。《旧唐书》《新唐书》无传，仅在《新唐书·文艺中·萧颖士传》后附皇甫冉小传：“皇甫冉字茂政，十岁便能属文，张九龄叹异之。与弟曾皆善诗。天宝中，踵登进士，授无锡尉。王缙为河南元帅，表掌书记。累迁右补阙，卒。曾字孝常，历监察御史。其名与冉相上下，当时比张氏景阳、孟阳云。”①

另据《新唐书·艺文志》丁部集录别集类著录“皇甫冉诗集三卷”注云：

> 字茂政，润州丹阳人，秘书少监、集贤院修撰彬侄也。天宝末无锡尉，避难居阳羡，后为左金吾卫兵曹参军、左补阙，与弟曾齐名。曾字孝常，历侍御史，坐事贬徙舒州司马，阳翟令②。

皇甫曾的生年不可确考，在《极玄集》卷下记载：“天宝十二载进士，历官监察御史。”③在天宝二年(743 年)左右时，皇甫曾一直在丹阳，天宝四年(745 年)，移居洛阳。天宝十二载(753 年)，登进士第，其后在长安

---

① 新唐书[M].北京：中华书局，1975：5771.

② 新唐书[M].北京：中华书局，1975：1610.

③ 唐人选唐诗新编[M].北京：中华书局，2014：693.

任殿中侍御史。天宝十五载(756 年),避安史之乱东归,其间也曾回丹阳,与僧神邕、严维等人唱和,并作序。皇甫曾在丹阳县有别业,皎然有《送皇甫侍御曾还丹阳别业》:“云阳别夜忆春耕,花发菱湖问去程。积水悠扬何处梦,乱山稠叠此时情。将离有月教断弦,赠远无兰觉意轻。朝右要君持汉典,明年北墅可须营。”[①]广德元年(763 年)秋,皇甫曾离开家乡,再次赴京求职。约大历七年(772 年),舒州秩满离任,由京口取道北归。大历九年(774 年),春天时在湖州,与颜真卿、皎然等交游,作《乌程水楼留别》,回丹阳县。回乡守丧,并为其兄整理诗集。大历十一年(776 年),岁初在越州,访严维。同年在越州与神邕酬唱,作《题赠吴门邕上人》,约本年秋作《秋夕寄怀契上人》《赠霈禅》。后至睦州访刘长卿,寻即北上,再取道湖州,还丹阳县。大历十二年(777 年),在丹阳,秋作《寄刘员外长卿》。皇甫曾约卒于贞元元年(785 年)。

丹阳的山水景物给诗人提供了创作素材,成为个人情感抒发的载体,对文人的创作具有极为重要的意义。诗人往往将自己的感情、人生经历和生命体验熔铸到秀美的江南景色中。皇甫冉、皇甫曾的诗歌散佚情况相当严重,在现存的唐诗中可见皎然、独孤及与皇甫曾交往唱和的诗歌,但是皇甫曾与之酬唱的诗作已不存。故而,现存的二皇甫的诗歌远非全貌,仅能在这些诗歌中考察二者诗歌创作如何受其丹阳地域文化的影响。

(二)皇甫冉、皇甫曾诗中吴楚文化的展现

在唐代诗人中称丹阳为吴,或称其地为楚,或是吴楚并称。独孤及作有《答皇甫十六侍御北归留别作》:“正是楚客伤春地,岂是骚人道别时。俱徇空名嗟欲老,况将行役料前期。劳生多故应同病,羸马单车莫自悲。明日相望隔云水,解颜唯有袖中诗。”[②]此诗中的皇甫十六指的就是皇甫曾,这里是说皇甫曾要离开舒州北归,时节为春天。值得注意的是,这首诗的前两句提及“楚客”与“骚人”,指的均是皇甫曾,独孤及能对皇甫曾有如此称呼当时是从地域因缘的角度考虑的。皇甫冉在《酬张二仲彝》中有“吴洲见芳草,楚客动归心”[③]这样的诗句,自称为“楚客”,可

---

① 全唐诗[M].北京:中华书局,1960:9219-9220.

② 全唐诗[M].北京:中华书局,1960:2776.

③ 全唐诗[M].北京:中华书局,1960:2795.

见丹阳楚地的文化对其的影响。

皇甫冉诗中有一些描写山水田园的诗歌。如《山中五咏》中对门柳、远山、南涧、春早、山馆一一歌咏，将山中的静谧之美都描绘了出来。而诗歌中呈现出的地域文化景观相对来讲内涵更为丰富，皇甫冉的诗歌中就有描述家乡祭祀场景的诗歌。

杂言迎神词二首

吴楚之俗，与巴渝同风。日见歌舞祀者，问其故，答曰：及夏不雨，虑将无年。复云：家有行人不归，凭是景福。夫此二者，皆我所怀，寄地种苗，将成枯草，弟为台官，羁旅京师，秉笔为迎神送神词，以应其声，亦寄所怀也[①]。

迎神

启庭户，列芳鲜；目眇眇，心绵绵，因风托雨降琼筵。
纷下拜，屡加笾，人心望岁祈丰年。

送神

露沾衣，月隐壁；气凄凄，人寂寂，风回雨度虚瑶席。
来无声，去无迹，神心降和福远客[②]。

诗前小序主要交代了创作目的，吴楚之地有的习俗与巴渝一带相同，一日诗人见有歌舞祀者，问其祭祀的主要原因，歌舞祀者认为祭祀可以祈雨，也可以保佑在外远行的家人。诗人的弟弟在京师羁留，诗人效法祭祀之人作诗，以希望其弟安康。在《迎神》中对迎神时的摆设进行了陈述，并将祭祀之人那种期待风雨降临、希望百姓有个好年景的殷殷期待之情描写得生动传神。在《送神》中将祭祀仪式举行完之后的场景进行了描写，仪式举行之后已是夜深，夜晚的露水打湿了祭祀人的衣服，月亮也已西沉。祭祀仪式完成之后，万籁俱寂，仿佛喧嚣过后的寂静。神来无声去无影，但希望能满足祭祀者们的希望。诗人以诗歌的形式记录下了家乡的风土人情，整首诗用杂言体形式进行创作，这种形式有利于诗人情感的自由抒发。

皇甫冉诗歌中有一部分是用“楚辞体”形式创作的，如《杂言湖山歌送许鸣谦》：“湖中之山兮波上青，桂飒飒兮雨冥冥。君归兮春早，满山兮

---

① 全唐诗[M]. 北京：中华书局，1960：2798－2799.

② 全唐诗[M]. 北京：中华书局，1960：2799.

碧草”[1],《杂言无锡惠山寺流泉歌》:“寺有泉兮泉在山,锵金鸣玉兮长潺潺。作潭镜兮澄寺内,泛岩花兮到人间”[2],《杂言月洲歌送赵冽还襄阳》:“汉之广矣中有洲,洲如月兮水环流。流聒聒兮湍与濑,草青青兮春更秋”[3],《送陆潜夫往茅山赋得华阳洞》:“游仙洞兮访真官,奠瑶席兮理石坛”[4],以及上文提及的《杂言迎神词二首》等,这几首诗继承了楚地民歌独特的艺术表现形式,在语言形式上大量运用“兮”字,虽然这里“兮”字没有多少实在的意义,但基本上每句诗都用,且多放在句子的中间,这样读起来可起到停顿、舒缓语气的作用,有助于诗人情感的抒发,给人以节奏的美感。独孤及在《唐故左补阙安定皇甫公集序》中对皇甫冉的评价中涉及其与骚体文学的关系:“其诗大略以古之比兴,就今之声律,涵咏风骚,宪章颜、谢。至若丽曲感动,逸思奔发,则天机独得,有非师资所奖,每舞雩咏归,或金谷文会,曲水修禊,南浦怆别,新声秀句,辙加于常时一等,才钟于情故也。”[5]独孤及的这段评价肯定地指出皇甫冉的诗歌中有继承楚骚文学艺术手法的一面,他将古人的艺术手法与今人的诗歌创作相结合,并取得较高的艺术成绩。皇甫冉之所以会取得这样的成绩,是因为他具有异于他人的才情。

江草歌送卢判官

江皋兮春早,江上兮芳草。
杂蘼芜兮杜蘅,作丛秀兮欲罗生。
被遥隰兮经长衍,雨中深兮烟中浅。
目眇眇兮增愁,步迟迟兮堪搴。
澧之浦兮湘之滨,思夫君兮送美人。
吴洲曲兮楚乡路,远孤城兮依独戍。
新月能分浥露时,夕阳照见连天处。
问君行迈将何之,淹泊沿洄风日迟。
处处汀洲有芳草,王孙讵肯念归期[6]。

---

① 全唐诗[M].北京:中华书局,1960:2798.
② 全唐诗[M].北京:中华书局,1960:2804.
③ 全唐诗[M].北京:中华书局,1960:2800.
④ 全唐诗[M].北京:中华书局,1960:2818.
⑤ 全唐文[M].北京:中华书局,1960:3941.
⑥ 全唐诗[M].北京:中华书局,1960:2799.

此诗无论意象、语言或是句式均是"楚辞体"式的,"江皋""蘼芜""杜蘅""美人"等词汇引领人们仿佛回到了屈原所创造的那个香草美人的世界。诗歌向我们描绘了一个春天的早晨,诗人在送别时联想着远行之路上的景物,想象卢判官会如何孤寂,字里行间中无不渗透着对送别者的殷殷关切之情。楚辞中大量使用楚地方言是其一项重要特色。虽然不能称皇甫冉所创作的这部分诗歌为楚辞,但从地域文化的角度上讲,楚地的语言对诗人诗歌语言运用方面产生相当大的影响。在明朝徐献忠的《唐诗品》中这样评价皇甫冉骚体诗:"皇大诗意在遣情,时出奇瑰,酬应弥多,而兴寄闲暇。……而拟骚诸篇,亦皆楚人之致。天宝以后作者虽多,而翩翩然有盛时之风,茂政兄弟皆能使人失步,岂非兰玉森然之会耶?"[①]这段文字肯定皇甫冉诗所取得的成绩,并认为皇甫冉拟骚诸篇模仿楚人之作甚为逼真、惟妙惟肖,虽然中唐以后模拟骚体的创作较多,但是皇甫冉在当时可谓独步。

(三)皇甫冉的送别诗与茅山道教文化

皇甫冉的作品中有一部分是送别诗,这些诗中与丹阳相关的送别诗可以分为两类,一类是立足丹阳送人离开,另一类是送人至丹阳,无论哪一种,都可以在一定程度上反映出此地的地域文化。其中有五首是送人去茅山的诗歌,这五首诗分别为《送陆潜夫往茅山赋得华阳洞》《又送陆潜夫茅山寻友》《送郑二之茅山》《送郑员外入茅山居》《送张道士归茅山谒李尊师》。皇甫冉的家乡为丹阳县,茅山在句容,这两地离得非常近,皇甫冉当游过此山。另外,通过皇甫冉的其他诗歌也可以看出他对道教文化的态度是主动接受,如《祭张公洞二首》《少室山韦炼师升仙歌》《题蒋道士房》《宿洞灵观》等诗,在《秋日东郊作》中:"庐岳高僧留偈别,茅山道士寄书来"[②],这就说明皇甫冉与茅山道士有书信往来。皇甫冉离家在外送人去茅山时,不免会回忆起茅山的景色而进行描写,间接地反映出了茅山的地域文化。

茅山以其在道教中的独特地位而成为道教文化的重要载体,与道教相关的历史文化典故,如在茅山活动的历史人物与茅山相关的轶事,与道教相关的建筑,如道观及道观的配套设施等,这些都可以归入道教文

---

① 陈伯海.唐诗汇评[M].上海:上海古籍出版社,2015:2055.

② 全唐诗[M].北京:中华书局,1960:2811.

化的范畴之内。

送陆潜夫往茅山赋得华阳洞

游仙洞兮访真官，奠瑶席兮礼石坛。
忽仿佛兮云扰，杳阴深兮夏寒。
欲回头兮挥手，便辞家兮可否？
有婚嫁兮婴缠，绵归来兮已久①。

华阳洞在茅山之上，南朝陶弘景曾隐于此，为道教胜地。诗歌前四句是对华阳洞内部环境的刻画，洞内有神座、祭品，洞内气候夏日清凉，后四句用了两个典故：其一为王子乔事。传说上古仙人王子乔成仙后，立于山头，“望之不得到，举手谢时人，数日而去”②。其二为向子平事，范晔《后汉书·逸民列传》：“（向子平）读易至损、益卦，喟然叹曰‘吾已知富不如贫，贵不如贱，但未知死何如生耳。’建武中，男女娶嫁既毕，敕断家事勿相关，当如我死也。于是遂肆意，与同好北海禽庆俱游五岳名山，竟不知所终。”③仙山需有仙事来依附，增添几分神秘感。华阳洞被称为中国道教十大洞天之“第八洞天”，相传西汉时茅盈、茅固、茅衷兄弟三人与齐梁时的陶弘景均曾隐于洞中。这首诗在反映茅山文化上的重要意义在于将华阳洞内部的陈设向读者进行展示，很多人都是只听说过华阳洞，而对其内部什么样子无缘得见。此首诗两个典故的使用非常恰当，使诗歌语言精练且内容更加丰富。

送张道士归茅山谒李尊师

向山独有一人行，近洞应逢双鹤迎。
尝以素书传弟子，还因白石号先生。
无穷杏树行时种，几许芝田向月耕。
师事少君年岁久，欲随旄节往层城④。

正是因为“神仙事满山”，所以提及茅山时，自然会联系到与道教相关的典故与故事，这首诗多处涉及道教的神仙故事，白石先生的典故出自于《神仙传》卷二：“白石生者，中黄丈人弟子也，至彭祖之时，已二千余

① 全唐诗[M].北京：中华书局，1960：2818.
② 王叔岷.列仙传校笺[M].北京：中华书局，2007：65.
③ 后汉书[M].北京：中华书局，1965：2758－2759.
④ 全唐诗[M].北京：中华书局，1960：2831.

岁矣。……常煮白石为粮,因就白石山居,时人号曰白石生。”[①]此外还用李少君事。李少君为汉武帝时方士,自称有长生术,为武帝所重。此诗除了运用与道教有关的典故之外,亦有对茅山环境的描写,如“近洞应逢双鹤迎”一句,华阳洞洞口有一双仙鹤。另如“杏树”“芝田”当为茅山上所植之物。

另有《又送陆潜夫茅山寻友》:“登山自补屐,访友不赍粮。坐啸青枫晚,行吟白日长。人烟隔水见,草气入林香。谁作招寻侣,清斋宿紫阳。”[②]“紫阳”为紫阳观,在茅山中,相传位于晋许询旧宅,为道教七十二福地之一。《送郑二之茅山》:“水流绝涧终日,草长深山暮春。犬吠鸡鸣几处,条桑种杏何人。”[③]“犬吠”暗用鸡犬升天事。东汉王充在《论衡·道虚》中有:“儒书言:淮南王学道,招会天下有道之人,倾一国之尊,下道术之士,是以道术之士,并会淮南,奇方异术,莫不争出。王遂得道,举家升天,畜产皆仙,犬吠于天上,鸡鸣于云中。”[④]此为道教文化系统中的典故。《送郑员外入茅山居》:“但见全家去,宁知几日还。白云迎谷口,流水出人间。冠冕情遗世,神仙事满山。其中应有物,岂贵一身闲。”[⑤]这首诗是对茅山自然环境的描写。这三首诗对茅山的描写集中在外部环境上,还运用了道教的相关典故,语言较为平实,也表达出了诗人对道教生活的向往以及对茅山美景的怀恋。

茅山不仅仙风道骨蕴藉其间,而且景色十分优美。与茅山渊源极深、在此度过 44 个春秋的陶弘景,在其著名的《答谢中书书》一文中,短短 68 个字,让茅山的美景尽收眼底,其文写道:

> 山川之美,古来共谈。高峰入云,清流见底。两岸石壁,五色交辉;青林翠竹,四时俱备。晓雾将歇,猿鸟乱鸣;日夕欲颓,沉鳞竞跃。实是欲界之仙都。自康乐以来,未复有能与其奇者[⑥]。

在陶弘景笔下的茅山,山高可以入云,水清可以见底。水两岸的石壁呈现出各种各样的颜色,树木一年四季都苍翠欲滴。早晨山谷被云雾

---

① 胡守为. 神仙传校释[M]. 北京:中华书局,2010:34.

② 全唐诗[M]. 北京:中华书局,1960:2818-2819.

③ 全唐诗[M]. 北京:中华书局,1960:2819.

④ 黄晖. 论衡校释[M]. 北京:中华书局,1990:317.

⑤ 全唐诗[M]. 北京:中华书局,1960:2819.

⑥ 全上古三代秦汉三国六朝文[M]. 上海:上海古籍出版社,2009:3215-3216.

围绕，山中的动物发出各种鸣叫，到了日暮西垂之时，鱼儿时时跃出水面。此文将茅山的整体环境及晨昏之景描述得栩栩如生，尤以“晓雾将歇，猿鸟乱鸣；日夕欲颓，沉鳞竞跃”为最妙。

以上的几首诗不仅有对茅山道教文化的描写，也有对茅山自然景色的描绘。皇甫冉客居他乡时仍然能够对茅山地理文化特征做出如此精细的定位，可见影响之深、喜爱之深。

（四）皇甫冉“闲适容与”诗风的成因

皇甫曾的诗歌留存下来的较皇甫冉为少，且个人风格不是特别明显，这里重点讨论一下皇甫冉诗风与丹阳地域文化的关系。

唐人或后人对皇甫冉诗歌总体风格有定位。

> 高仲武的《皇甫冉集序》：“皇甫冉補阙，自擢桂礼闱，遂为高格。往以世道艰虞，避地江外，每文章一到朝廷，而作者变色。于词场为先辈，推钱、郎为伯仲，谁家胜负，或逐鹿中原。如‘果熟任霜封，篱疏从水度’；又‘裛露收新稼，迎塞葺旧庐’；又‘燕知社日辞巢去，菊为重阳冒雨开’，可以雄视潘、张，平揖沈、谢。”①
>
> 在《中兴间气集》中：“冉诗巧于文字，发调新奇，远出情外。”②
>
> 在《唐诗纪事》中：“张曲江深爱之，谓清颖秀拔，有江、徐之风。”③

这几则引文从不同角度对皇甫冉诗歌风貌做出评价。在高仲武的《皇甫冉集序》中没有正面对其诗歌风貌进行概括，而是从侧面点出其成绩可“雄视潘、张，平揖沈、谢”，评价非常之高。在《中兴间气集》与《唐诗纪事》中对皇甫冉的诗风均有正面的评价，认为其“巧于文字，发调新奇，远出情外”“清颖秀拔”。笔者认为皇甫冉部分诗歌的风格可以用“闲适容与”来概括，在他的诗中常出现“白云”意象可为证，且举几例。

> 《送朱逸人》：“更看秋草暮，欲共白云还。”④
>
> 《少室山韦炼师升仙歌》：“忽从林下升天去，空使时人礼

---

① 陈伯海．唐诗汇评[M]．上海：上海古籍出版社，2015：2055．

② 陈伯海．唐诗汇评[M]．上海：上海古籍出版社，2015：2054．

③ 计有功．唐诗纪事[M]．上海：上海古籍出版社，1955：416．

④ 全唐诗[M]．北京：中华书局，1960：2794．

白云。"[①]

《题魏仲光淮山所居》:"人群不相见,乃在白云间。"[②]

《杂言湖山歌送许鸣谦》:"东岭西峰兮同白云,鸡鸣犬吠兮时相闻。"[③]

《送段明府》:"日夕望前期,劳心白云外。"[④]

《寄振上人无碍寺所居》:"恋亲时见在人群,多在东山就白云。"[⑤]

《赴李少府庄失路》:"君家南郭白云连,正待情人弄石泉。"[⑥]

《送郑员外入茅山居》:"白云迎谷口,流水出人间。"[⑦]

《酬权器》:"终日白云应自足,明年芳草又如何。"[⑧]

《酬崔侍御期籍道士不至兼寄》:"丹灶今何在,白云无定期。"[⑨]

白云既是客观物象,又是诗歌中常出现的一个意象。"白云"给人的感受是自由的、闲适的,这想必与诗人性格中的某些因素相合,才会被他大量地引入诗中。刘艳芬的《从唐诗看浮云意象的佛禅意味》一文认为,"唐诗中浮云意象意蕴得到了扩展与变移,其发展的轨迹形成了两条路径:一是对忧伤的离情别意的继承,二是由漂泊失意到闲静平淡"[⑩]。皇甫冉诗歌中的"白云"所表达的乃是"闲静平淡"之意。

皇甫冉一生仕途并非顺遂,做官的时间亦不是很长。诗中时有欲归隐之语,这或许是他的心声,或许是为时事所迫而不得已为之之言,但无论是何种原因,皇甫冉之于官场有几分疏离,所以在他的诗中看不到那么多的应制之词,他的性格中也没有那么明显的汲汲于功名的因素,给"闲适容与"诗风的产生创造了条件。

另外,促使他这种性格的形成有其家乡生活条件的原因,诗人的家乡丹阳,典型的江南地区,这里未经历安史之乱的洗劫,生活相对富裕平

① 全唐诗[M].北京:中华书局,1960:2795.

② 全唐诗[M].北京:中华书局,1960:2797.

③ 全唐诗[M].北京:中华书局,1960:2798.

④ 全唐诗[M].北京:中华书局,1960:2810.

⑤ 全唐诗[M].北京:中华书局,1960:2816

⑥ 全唐诗[M].北京:中华书局,1960:2824.

⑦ 全唐诗[M].北京:中华书局,1960:2819.

⑧ 全唐诗[M].北京:中华书局,1960:2821

⑨ 全唐诗[M].北京:中华书局,1960:2828.

⑩ 刘艳芬.从唐诗看浮云意象的佛禅意味[J].社会科学辑刊,2013(3):197.

和，而且丹阳有江南水乡所特有的雍容闲适的气质，山水空碧、溪灵泉幽是南方风物所特有的美学性格，这样的自然环境中孕育出来的人物多有灵秀巧慧之资，而且这些景物为皇甫冉的诗歌创作提供了充足的物象，所以在他笔下多写吴越山水、荆楚风光，这些景物是清新的、是空灵的。“南方谓荆阳之南，其地多阳。阳气疏散，人情宽缓和柔；北方沙漠之地，其地多阴。阴气坚急，故人刚猛，恒好争斗。”①一方水土养一方人，南人如果没有北方生活的经历断断发不出北音。常年的南方生活使得皇甫冉在审美感受、描写对象上，都呈现出典型的南方化。描写南方风物，如备受世人赏誉的《巫山峡》：“巫峡见巴东，迢迢出半空。云藏神女馆，雨到楚王宫。朝暮泉声落，寒暄树色同。清猿不可听，偏在九秋中。”②巫峡为长江三峡之一，西起四川巫山县大宁河口，东至湖北巴东县官渡口，诗用巫山神女事。《河南郑少尹城南亭送郑判官还河东》：“使臣怀饯席，亚尹有前溪。客是仙舟里，途从御苑西。泉声喧暗竹，草色引长堤。故绛青山在，新田绿树齐。天秋闻别鹄，关晓待鸣鸡。应叹沈冥者，年年津路迷。”③此诗是皇甫冉等人送郑判官离开时所作，泉水暗流、长堤秋草、故绛旧地、青山绿树，这些都是对送别环境的描写。诗人对自然环境甚为喜爱，而且观察十分细致。

总之，皇甫冉、皇甫曾的诗歌创作与其家乡的地域文化有广泛的联系。无论诗人离家多远，近在咫尺也好，千里万里也好，家乡文化的熏陶渲染永远无法磨灭，这是一种深入骨髓的文化记忆，潜移默化地表现在他们一切的言行举止中。

二、戴叔伦的创作与丹阳地域文化

戴叔伦(732—789 年)，字幼公，一字次公。一作名融，字叔伦。唐玄宗开元二十年(732 年)出生于金坛县一个学者与隐士的家庭。他一生都有思归之心，但是因在外宦游而未能如愿。

(一)戴叔伦与丹阳的关系

根据蒋寅所校注的《戴叔伦诗集校注》中附录二“戴叔伦年谱简编”

---

① 孔颖达. 十三经注疏[M]. 北京：中华书局，1980：1626.

② 全唐诗[M]. 北京：中华书局，1960：2794.

③ 全唐诗[M]. 北京：中华书局，1960：2802.

对戴氏编年的考证可知其一生在家乡的去留。天宝八载(749年),萧颖士丁母忧,来到吴越一带,时年戴叔伦18岁,从之为学。在权德舆所作的《戴公墓志铭并序》中:"初抠衣于兰陵萧茂挺,以文学政事,见称萧门。"[①]至唐肃宗至德元载(756年),戴叔伦25岁,这段时间当漂泊在外。是年,诗人回归家乡,并于年底避永王李璘兵乱,与亲族在京口搭商船逃难至鄱阳。戴诗有《抚州对事后送外生宋垓归饶州观侍呈上姊夫》:"京口附商客,海门正狂风。"[②]戴叔伦于大历三年(768年)37岁时经刘晏表授为湖南转运留后,主运湖南,带宪职为监察御史里行。在离京赴任时,经故乡金坛,此距他上次离开家乡已经有12年之久。在《潘处士宅会别》中有"十年多难后,一醉几人同"[③]的诗句,指的就是这段生活经历,戴叔伦这段时间有机会在刘晏手下任职。这次回乡仅是匆匆路过,旋即离开,并未给诗人留下太多的时间和空间去品味家乡的一切。后四年,大历七年(772年),诗人时年41岁,是年秋,诗人在京口送皇甫冉赴洛阳,并回乡金坛探望。大历八年(773年)至建中三年(782年),戴叔伦一直任地方官,分别为湖南转运使留后、河南转运使留后,刘晏被贬后,戴叔伦坐贬东阳县令。建中三年(782年),51岁,叔伦曾至东都。在《将游东都留别包谏议》诗中有"县当仙洞口,路出故园东"[④]这样的诗句。唐代南北交通取道京口、扬州,所以叔伦去东都洛阳必定经过自己的家乡,其间经过故乡曾回家探望。贞元三年(787年),叔伦56岁,是年秋,回到金坛故乡。直到贞元四年(788年)秋七月,受官离家。这段时间是诗人离家为官后在家乡较长一段时间的休憩。从建中三年至贞元三年这五年时间,诗人经历了辉煌与失落,曾因政绩卓越而加官,也曾因受谤议而身心俱疲。此次离开家乡后,诗人再未曾还家,贞元五年(789年)于端州清远峡逝世。纵观戴叔伦的一生,似一直想回归家乡,但是身为物役,终未得愿。

(二)戴叔伦诗歌的家乡情怀与隐逸情结

戴叔伦诗歌所体现丹阳的地域文化主要体现在诗歌中的家乡情怀和隐逸情结的形成这两个方面。

---

① 权德舆诗文集[M].郭广伟,点校.上海:上海古籍出版社,2008:361.

② 蒋寅.戴叔伦诗集校注[M].上海:上海古籍出版社,2010:148.

③ 蒋寅.戴叔伦诗集校注[M].上海:上海古籍出版社,2010:26.

④ 蒋寅.戴叔伦诗集校注[M].上海:上海古籍出版社,2010:99.

1. 诗歌中的家乡情怀

每个人对于自己家族和自己本人出生与生活的家乡故土都有一种特殊的心理、特殊的观念、特殊的感情。而这种感情是由于血缘、亲缘、姻缘、地缘关系长期培养的一种同姓、同乡、同宗、同族群体意识与观念。故乡是人自身的确证，也是人认识世界最重要的开始。所以无论走到哪里，都跟故乡有千丝万缕的关系。“中国大家庭的所有成员身上都有一种特别明显的倾向，这种倾向在别的任何民族中都没有这么根深蒂固，这就是对家乡的眷恋和思乡的痛苦。”[①]这是中国大家庭所区别于其他民族所特有的一种文化特征。

(1)乡关之思的抒发。

在至德元载(756 年)岁暮，时年 25 岁的戴叔伦为避永王李璘的兵乱，随亲族搭商船逃难到江西鄱阳。在这段时期中，戴叔伦从游学京洛到漂流越土，再到为官京师，他的生活经历了很大的变化。战乱流离使他体验到民生疾苦，幕职的安逸又消磨了他作为青年应有的锐气。所以，他这一时期的诗歌作品中流露出了明显的消极色彩和浓烈的思乡情绪，《酬盩厔耿少府湋见寄》是这种情绪的代表作。

酬盩厔耿少府湋见寄

方丈萧萧落叶中，暮天深巷起悲风。
流年不尽人自老，外事无端心已空。
家近小山当海畔，身留环卫隐墙东。
遥闻相访频逢雪，一醉寒宵谁与同[②]。

据傅璇琮考证此诗当作于宝应二年(763 年)至大历元年(766 年)之间。耿湋为大历十才子之一。这时的作者心灰意冷，现实的局面让他很难振作。长达八年的安史之乱，席卷整个中原，曾经农桑富庶的地区，由于久经战乱，在叛军和唐军彼此攻防进退的反复践踏之下，变得满目疮痍。戴叔伦写过《送谢夷甫宰鄮县》：“君去方为宰，兵戈尚未销。邑中残老小，乱后少官僚。廨宇经兵火，公田没海潮。到时应变俗，新誉满余姚。”[③]将鄮县在战乱之后的场景描绘了出来，家中只剩下老弱病残，没

① 钱林森. 牧女与蚕娘 · 中国诗歌的艺术[M]. 上海：上海古籍出版社，1990：29.

② 蒋寅. 戴叔伦诗集校注[M]. 上海：上海古籍出版社，2010：23.

③ 蒋寅. 戴叔伦诗集校注[M]. 上海：上海古籍出版社，2010：16.

有官职人员愿意去此地，房屋经过兵与火的毁坏，所剩无几，公家的田地也被海潮湮没，无法耕种。戴叔伦本是一位功名心十分淡薄的诗人，在梁肃所撰《唐故朝散大夫都督容州诸州事容州刺史本管经略招讨处置使兼御史中丞封谯县开国男赐紫金鱼袋戴公神道碑》中有言："既而翱翱经籍之林，探总历纬之府，未始以禄仕为意。"[①]再加上外部诸多因素，他归乡之心日切。外面生活所引起的生存焦虑和痛感，内化为对乡土的眷恋与热爱。诗中颈联"家近小山当海畔，身留环卫隐墙东"中的"小山"指的是丹阳境内的招隐山，通过这句诗可以看出的是诗人浓厚的思乡之情。招隐山因南朝名士戴颙隐居于此而得名，诗人想效仿先贤，但现实是自己仍旧不得不为王命奔波。朱三锡在《东岳草堂评订·唐诗鼓吹卷五》中对《酬盩厔耿少府湋见寄》分析曰："前四句自写萧寂之况，后四句写少府意趣之同。言我寄居萧寺，不过十笏之地，所见者落叶，所闻者悲风。曰暮天，曰深巷，总写尽悲凉之况。三四承之，言对此景况，死心独坐，世事了不相关，故曰人老心空也。五六句写酬少府，言少府职尽宫闱，如同避世。随以相访索醉作结，犹言少府与我志愿相同，牢落相同，今既频频访我，何不招我一醉耶。"[②]此段话将这首诗的情感意绪析之甚详。

送人游岭南

少别华阳万里游，近南风景不曾秋。
红芳绿笋是行路，纵有猿啼听却幽[③]。

这首诗第一句中的"华阳"指的是诗人家乡金坛句曲山的华阳洞，这里用华阳洞代指故乡。据蒋寅考证此诗当作于戴叔伦任职湖南时，在大历初年，戴叔伦曾以监察御史里行出任湖南转运留后，此时诗人勤勉于王事，但对这种羁宦生涯已生出厌倦之感，希望能挂冠回乡。诗人送朋友时，由眼前的景物联想到自己"少别家乡万里游"，归乡不得的无可奈何涌上心头。

对酒示申屠学士

三重江水万重山，山里春风度日闲。

① 蒋寅．戴叔伦诗集校注[M]．上海：上海古籍出版社，2010:293.
② 蒋寅．戴叔伦诗集校注[M]．上海：上海古籍出版社，2010:24.
③ 蒋寅．戴叔伦诗集校注[M]．上海：上海古籍出版社，2010:47.

且向白云求一醉，莫教愁梦到乡关①。

在唐代供奉翰林院、集贤院、弘文馆者均称为学士，校书郎也俗称为学士，申屠学士指何人，今不可确考。这首诗似作于诗人任东阳县令之时，戴叔伦于建中元年(780 年)五月，出任东阳县令。建中四年(783 年)年初离开东阳，欲赴湖南观察使幕，后因李皋已于建中三年(782 年)调任江西节度使，所以戴叔伦此年行至江西入李皋幕中，任判官。戴叔伦在任职东阳期间曾回家乡进行探望，他的小女儿生于此间，有诗为证《少女生日感怀》："五逢晬日今方见，置尔怀中自惘然。乍喜老身辞远役，翻悲一笑隔重泉。欲教针线娇难解，暂弄琴书性已便。还有蔡家残史籍，可能分与外人传。"②诗人在近"知天命"的年纪喜得一女，而在小女儿年满 5 岁时，父女方得一见，这时他的继妻也已撒手人寰，诗歌中表达出对小女的怜爱、对妻子的思念以及未能陪伴女儿成长的遗憾，造成这些遗憾的根本原因是诗人的"远役"，诗人乍喜还悲，心情分外复杂。《对酒示申屠学士》中"莫教愁梦到乡关"更是将此种身为物役而不得享受天伦的愤懑无奈之情表达尽致。古代文人在外为官，家眷往往不得随行，所以在外游宦时，思乡之情往往与对妻儿的牵挂融合在一起。

(2)家乡风物的描摹。

丹阳不仅风光优美，而且具有丰富的文化底蕴。因为戴叔伦一生在外做官的时间非常长，所以在其现存的诗歌当中真正以家乡景物为吟咏对象的诗作并不多见，《题招隐寺》《京口怀古》是其中两首。

题招隐寺

昨日临川谢病还，求田问舍独相关。
宋时有井如今在，却种胡麻不买山③。

此诗是诗人最后一次返回金坛之初所作。梁昭明太子曾在招隐寺读书，寺中有石井传为昭明太子所开。在《南史·刘虬传》："刘虬字灵预，一字德明，南阳涅阳人，晋豫州刺史乔七世孙也。徙居江陵。虬少而抗节好学，须得禄便隐。宋泰始中，仕至晋平王骠骑记室、当阳令。罢官

---

① 蒋寅.戴叔伦诗集校注[M].上海:上海古籍出版社,2008:97.
② 蒋寅.戴叔伦诗集校注[M].上海:上海古籍出版社,2008:155.
③ 蒋寅.戴叔伦诗集校注[M].上海:上海古籍出版社,2008:154.

归家静处，常服鹿皮袷，断榖，饵术及胡麻。”[①]种胡麻就是用刘虬的典故。在《世说新语·排调》：“支道林因人就深公买印山，深公答曰‘未闻巢、由买山而隐’。”[②]此诗当为诗人游览招隐寺时有感而发所作，招隐寺的历史文化底蕴触动了戴叔伦的那颗想归隐的心，诗结尾用“胡麻”和“买山”两个典故来表达诗人归隐之思。此诗没有对招隐寺的环境进行描写，只提到招隐寺内昭明太子所开的井，睹物思人，即使是千百年后游览此地仍会想起当年昭明太子的风采。

京口怀古

大江横万里，古渡渺千秋。
浩浩波声险，苍苍天色愁。
三方归汉鼎，一水限吴洲。
霸国今何在，清波长自流[③]。

此诗是怀古诗，借眼前景色写三国时东吴史事，感慨兴亡。前四句写京口的险要形势，“大江横万里，古渡渺千秋”指的是长江和西津渡，这两句诗从空间和时间上对京口的环境进行描写，“浩浩波声险，苍苍天色愁”是对当时自然环境的描摹，长江浩荡的涛声使人认识到它天险的独特价值，苍茫的天色使诗人的内心更加惆怅，“愁”字点出诗人的心境，引出下文。后四句写三国鼎立，东吴割据江东，随着历史前进，天下终归统一。尾联以“霸国”的不存与“清波”的长流相对照，表达情思深沉悠远。京口原是三国时吴的根据地，后孙权迁都建邺。在京口发生过许多与三国相关的历史事件，所以诗人由眼前景联想到三国时期的霸国，霸国即指孙吴，此以讽拥兵割据之藩镇。

在这两首诗中，作者虽抒发的是自己的情怀，但却以家乡景物为描写的切入点。这两首诗所传达出的内容可以看作是戴叔伦思想中的两个侧面，一是归隐终老之志，二是为国事烦忧之情，虽欲归隐但仍无法忘怀国事。终戴叔伦一生官场沉浮，但其心一直为其家乡所系，在这里家乡已不仅是一个栖身之所，而且也是一个符号，代表是灵魂的故乡、游子的皈依。

---

① 南史[M].北京：中华书局，1975：1248－1249.

② 徐振堮.世说新语校笺[M].北京：中华书局，1984：430.

③ 蒋寅.戴叔伦诗集校注[M].上海：上海古籍出版社，2010：182－183.

2. 隐逸情结的成因及体现

戴叔伦与一般士子不同之处在于，他不是一位汲汲于功名的人，对于官场的态度很淡漠，甚至可以说有几分厌弃，这种心态是发自内心的，绝非伪装。与仕进相对的便是隐逸。隐逸之情、归乡之思基本与戴叔伦的仕途相始终。

在现存戴叔伦的作品中，有十几首诗都是与方外之人交往所作的诗歌，如《怀素上人草书歌》《送少微上人入蜀》《送道虔上人游方》《赠行脚僧》《赠月溪羽士》《送嵩律师头陀寺》《留别宋处士》《赠韩道士》《潘处士宅会别》《与虞沔州谒藏真上人》等等，这些诗占戴叔伦诗作的近十分之一①。

(1)家乡环境。

戴叔伦家乡的茅山、焦山、招引山均有隐逸之风，这些地方亦是道教胜地。茅山历史悠久且是众多道教大师栖居隐逸之地。焦山与招隐山因东汉焦光与南宋时戴颙隐居于此而得名。戴叔伦仰慕家乡先贤陶弘景，二人的人生经历也有相似之处。宋齐交替之际，陶弘景与其父陶贞宝曾从刘秉、袁粲起兵攻打萧道成，弘景挚友刘秉次子刘俣惨死，陶弘景为刘俣收尸。刘俣的惨死对陶是一个很大的打击，也是其离弃官场、遁入道门的一个主要原因。这与戴叔伦的恩公刘晏被冤杀，致使戴叔伦无心官场甚为相似。

(2)家庭影响。

戴叔伦从小就受世代隐居为学的家风影响，少年时期就仰慕其远祖戴安道，将隐逸作为自己的人生理想，在《早行寄朱山人放》中就表达出欲归隐之意，如“心知剡溪路，聊且寄前期”②。梁肃《戴公神道碑》称其家风：“君子称戴氏德行文学高肥遁世，代有其人，则容州之后兴宜乎！”③又根据权德舆所作《戴公墓志铭并序》记载可以印证梁肃之说：戴明宝曾孙嵩在梁代官左丞，戴嵩的玄孙即戴叔伦的曾祖戴好问，在唐代任德州司士参军，那只是从七品的小官。戴叔伦的祖父戴修誉、父亲戴昚用都毕生隐居不仕，研究礼学。权德舆《戴公墓志铭》述叔伦家世“王

---

① 蒋寅的《戴叔伦诗集校注》将戴叔伦诗分四部分，分别为编年部分、不编年部分、存疑部分、伪作部分，其中编年部分与不编年部分诗歌可确认为戴叔伦所作，编年部分共141首，不编年部分共48首，戴叔伦与方外人士交往诗占可确认为戴叔伦所作诗的近十分之一。

② 蒋寅．戴叔伦诗集校注[M]．上海：上海古籍出版社，2010：2.

③ 蒋寅．戴叔伦诗集校注[M]．上海：上海古籍出版社，2010：292.

父循誉，父吝用，皆自縻天爵，不顾翘车。传次君之礼文，尽通奥旨；师安道之晦德，尤恶知名。故世风纯庆，及公而发”①。可见戴氏父子不是浪得虚名，而是矢志隐逸，传习小戴礼学，穷尽奥义而不求闻达。戴叔伦《南野》一诗曾说，“家世素业儒，子孙鄙食禄”②，对于自己的家事不无夸耀之意。在《抚州对事后送外生宋垓归饶州觐侍上姊夫》一诗中可知，叔伦有个姐姐嫁宋氏，居饶州。姐夫也是一位处士，诗句“分种越人田”③说明戴叔伦的姐夫亦过着躬耕自食的生活。

戴家世代隐居的家风，在其青少年时代就已深深熏陶了他，对他的世界观和价值观产生了一定的影响，同时也养成他淡泊名利的性格与温文儒雅的风度。研习儒学的学术氛围又培养了他经世致用、砥砺坚贞的品格。戴叔伦一生的出处行藏、厌倦仕途、向往隐逸的生活状态，无不显示出家风的影响。

(3)仕途失意。

戴叔伦是不可多得的“能臣”和“良吏”，任职时就恪尽职守，勤勉王事。在《新唐书・戴叔伦传》中有这样的描述：“皋讨李希烈，留叔伦领府事，试守抚州刺史。民岁争灌溉，为作均水法，俗便利之。耕饷岁广，狱无累囚。俄即真。”④这对戴叔伦的吏治能力做出了充分的肯定。在贞元元年(785 年)，戴叔伦因在抚州刺史任上，政绩卓著，德宗下诏褒美，加金紫服，封谯县开国男。贞元二年(786 年)，诗人在南昌度过了一段悠闲的生活，但此时令他意想不到的是竟遭人诬陷，被推事使碟文召回抚州，辩对后得以澄清。君王的反复无常、官场的仕途险恶，更加剧了戴叔伦回乡归隐的决心。《新唐书・帝纪第七》中“赞”这样评价唐德宗：“德宗猜忌刻薄，以强明自任，耻见屈于正论，而忘受欺于奸谀。故其疑萧复之轻己，谓姜公辅为卖直，而不能容；用卢杞、赵赞，则至于败乱，而终不悔。及奉天之难，深自惩艾，遂行姑息之政。由是朝廷益弱，而方镇愈强，至于唐亡，其患以此。”⑤可见唐德宗是一位性情急躁、猜忌无情、刚愎自用的帝王。古代士子为官之路如何，与帝王贤明与否有相当大的

---

① 权德舆诗文集[M]. 郭广伟，点校. 上海：上海古籍出版社，2008：360.

② 蒋寅. 戴叔伦诗集校注[M]. 上海：上海古籍出版社，2010：220.

③ 蒋寅. 戴叔伦诗集校注[M]. 上海：上海古籍出版社，2010：148.

④ 新唐书[M]. 北京：中华书局，1975：4690.

⑤ 新唐书[M]. 北京：中华书局，1975：219.

关系，戴叔伦遇到唐德宗实非幸事。

刘晏因为曾参与审理宰相元载案，而受到杨炎的打击报复，被德宗冤杀。虽德宗后来被迫承认杀刘晏实为冤狱，但这件事对戴叔伦触动很大。梁肃撰《戴公神道碑》："有相国彭城公刘晏闻而嘉之，表授秘书正字，戴迁广文博士。"①刘晏之于戴叔伦有知遇之恩，叔伦曾在刘晏幕下十七年，二者远远超过一般的主宾关系。他曾写过《敬酬陆山人二首》其一："党议连诛不可闻，直臣高士去纷纷。当时漏夺无人问，出宰东阳笑杀君。"②用诗以宣泄因刘晏事而带来的愤懑。时事的艰难、帝王的昏庸、恩公的悲剧，这些都使得诗人归隐的想法越来越浓烈。

虽然这些因素存在，但封建社会中"君叫臣死，臣不得不死"，皇帝叫臣子做官，臣子不得不做。刘晏事件过去三年后，戴叔伦遇包佶作《将游东都留别包谏议》，其中诗句"云雨思难报，江湖意已终"③，似乎是诗人承帝王恩泽，已经放弃归隐的想法。此后，他勤勉王事，而政绩卓越，先后多次得到德宗的嘉奖，但是隐居的念头仍时时萦绕，在诗人 55 岁那年，辞官归隐南昌。后因"谤议"事件，心灵再次受到严重打击，对仕途更加心灰意冷。此事在他的人生经历中是一件大事，有多首诗记录了他当时的心理感受，如《岁除日奉推事使牒追赴抚州辨对留别崔法曹陆太祝处士上人同赋人字口号》："上国杳未到，流年忽复新。回车不自识，君定送何人。"④诗中反映出诗人当时面对突如其来的事变六神无主、不知所措的精神状态。《赴抚州对酬崔法曹夜雨滴空阶五首》其一："雨落湿孤客，心惊比栖鸟。空阶夜滴繁，相乱应到晓。"⑤诗人的状态堪比栖鸟，诚惶诚恐，听着外面的雨声纷乱，正如诗人烦乱的心绪，使人彻夜难眠。《抚州被推昭雪答陆太祝三首》其三："春风旅馆长庭芜，俛首低眉一老夫。已对铁冠穷事本，不知廷尉念冤无。"⑥这首诗把年过半百的诗人无可奈何与灰心丧气的情绪表达出来，可见此事对他打击颇大。《抚州对事后送外生宋垓归饶州觐侍呈上姊夫》《临川从事还别崔法曹》等诗均作于"辨对"前后，真实记录了诗人这段时期的心态。

---

① 蒋寅.戴叔伦诗集校注[M].上海：上海古籍出版社，2010：293.

② 蒋寅.戴叔伦诗集校注[M].上海：上海古籍出版社，2010：92.

③ 蒋寅.戴叔伦诗集校注[M].上海：上海古籍出版社，2010：99.

④ 蒋寅.戴叔伦诗集校注[M].上海：上海古籍出版社，2010：139.

⑤ 蒋寅.戴叔伦诗集校注[M].上海：上海古籍出版社，2010：140.

⑥ 蒋寅.戴叔伦诗集校注[M].上海：上海古籍出版社，2010：146.

最终戴叔伦投入道教的怀抱，向其求得解脱，晚年上表请为道士。《临川从事还别崔法曹》："欲作别离西入秦，芝田枣径往来频。东湖此夕更留醉，逢着庐山学道人。"[①]崔法曹即崔载华，是戴叔伦的挚友，在戴叔伦的诗集中有多首与崔载华唱和的诗歌。此诗表达了友人间的依依惜别和向往学道成仙之情。

总之，戴叔伦一生与家乡金坛有着千丝万缕的关系，囿于其一生在家乡的时间并非很久，所以直接描写家乡景物的诗歌不太多，但是他的精神气质、他的思想根基都深深地植根于家乡的文化底蕴中。

第二节　权德舆创作与丹阳地域文化

权德舆（759—818 年），字载之，天水略阳人。其父权皋于天宝末年因避战乱移家丹阳县，后因丁母忧隐居洪州，不应征辟。权德舆当出生于丹阳县，其父丁母忧之前，后其父又回丹阳县定居。权德舆七岁丧父，少时即以文章驰名。在《旧唐书·权德舆传》中关于权皋的记述"德舆生四岁，能属诗；七岁居父丧，以孝闻；十五为文数百篇，编为《童蒙集》十卷，名声日大"[②]。权德舆自身文才卓越，一方面缘于自身的刻苦学习，另一则方面缘于其家庭的影响，权德舆的父亲权皋曾任"著作郎"一职，在《旧唐书》中有载："李季卿为江淮黜陟使，奏皋节行，改著作郎，复不起。"[③]"著作郎"这一官职，在《新唐书·百官志二》中有："著作局。郎二人，从五品上；著作佐郎二人，从六品上；校书郎二人，正九品上；正字二人，正九品下。著作郎掌撰碑志、祝文、祭文，与佐郎分判局事。"[④]由这段文字可知，能担任著作郎这一职位的，定是有深厚文学功底的。在这样家庭中长大的权德舆，必然要受到其父的影响。

一、权德舆与丹阳的关系

权德舆在正式入京为官之前，其行迹一直与家乡丹阳有着比较紧密的联系，出入幕府之余，因结婚、守丧等原因使他并未彻底离开过丹阳。

---

① 蒋寅.戴叔伦诗集校注[M].上海：上海古籍出版社，2010：138.

② 旧唐书[M].北京：中华书局，1975：4002.

③ 旧唐书[M].北京：中华书局，1975：4002.

④ 新唐书[M].北京：中华书局，1975：1215.

家乡的历史文化传统、自然地理风物皆对权氏的诗文创作以及其文学思想的形成有着深刻的影响，在他现存的诗文作品中可以看出这一点。权德舆居丹阳期间及创作于丹阳作品见表3-1。

表3-1 权德舆居丹阳时间及创作于丹阳作品一览表

系年	年龄	居丹阳原因	创作于丹阳的诗文作品
大历八年癸丑(773年)	14岁	未仕	《奉送十四叔赴任渝州录事绝句》作于本年以前
大历九年甲寅(774年)	15岁	未仕	《唐故润州丹阳县丞卢君墓志铭》
大历十年已卯(775年)	16岁	未仕	《世德铭》
大历十一年丙辰(776年)	17岁	未仕	《唐故润州丹阳县尉李公夫人范阳卢氏墓志铭》
大历十三年戊午(778年)	19岁	未仕	《杂言和常州李员外副使春日戏题十首并序》
大历十四年己未(779年)	20岁	未仕	《自咎》《放歌行》《送张周二秀才谒宣州薛侍郎》《张隐居庄子指要序》《送浑沦先生游南岳序》诸篇作于本年前
建中三年壬戌(782年)	23岁	是年春，还扬州复命后寄返丹阳，议婚	《酬陆四十楚源春夜宿虎丘山对月寄梁四敬之兼见贻之作》《答左司崔员外造书》《唐故监察御史清河张府君墓志铭》《祭故海陵李少府元易文》《与睦州杜给事书》《陪包谏议湖墅路中举帆》
建中四年癸亥(783年)	24岁	出包佶幕回丹阳	《招隐寺上方送马典设归上都序》《自杨子归丹阳初遂闲居聊呈惠公》《送马正字赴太原谒相国叔父序》
兴元元年甲子(784年)	25岁	未仕	《甲子岁元日呈郑侍御明府》《岁星居心赞》《暮春闲居示同志》《送陆拾遗祇召赴行在》《湖上晚眺惠上人》《卧病喜惠上人李炼师茅处士见访因以赠》《感寓》《秋疾初愈月夜咏左思招引诗因而成咏》《卧病初愈崔侍御相访》《送纽秀才谒信州陆员外便赴举序》《送清洨上人谒信州陆员外》《郊居岁暮因书所怀》
贞元元年乙丑(785年)	26岁	未仕，与崔造女结婚	《侍从游后湖宴望》《浩歌》

续表

系年	年龄	居丹阳原因	创作于丹阳的诗文作品
贞元二年丙寅(786年)	27岁	秋赴南昌前居丹阳	《丙寅岁苦贫戏题》《贺外舅崔相国书》《寄杨校书文》《酬李二十二兄主簿马迹山见寄》《唐睦州桐庐县丞柳君故夫人天水权氏墓志铭》《惠上人房宴别》
贞元三年丁卯(787年)	28岁	春，还江南探家	无诗作
贞元四年戊辰(788年)	29岁	是年六月母病故，护丧还丹阳	无诗作
贞元五年己巳(789年)	30岁	居母丧于丹阳	《送穆侍御东都》《送从舅泳入京序》
贞元六年庚午(790年)	31岁	居母丧于丹阳，春间除服	《戴叔伦墓志铭》《暮春陪诸公游龙沙清风亭诗序》
贞元七年辛未(791年)	32岁	罢江西从事回江南，后入杜佑幕	《哭张十八校书》(似作于丹阳)
贞元八年壬申(792年)	33岁	入京为官	无诗作

在入朝为官前，作于丹阳的诗文有《戏赠表兄崔秀才》、《春游茅山酬杜评事见寄》、《酬后戏赠苏九修》、《答韦秀才寄一首》、《夏雨率成呈邑中诸公》、《田家即事》、《送二十叔赴任余杭尉》、《送信安刘少府》(自常州参军选授)、《送谢孝廉移家越州》、《送韩孝廉从赴举》、《送居容王少府簿领归上都》、《杂言赋得风送崔秀才归白田限三五六七言》、《题崔山人草堂》、《题亡友江畔旧居》、《题柳郎中茅山故居》、《送前丹阳丁少府归余杭觐省序》、《送陆校书赴秘省序》、《绣阿弥陀佛赞》。这些诗文作于丹阳，但未能系年①。另外，权德舆创作与丹阳相关的诗歌如下：《待漏假寐梦

① 此表系据蒋寅所撰《权德舆作品系年》所制，载于：蒋寅. 大历诗人研究[M]. 北京：北京大学出版社，2007：587－662.

归江东旧居》《省中春晚忽忆江南旧居戏书所怀因寄两浙亲故杂言》《送权少清赴润州参军因思练塘旧居》《嘉兴九日寄丹阳亲故》《晚渡杨子江却寄江南亲故》《题柳郎中茅山故居》。以上这些诗文作品从题目中即可见是与其家乡直接相关的，另外，他的作品中有一部分是受丹阳地域文化影响而创作的。

二、权德舆诗歌与丹阳地域文化

权德舆诗歌中与丹阳地域文化的关系主要体现在以下几个方面：权德舆诗中所体现出来的乡关之思；权德舆诗中齐梁诗风的展现；权德舆诗文创作与丹阳佛道文化；权德舆诗歌对楚骚文学的继承与发扬。从以上四个角度，可以看出权德舆的部分诗歌是受丹阳地域文化影响下的产物。

(一)乡关之思的抒发

家乡情怀是一种地理文化情怀，古代士人总会以各种原因离开家乡，这会使得他们的内心深处产生一种家乡情怀，能触动这种情怀的因素又有很多，诗人们便常会产生“举头望明月，低头思故乡”的感慨。家乡是人生道路的出发点，也是每个人于地理文化最先接触到的段落，士人们在经历了外界风吹雨打之后，家乡就成为一个符号、一个诗人心中人文地理世界永恒的坐标，权德舆的诗歌世界中亦不乏类似情感的抒发。

因为权德舆的家在练湖边，故而在他的诗歌创作中也常出现练湖的踪影。练湖不仅作为一个物象出现在他的诗歌当中，更深深地寄托了他的家园情思。练湖，又名练塘、后湖，在曲阿县西北。李华在《润州丹阳县复练塘颂并序》中这样描述练湖：“大江具区惟润州，其薮曰练湖。幅员四十里，菰蒲菱芡之多，龟鱼鳖蜃之生，厌饫江淮，膏润数州。”①可见这里不仅风景优美，而且物产丰饶。练湖之美在于碧波荡漾的湖水与苍茫的远山相映成趣，在这样的环境下居住可视为人生乐事之一。下面以《侍从游后湖宴望》为例分析之。

① 全唐文[M].北京：中华书局，1983：3193.

侍从游后湖宴望

绝境殊不远，湖塘直吾庐。
烟霞旦夕生，泛览诚可娱。
慈颜俯见喻，辍尔诗与书。
清旭理轻舟，嬉游散烦劬。
宿雨荡残燠，惠风与之俱。
心灵一开旷，机巧眇已疏。
中流有荷花，花实相芬敷。
田田绿叶映，艳艳红姿舒。
繁香好风结，净质清露濡。
丹霞无容辉，嫭色亦踟蹰。
秾芳射水木，欹叶游龟鱼。
化工若有情，生植皆不如。
轻舟任沿溯，毕景乃踌躇。
家人亦恬旷，稚齿皆忻愉。
素弦激凄清，旨酒盈樽壶。
寿觞既频献，乐极随歌呼。
圆月初出海，澄辉来满湖。
清光照酒酣，俯倾百虑无。
以兹心目畅，敌彼名利途。
轻肥何为者，浆藿自有余。
愿销区中累，保此湖上居。
无用诚自适，年年玩芙蕖①。

这首诗是权德舆随侍母亲游练湖后创作的一首诗歌，记述游览练湖一天所看到的景色及由此产生的情感体验，似作于夏秋之交。在诗人眼中，练湖的景色堪为“绝境”，这绝境离诗人的家很近。早晨与晚上练湖会笼罩在青烟薄雾之中，在这样的时间游赏练湖感受更为美妙。“慈颜”当指权德舆的母亲，诗人在诗书之余陪伴母亲来练湖游览。宿雨过后的清晨，微风徐徐，心境非常开阔，衰败的荷叶经过一夜雨水的冲刷，已经残破不堪，这样的环境荡涤了诗人的内心，世俗的争斗在诗人看来已非

① 权德舆诗文集[M]. 郭广伟，点校. 上海：上海古籍出版社，2008：15－16.

常无趣。从“中流有荷花”到“生植皆不如”是对荷花进行描写的句子，对荷花从叶子到花朵进行一番细致的描摹，秋天的荷花已经有藕生成，湖面上有的是藕，有的是花。荷花与荷叶都舒展开来，娇艳欲滴的荷花有绿色叶子来映衬。花的香味借助风来传送，荷叶上有几滴露珠来回翻滚，笔挺的荷叶下面有龟鱼往来逡巡。看到此情此景，诗人感慨造物的神奇。诗人所乘之舟沿湖慢慢前行，美景如斯，饮酒听琴，无论老幼，大家的心情都十分舒畅。晚上圆月的清辉照耀整个湖面，在这样的环境下饮酒高歌，其酣畅淋漓之情足以抵御任何功名上的诱惑，诗人只希望能年年得此胜境，便是足矣。此时诗人的母亲尚在，权德舆还未正式赴京步入官场，故而在其诗歌中可看到对现实生活的满足，笔者认为权德舆此时对官场的疏离与后期诗作中的故作沉吟有所不同。“以兹心目畅，敌彼名利途”和“愿销区中累，保此湖上居”可见诗人对现实生活的满足和不愿离开此地的心情。

权德舆一生仕宦颇为顺达，在贞元八年(792 年)始至京师之前，他的生活轨迹始终与丹阳交织在一起。虽然在权德舆的仕宦生涯中，后半程位极人臣，诗歌总体上多应制之作，但对自己家乡的思念之情，却是十分真挚的。例如下面的诗作。

待漏假寐梦归江东旧居

十年江浦卧郊园，闲夜分明结梦魂。
舍下烟萝通古寺，湖中云雨到前轩。
南宗长老知心法，东郭先生识化源。
觉后忽闻清漏晓，又随簪佩入君门①。

诗人在清晨入朝，等待朝见皇上的间隙，打盹之际梦回家乡，可见思乡之心切。家乡的烟萝、古寺、练湖、旧居均是他梦萦魂牵的地方。随着报时钟声的响起，诗人被召回现实当中，仍旧要履行作为臣子的职责，心中定有诸多无奈，为现实羁绊而不得回乡。金圣叹《贯华堂选批唐才子诗》评此诗：“前解写待漏院中，忽梦郊园妙。‘十年’七字，是梦之宿根，‘舍下’十四字，是梦之现量。……后解，忽然请两位原梦先生妙。……末句请得原梦人后，竟随簪佩入朝，妙绝，妙绝。此方是我与点也，秘密

① 权德舆诗文集[M].郭广伟，点校.上海：上海古籍出版社，2008：51.

心印，若更葛藤上文，便成宋人笔墨。”[①]金圣叹先生读出此诗所蕴含诗人心底对家乡最为私密的感受。这首诗在梦境中对家乡景物的回忆，充满了温暖的感受，这里没有争斗，没有尔虞我诈，没有整天处理不完的公务，有的只是古寺、练湖，夹杂着回忆，就在心灵驻足的一瞬间，思绪便回到了家乡。

另有《省中春晚忽忆江南旧居戏书所怀因寄两浙亲故杂言》：“晚景支颐对樽酒，旧游忆在江湖久。庾楼柳寺共开襟，枫岸烟塘几携手。……更想东南多竹箭，玄圃琅玕共葱蒨。裁书且附双鲤鱼，偏恨相思未相见。”[②]诗人回忆在家乡优游自乐的生活，对这样的生活给予了无限的向往。《九日北楼宴集》：“萧飒秋声楼上闻，霜风漠漠起阴云。不见携觞王太守，空思落帽孟参军。风吟蟋蟀寒偏急，酒泛茱萸晚易醺。心忆旧山何日见，并将愁泪共纷纷。”[③]诗人在回忆故乡的风景，思乡之泪撒在异乡的土地上。《晚渡扬子江却寄江南亲故》：“反照满寒流，轻舟任摇漾。支颐见千里，烟景非一状。远岫有无中，片帆风水上。天清去鸟灭，浦迥寒沙涨。树晚叠秋岚，江空翻宿浪。胸中千万虑，对此一清旷。回首碧云深，佳人不可望。”[④]此处佳人指亲故，如江淹《休上人怨别》：“日暮碧云合，佳人殊未来。”[⑤]这些诗歌内容均可见权德舆对家乡的眷恋之情，仕途的生活并未消磨掉权德舆的一片赤子之心。《送别沅泛》：“湖水白于练，莼羹细若丝。别来十三年，梦寐时见之。”[⑥]此诗当作于贞元十九年，权德舆在贞元七年（791 年）奉召入京，至贞元十九年（803 年）共 13 年。“练湖”“莼羹”代表的是家乡的味道，多年不见，仿佛隔世，心中难掩惆怅。虽然表现乡愁的诗歌在权德舆的诗歌中仅占一小部分，但是窥一管而知全豹。当诗人离开家乡长时间客居异乡的时候，无论是干禄也好，做官也罢，对家乡的思念往往会寄托于家乡的某一事物，就像文化符号一样深深地烙印在诗人的心中。千顷练湖，碧波荡漾，诗人在此置业，当也在此度过了无数的日夜，经历过生离死别，也经历过新婚晏尔，所以练湖在诗人心中已不单单是家乡的一个湖泊那样简单，而是承载了无数

① 金圣叹．贯华堂选批唐才子诗[M]．曹方人，周锡山，点校．南京：江苏古籍出版社，1986：239.

② 权德舆诗文集[M]．郭广伟，点校．上海：上海古籍出版社，2008：52.

③ 权德舆诗文集[M]．郭广伟，点校．上海：上海古籍出版社，2008：101.

④ 权德舆诗文集[M]．郭广伟，点校．上海：上海古籍出版社，2008：108.

⑤ 先秦汉魏晋南北朝诗[M]．北京：中华书局，1983：1580.

⑥ 权德舆诗文集[M]．郭广伟，点校．上海：上海古籍出版社，2008：72.

的回忆，所以在外宦游时亦常常思之、念之。

“言为心声”，诗人的语言是内心情怀的表达，对于在外漂泊的游子来说，思乡是孤独无依心灵的情感依托。中国古代的男性，由于他们对自己角色的定位，闺阁之外才是其追求人生价值的场所，出将入相、扬名立万是他们追求的终极目标。所以，古代士子大多数都曾扮演过“游子”的角色。另外，开元盛世不复，大历及其以后的唐王朝再也没有恢复往昔的繁华，藩镇割据、宦官专权均是阻碍士子展示自己人生价值的藩篱，所以这一时期权德舆的人生境遇使得他更易生出无限思乡之情。

(二)齐梁诗风的展现

齐梁诗风指的是在齐、梁代出现的一种诗风，是讲求声律对偶、炼字琢句、辞藻华丽、形式整饬和情致婉约的诗歌风格，这种诗歌的末流则发展为浮靡和淫艳。在整个中唐大的文化背景下，齐梁诗风的复归是一种潮流，权德舆是这一大的潮流下的一支。但是权德舆之于“齐梁体”诗作，其言行却充满矛盾。其文中对“齐梁体”持批判态度，在《左武卫胄曹许君诗集序》中说：“建安以后，诗教日寝。重以齐梁之间，君臣相化，牵于景物，理不胜词。”①表达出的是对齐梁以来的颓靡文风的不满。但是在《放歌行》《玉台体十二首》诗中，却表现出刻意模仿齐梁纤艳绮靡诗风之态，这其中不仅脂粉气浓厚，中间还夹杂着对色情的描写；另外，如《离合诗赠张监阁老》《春日雪酬孟阳回文》《数名诗》《星名诗》《古人名诗》《州名诗寄道士》《卦名诗》《药名诗》等，这些诗也都是刻意模仿齐梁文学的游戏之作。唐代科举以诗赋取士，以齐、梁体格为评价标准，虽权德舆的出身不是以科举取士，但权德舆在贞元后期以礼部侍郎的身份连续三次典贡举，其创作诗歌与齐梁体诗相关便有据可依。这种诗风能够在权德舆的身上重振，也可在地缘文化的角度进行考虑。

权德舆的家乡丹阳是齐梁故里，之所以称其为“齐梁故里”，是因为丹阳下面的曲阿县，曾是南朝齐高帝萧道成、梁武帝萧衍两代共15位皇帝的祖居穴、桑梓里、发源地和归葬地，又称“兰陵古墟”。现在关于“齐梁故里”的归属地有两种说法：一种说法为江苏省镇江市一带，另一种说法认为江苏省常州市新北区孟河镇万绥村是六朝时期武进县(南朝梁陈时称兰陵县)的治所。就此还引发了两地的论争，但根据南京大学历史

① 权德舆诗文集[M].郭广伟，点校.上海：上海古籍出版社，2008：526.

系教授张学锋所撰《"齐梁故里"研究中的史料学问题——兼论"晋陵武进县之东城里"的地望》中依据史料学的原则，利用可信度较高的文献，对"齐梁故里"的地望进行推断，"认为这个地点应该位于今丹阳市东北张巷村迤北至胡桥、建山一线以南，即沿六朝金牛山（又称彭山，今水经山）东西分部的萧齐帝陵与沿六朝东城里山（今无名）南北分布的萧梁帝陵之间"①。这一地界就处在唐时丹阳的管辖范围内。

权德舆的家乡丹阳为"齐梁旧地"，齐梁两朝有自己独特的诗歌风貌。在讨论储光羲与南朝诗风时曾引陆时雍《诗镜总论》中关于初唐诗风的总结："调入初唐，时带六朝锦色。"②其实，这种源自六朝的"锦色"在唐诗坛一直未断，虽然对此毁誉参半，但是仍未能阻止后代诗人对它的模仿、学习乃至发展。权德舆对齐梁体的学习、创作，既与想在诗歌领域有所创新有关系，也与家乡地缘文化对他的影响有关系。下面以《放歌行》《玉台体十二首》为例分析权德舆与齐梁体诗风的关系。

放歌行

夕阳不驻东流急，荣名贵在当年立。
青春虚度无所成，白首衔悲亦何及。
拂衣西笑出东山，君臣道合俄顷间。
一言一笑玉墀上，变化生涯如等闲。
朱门杳杳列华戟，座中皆是王侯客。
鸣环动珮暗珊珊，骏马花骢白玉鞍。
十千斗酒不知贵，半醉留宾邀尽欢。
银烛煌煌夜将久，侍婢金罍泻春酒。
春酒盛来琥珀光，暗闻兰麝几般香。
乍看皓腕映罗袖，微听清歌发杏梁。
双鬟美人君不见，一一皆胜赵飞燕。
迎杯乍举石榴裙，匀粉时交合欢扇。
未央钟漏醉中闻，联骑朝天曙色分。
双阙烟云遥霭霭，五衢车马乱纷纷。

① 张学锋."齐梁故里"研究中的史料学问题——兼论"晋陵武进县之东城里"的地望[J].南京晓庄学院学报.2011(1):23-24.

② 丁福保.历代诗话续编[M].北京:中华书局,1983:1114.

罢朝鸣珮骤归鞍，今日还同昨日欢。
岁岁年年恣游宴，出门满路光辉遍。
一身自乐何足言，九族为荣真可羡。
男儿称意须及时，闭门下帷人不知。
年光看逐转蓬尽，徒咏东山招隐诗①。

这首诗想表达的是取得功名当在年少时，莫到年老时空悲切。诗一开头表达出了时光的匆匆易逝之感，如果青春时期没有及时建功立业，到自己白首时徒伤悲亦是没有任何意义的。诗人所渴望的君臣际合将是人生至大之幸事，对贵族奢靡生活亦是充满欣羡之情，朱门耸立，往来之人都骑着高头大马。诗歌的重点在于对宴会过程的描绘，歌酒相伴，旁有美姬跳舞助兴。诗歌的最后再次表达出男儿应在青年时期取得一定的成绩的想法，不要等年老以后空回首，白白吟诵招隐诗，这也可能是诗人对自己的鞭策。在对宴会的书写过程中，有四处使用叠词“珊珊”“煌煌”“霭霭”“纷纷”，将宴会的盛大场面描摹了出来，基本上为实写，没有太多夸张的成分。这首诗对宴会过程中歌女形象的描写使用了如“皓腕”“双鬟美人”“石榴裙”“匀粉”“合欢扇”等词汇，对女性外貌进行描写，带有几分脂粉气，这部分是齐梁诗风的表现。

玉台体十二首

其一：莺啼兰已红，见出凤城东。
粉汗宜斜日，衣香逐上风。
情来不自觉，暗驻五花骢。
其二：婵娟二八正娇羞，日暮相逢南陌头。
试问佳期不肯道，落花深处指青楼。
其三：隐映罗衫薄，轻盈玉腕圆。
相逢不肯语，微笑画屏前。
其四：知向辽东去，由来几许愁。
破颜君莫怪，娇小不禁羞。
其五：楼上吹箫罢，闺中刺绣阑。
佳期不可见，尽日泪潺潺。

---

① 权德舆诗文集[M]. 郭广伟，点校. 上海：上海古籍出版社，2008：159－160.

其六：泪尽珊瑚枕，魂销玳瑁床。
　　　罗衣不忍著，羞见绣鸳鸯。
其七：君去期花时，花时君不至。
　　　檐前双燕飞，落妾相思泪。
其八：空闺灭烛后，罗幌独眠时。
　　　泪尽肠欲断，心知人不知。
其九：秋风一夜至，吹尽后庭花。
　　　莫作经时别，西邻是宋家。
其十：独自披衣坐，更深月露寒。
　　　隔帘肠欲断，争敢下阶看。
其十一：昨夜裙带解，今朝蟢子飞。
　　　　铅华不可弃，莫是藁砧归。
其十二：万里行人至，深闺夜未眠。
　　　　双眉灯下扫，不待镜台前①。

《玉台体十二首》可以看作一个整体，由女性的视角出发描述了她的情感脉络，前三首诗将二人相识相知之初带有几分娇羞的喜悦描摹出来，其中有“婵娟二八正娇羞，日暮相逢南陌头。试问佳期不肯道，落花深处指青楼”这样的诗句，可以推断出这段时间二人可能还没有结婚，处在热恋阶段，男主人公试探性地问对方什么时候结婚，女子出于女性的矜持没有正面回答。“相逢不肯语，微笑画屏前”将男女主人公恋爱的甜蜜气氛描摹得极为生动细致，如在眼前。从第四首诗开始，诗歌所传达出来的氛围为之一变，由之前的甜甜蜜蜜、你侬我侬变为凄风苦雨、悲悲惨惨，引起这种变化的主要原因是“知向辽东去”，这里并没有明确点出男主人公要去参加战争，但是这种可能性很大。虽然女主人公心里万般不舍，但还得强颜欢笑，内心的不悦不想被发现。其五至其十这六首诗将在丈夫离开后，女性外在的行为上的焦灼以及内心的千回百转反复摹写，如“佳期不可见，尽日泪潺潺”“泪尽肠欲断，心知人不知”“独自披衣坐，更深月露寒”等诗句，写得极为生动传神，如在眼前。其十一、十二是思夫之情发展到了极致之后的夙愿得偿，“昨夜裙带解，今朝蟢子飞”写女子昨夜裙带自解，后又写看见长脚蜘蛛飞来。裙带自解是夫归之兆，

① 权德舆诗文集[M].郭广伟，点校.上海：上海古籍出版社，2008：161－162.

蟢子飞也是喜兆,日夜思念的良人终于要得归了,“万里行人至,深闺夜未眠”,丈夫要回来,即使是深夜,女主人公亦要梳妆打扮。在描写对象上主要是写女性的情感体验,虽然男主人公的行藏是女主人公情感表达的主要原因,但是只字没提男性的情感世界。诗中有对艳情描写的成分,但表达上十分恬淡自然。

胡应麟《诗薮》:“(唐五言绝)开元以后,句格方超。如……权德舆《玉台体》、王建《新嫁娘》、王涯《赠远曲》、施肩吾《幼女词》,皆酷得六朝意象。高者可攀晋、宋,平者不失齐、梁。唐人五言绝佳者,大半此矣。”①这段话交代了唐代主要摹拟“六朝意象”诗人的诗作,其中就有权德舆的《玉台体十二首》,胡应麟肯定地指出这些诗作成就高的可以比肩晋、宋,成绩一般的也可以与齐、梁时的诗歌成绩齐平。盛唐之后,诗歌发展盛极难继。随着社会政治、文化思潮及审美尺度的变化,创新势在必行。中唐的诗人针对诗歌应如何进一步发展这一难题,想通过复古以求创新,之前被否定并逐渐扫清的齐梁浮艳文风,又进入到中唐诗人的视野之中,成为寻找诗歌创新的途径。另外,丹阳是齐梁文风的诞生地,在这片土壤上生长起来的权德舆,创作出具有齐梁诗风的作品,亦是情理之中的事情。

(三)佛道文化的展现

古代文人与儒释道的关系十分复杂,在不同的人生阶段思想倾向也有所不同,在唐人的诗文集中常常可以看到与释家、道者交往酬赠的篇章。通过这些诗篇往往可以把握住诗人的精神轨迹,分析出他们的心理倾向。

1.权德舆诗歌与佛教文化

通过全面分析权德舆的诗可见权德舆对儒释道的态度是以儒家思想为根本,兼及释与道,而且对释道采取的是折中的态度。权德舆早年生活的三吴地区,风景优美,山雄水秀,自古名山藏古刹,这里也是僧人乐于优游驻足的地方。唐中叶,虽然在北方地区爆发了安史之乱,但是这一地区并未受到太大的冲击,仍然保持着物阜民丰的状态,荟萃了一众名僧。在权德舆未步入仕途,居丹阳时,与这一地区的僧人多有交往,

---

① 胡应麟.诗薮[M].北京:中华书局,1962:113.

这对于培养日后其与僧人的感情和对佛教亲善的态度都有积极的意义。在贞元二年(786 年)秋，权德舆应李兼之征到其幕下任职，这使得权德舆有机会接触到以马祖道一为领袖的禅宗新思想，即“马祖洪州禅”，并深深融化在自己的思想体系中，笔者认为这也是以权德舆在丹阳接触到的佛教文化作为思想基础，否则此种禅宗理论被权德舆如何接受和接受到何种程度当别论之。

丹阳及其周边附近寺庙众多，在权德舆诗文中可以找到踪迹的知名佛寺就有如下：其家乡丹阳县的昭代寺，丹徒的招隐寺，上元的栖霞寺，周边的有苏州的朱明寺、虎丘寺，扬州的既济寺、禅智寺等。

权德舆的诗中明确与僧人交往酬赠的有《赠广通上人》《送映师归本寺》《惠上人房宴别》《马上赠虚公》《卧病喜惠上人李炼师茅处士见访因以赠》《湖上晚眺呈惠上人》《自扬州归丹阳初遂闲居聊呈惠公》《送浚上人归扬州禅智寺》《戏赠天竺灵隐二寺寺主》《送清洨上人谒信州陆员外》《月夜过灵澈上人房因赠》《锡杖歌送明楚上人归佛川》(一作皇甫曾诗)等，创作于寺庙的诗有《早夏青龙寺致斋凭眺感物因书十四韵》《八月十五夜瑶台寺对月绝句》《石翁寺》《太常寺宿斋有寄》等，下面以《月夜过灵澈上人房因赠》为例分析权德舆诗与佛教文化的关系。

月夜过灵澈上人房因赠

此身会逐白云去，未洗尘缨还自伤。
今夜幸逢清净境，满庭秋月对支郎①。

诗人在一月夜偶过灵澈上人房，有思赋诗以赠。此诗表达的是权德舆想隐居而心仍未脱离尘境之叹。“支郎”初指三国时月氏僧人支谦，亦指晋代高僧支遁。灵澈上人是皎然的弟子，在《澈上人文集纪》：“从越客严维学为诗，遂籍籍有闻。维卒，乃抵吴兴，与长老诗僧皎然游，讲艺益至。”②皎然之于灵澈，灵澈之于权德舆，这种间接的传递使得权德舆在对皎然诗学思想的接受上有一定裨益。权德舆与灵澈有多年交往，贞元四年(789 年)夏，灵澈曾往江西访权德舆，德舆有《送灵澈上人庐山回归沃州序》为证。后于贞元七年(792 年)，权德舆曾作《酬灵澈上人以诗代书见寄》：“莲花出水地无尘，中有南宗了义人。已取贝多翻半字，还将阳

① 权德舆诗文集[M].郭广伟，点校.上海：上海古籍出版社，2008：57.

② 瞿蜕园.刘禹锡集笺证[M].上海：上海古籍出版社，2005：519.

焰谕三身。碧云飞处诗偏丽，白月圆时信本真。更喜开缄销热恼，西方社里旧相亲。”[①]最后一句“西方社里旧相亲”点明二人曾是旧相识，江西之游回味悠长。

权德舆与这些僧人结交之初多源于其青少年时期，寓居丹阳时与此地及周边地区僧人的交往，奠定了他日后对佛教及僧人的亲善态度。这些诗作创作时间具体可考的有：《自杨子归丹阳初遂闲居聊呈惠公》作于建中四年(783 年)，诗人 24 岁，出包佶幕回丹阳时；《湖上晚眺惠上任》《卧病喜惠上人李炼师茅处士见访因以赠》《送清洨上人谒信州陆员外》作于兴元元年(784 年)，诗人 27 岁，闲赋家乡时；《惠上人房宴别》作于贞元二年(787 年)，诗人 27 岁时。从上面这些诗歌的题目及内容可以看出多为送别诗。

值得一提的是皎然与权德舆的关系。皎然，字清昼，约于唐玄宗开元八年(720 年)生于湖州长城县(今浙江长兴)的卞山，卒年不可确考。于天宝年间出家于江宁县的长干寺，后受具足戒于守真律师，有诗为证，《答李侍御问》：“入道曾经离乱前，长干古寺住多年。爱贫唯制莲花足，取性闲书树叶篇。自笑不归看石榜，谁高无事弄苔泉。身外空名何足问，吾心已出第三禅。”[②]他与皇甫曾等人有过交往，曾作《往丹阳寻陆处士不遇》《送皇甫侍御曾还丹阳别业》《京口送孟明还扬州》等诗，这些均可证明皎然曾在丹阳生活过，而且他终生的活动范围大致都在江南一带，丹阳正是权德舆的家乡。皎然早生权德舆近 40 年的时间，二人曾有书信往来，且皎然被权德舆引为“知己”。后人在分析权德舆文学思想的渊源时常常将之归结到皎然的诗论上面，如皎然在《诗议》中有云：“境象非一，虚实难明。”[③]这一提法已经无限地接近“意境”这一核心问题，但是他仍未使用这一概念。权德舆在《左武卫胄曹许君集序》评论许经邦德诗时说道：“凡所赋诗，皆意与境会，疏道性情，含写非动，得之于静，故所趋皆远。”[④]这里的“意与境会”与“境象非一”实为一意，“所趋皆远”实乃皎然在“辩体有一十九字”中提到的“意中之远”说的升级，权德舆对皎然的诗论既有继承又有发展。

---

① 权德舆诗文集[M]. 郭广伟，点校. 上海：上海古籍出版社，2008：37.

② 全唐诗[M]. 北京：中华书局，1960：9193.

③ 全唐诗[M]. 北京：中华书局，1960：3446.

④ 权德舆诗文集[M]. 郭广伟，点校. 上海：上海古籍出版社，2008：527.

2. 权德舆诗歌与道教文化

权德舆早年接触的道教是以茅山为中心，兼及周边地区。有唐一代，茅山上清派一直受到朝廷的重视，被视为道教之正宗。颜真卿在《有唐茅山元靖先生广陵李君碑铭》中称："茅山为天下道学之所宗矣。"[①]这正道出茅山在朝廷及当时士大夫心中的正统地位。

权德舆与道士交往的诗歌有《戏赠张炼师》《送王炼师赴王屋洞》《九华观宴饯崔十七叔判官赴义武幕兼呈书记萧校书》《与道者同守庚申》《送梁道士谒寿州崔大夫》《州名诗寄道士》《和九华观见怀贡院八韵》等，现以《与道者同守庚申》为例分析。

与道者同守庚申

洞真善救世，守夜看仙经。
俾我外持内，当滋申配庚。
斋心已恬愉，澡身自澄明。
沉沉帘帏下，霭霭灯烛清。
四支动用息，一室虚白生。
收视忘趋舍，叩齿集神灵。
伊予嗜欲寡，居常痾恙轻。
三尸既伏窜，九藏乃和平。
无令耳目胜，则使性命倾。
窅然深夜中，若与元气并。
释宗称定慧，儒师着诚明。
派分示三教，理诣无二名。
吉祥能止止，委顺则生生。
视履苟无咎，天佑期永贞。
应物智不劳，虚中理自冥。
岂资金丹术，即此驻颓龄[②]。

此诗是诗人将与道士守庚申的过程及体会用文字描述了出来，语言上运用了大量的道教术语，较为晦涩难懂。"道者"即为道士，守庚申的意

① 全唐诗[M]. 北京：中华书局，1983：3446.

② 权德舆诗文集[M]. 郭广伟，点校. 上海：上海古籍出版社，2008：22.

思是道家认为人体内有“三尸虫”(又称“三尸神”),能记人过失,至庚申日,乘人睡去,谗于上帝。故学道者在庚申日斋戒静坐不眠,以避免三尸作祟,叫做守庚申,也叫“守三尸”。此诗讲述的是“守庚申”的过程,这是道教文化所特有的一项活动,权德舆能够与道士同行,当是受道教文化浸淫极深。

虽然唐代文人的思想多与佛教、道教纠葛不清,但各有渊源,每个人与佛道关系的轻重远近却是不同的。权德舆能够选择接触佛道二教并在其后半生位极人臣时仍能对二者保持良好的态度,当与其早年在丹阳时受家乡佛道文化影响有很大的关系。

3.权德舆诗歌体现出的隐逸情怀

权德舆一生宦海沉浮,但是在其内心深处不乏企慕归隐田园的想法。笔者认为权德舆的江海之志可以分为两个时期,即他的青年时期和中老年时期。在他的青年时期,受佛道文化的影响及备尝家道中落后的艰辛,使他有几分归隐田园之想,但是迫于生计或者其他原因,出世是他必然的选择。

《暮春闲居示同志》作于兴元元年甲子(784 年),诗人 25 岁时,一定程度上表达出权德舆早年对仕隐的态度。此时诗人居家未仕,可能是初罢幕府之时,全诗如下:

避喧非傲世,幽兴乐郊园。
好古每开卷,居贫常闭门。
曙钟来古寺,旭日上西轩。
稍与清境会,暂无尘事烦。
静看云起灭,闲望鸟飞翻。
乍问山僧偈,时听渔父言。
体羸谙药性,事简见心源。
冠带惊年长,诗书喜道存。
小池泉脉凑,危栋燕雏喧。
风入松阴静,花添竹影繁。
灌园输井税,学稼奉晨昏。
此外知何有,怡然向一罇①。

① 权德舆诗文集[M].郭广伟,点校.上海:上海古籍出版社,2008:18.

此时所描绘出来诗人的精神状态十分放松，享受着生活的悠闲和心灵的自由。时而开卷，时而闻钟，时而望鸟，时而听泉，生活虽然有几分清贫，但仍怡然自得，亲自灌溉垄亩，学习稼穑之道，完全像一位山中隐士，归家一杯酒，忘记所有忧愁。从诗歌内容来看，此时的诗人甘于这种生活，而且在隐居时与释者是有所交往的。

在权德舆的中年时期，即贞元八年(792 年)壬申，时年 33 岁，他正式步入仕途，这一时期他在诗文中所提到的“江海志”便有几分说给别人看的嫌疑，当然这绝非孤例，唐代达官贵人都喜欢谈隐居，但实际上很少有人弃官归田，灵澈曾讥讽道“相逢尽道休官好，林下何曾见一人”①，如《郊居岁暮因书所怀》：“……翛然衡茅下，便有江海意……三径日闲安，千峰对深邃。策藜出村渡，岸帻寻古寺……”②虽然诗人选择的是一条入世的道路，但是在心灵沉寂下来的时刻，出世的想法亦是时时萦绕心间。《答韦秀才寄一首》：“中峰云暗雨霏霏，水涨花塘未得归。心忆琼枝望不见，几回虚湿薜萝衣。”③士子常以衣薜萝表达想隐逸的心态。《严陵钓台下作》中有：“人知大贤心，不独私其身。弛张有深致，耕钓陶天真……”④严陵钓台是东汉严光垂钓处，诗人来到此地，对先贤敬慕不已，并发出“人世自今古，清辉照无垠”⑤的感叹等。在权德舆的诗歌中常常可见表达其“江海志”的诗句，但是他又是一位俗世中人。自己升职时会有喜悦，在《酬主客仲员外见贺正除》诗中：“五年承乏奉如纶，才薄那堪侍从臣。禁署独闻清漏晓，命书惭对紫泥新。周班每喜簪裾接，郢曲偏宜讽咏频。忆昔曲台尝议礼，见君论著最相亲。”⑥“主客仲员外”指的是仲子陵，“主客”是唐时礼部设有主客司，置主客郎中及员外郎，负责各藩属国朝聘，接待给赐事宜。权德舆于贞元十年(794 年)八月为起居舍人兼知制诰，至贞元十五年(799 年)前后征除中书舍人，其间五年。“禁署独闻清漏晓，命书惭对紫泥新”将权德舆升职之后的喜悦心情表达得极为淋漓。儿子得到提拔后亦会感到欣慰，在《璩授京兆府参军戏书以示兼呈独孤郎》诗中：“见尔府中趋，初官足慰吾。老牛还舐犊，凡鸟亦

① 全唐诗[M]. 北京：中华书局，1960：9133.
② 权德舆诗文集[M]. 郭广伟，点校. 上海：上海古籍出版社，2008：17.
③ 权德舆诗文集[M]. 郭广伟，点校. 上海：上海古籍出版社，2008：48.
④ 权德舆诗文集[M]. 郭广伟，点校. 上海：上海古籍出版社，2008：102.
⑤ 权德舆诗文集[M]. 郭广伟，点校. 上海：上海古籍出版社，2008：103.
⑥ 权德舆诗文集[M]. 郭广伟，点校. 上海：上海古籍出版社，2008：34.

将雏。喜至翻成感，痴来或欲殊。因惭玉润客，应笑此非夫。”[①]诗中“璩”指的是权璩，京兆府为京畿地区的行政区划名，辖地当为今陕西西安市及渭南至咸阳之间的地区，治所在长安之光德坊。“参军”为官名，即指参军事，府尹之属。“因惭玉润客，应笑此非夫”怕别人认为他的心态非大丈夫所为，自己先对自己进行了一番调侃。此诗表达出权德舆老牛舐犊之情，以及权璩被授官后作为家长的喜悦心情。从这两首诗可见权德舆正式出世后的心态与青年时期大为不同，虽然诗中常常言及遁世无闷，但却无法拒绝世俗的诱惑。他世俗，为自己和孩子的升职而高兴；他亦虚伪，用隐逸的话语来掩盖积极出世的内心。

中国传统文化中可以将隐士归结为三类，即小隐、中隐、大隐。在魏晋之前士人一般采取的是专在丘壑幽林遁世的方式来隐居，但这种方式心灵虽自由了，但物质上却甚为贫乏。到了晋代，为了解决避世山林而生活困顿的状态，士人找到了身在朝市心游江湖林泉的隐逸方式，原始的隐居方式被称为小隐，新的隐逸方式被称为大隐。大隐是一种既能保持心灵自由，又能受官享禄的一种方式，所以得士人们的青睐。到了中唐白居易时，隐逸理论又有所发展，他根据出使外郡能远祸避害且少受拘检、尽情享受游宴之乐的亲身体验，在这两种方式之外又提出“中隐”之说：“大隐住朝市，小隐入丘樊。丘樊太冷落，朝市太喧嚣。不如作中隐，隐在留司官。似出复似处，非忙亦非闲。不劳心与力，又免饥和寒。……人生处一世，其道难两全。贱即苦冻馁，贵则多忧患。惟此中隐士，致身吉且安。穷通与丰约，正在四者间。”[②]无论中隐还是大隐，都是士人逃避社会责任感的一种方式，但这却能将充实的物质生活和精神的自由结合起来，生活十分安逸。如果非说权德舆选择了一种隐逸方式的话，那么他选择的是大隐这种方式来诠释他心中的隐逸，在《新月与儿女夜坐听琴举酒》中说：“乃知大隐趣，宛若沧洲心。”[③]“沧洲”指的是滨水之地，指隐者居住的地方。他在《酬南园新亭宴会璩新第慰庆之作，时任宾客》亦说：“大隐本吾心，喜君流好音。”[④]可见，权德舆也是将自己归结为“大隐”之士的行列中的。

---

① 权德舆诗文集[M]. 郭广伟，点校. 上海：上海古籍出版社，2008：14.

② 全唐诗[M]. 北京：中华书局，1960：4991.

③ 权德舆诗文集[M]. 郭广伟，点校. 上海：上海古籍出版社，2008：171.

④ 权德舆诗文集[M]. 郭广伟，点校. 上海：上海古籍出版社，2008：173.

(四)对楚骚文学的继承与发扬

丹阳地处吴头楚尾，在唐代诗人中称其地为吴，或称其地为楚，或是吴楚并称。楚骚文学本即是以“楚辞”为代表的战国楚地的地域文学。在黄伯思撰《东观余论·校定楚辞序》中这样定义“楚辞”：“屈宋诸骚，皆书楚语，作楚声，纪楚地，名楚物，故可谓之楚词。”[①]深入分析权德舆的诗歌会发现，权德舆受楚骚文学的影响不仅表现为对楚辞文学形式上的模拟，也表现在对楚辞内在精神风貌的接受。

1. 对“楚辞体”语言形式上的继承

由于楚地文化的特殊性，其地理文化环境、民俗风情等对生活在这里的文人会产生一定影响。权德舆在他的文章中就明确地表示出对楚辞体文学的欣赏，在《送张评事赴襄阳觐省序》中有云：“群贤以地经旧楚，有离骚遗风，凡今宴祓歌诗，惟楚词是学。”[②]正是基于这样的理念，他亦旨在文学创作的过程当中将“楚辞体”文学样式发扬光大。

骚体诗在艺术形式上最显著的特征就是“兮”字的大量运用。权德舆诗歌中，有《杂言同用离骚体送张评事襄阳觐省》《渡秋江怨二首》等诗在语言形式上明确继承楚骚之遗风。恰当地运用“兮”字，可以调整诗歌节奏，增加其音乐性，对诗歌的表情达意有帮助，使诗作增加特别的韵味。

杂言同用离骚体送张评事襄阳觐省

黯离堂兮日晚，俨壶觞兮送远。
远水霁兮微明，杜蘅秀兮白芷生。
波沄沄兮烟幂幂，凝暮色于空碧。
纷离念兮随君，溯九江兮经七泽。
君之去兮不可留，五彩裳兮木兰舟[③]。

此诗题目上已明确表示诗歌在形式上用楚辞体进行创作，内容上用“杜蘅”“白芷”“五彩裳”“木兰舟”这类词语亦是屈原“香草美人”世界常

① 黄伯思.东观余论[M].北京：中华书局，1991：101.
② 权德舆诗文集[M].郭广伟，点校.上海：上海古籍出版社，2008：591.
③ 权德舆诗文集[M].郭广伟，点校.上海：上海古籍出版社，2008：91.

用的意象，诗歌内容上向读者展示了一个傍晚送别的场景：烟雾蒙蒙的水边，诗人为张评事祖饯送别。诗歌中有对送别环境的描写，也有对路途所经景象的想象，在送别时诗人心中夹杂着几许凄凉、几许不舍。一个普通旁晚，因为离别的发生而显得格外悲伤，诗人惆怅的内心就像那凄迷的外部环境，既然无法挽留，只能希冀张评事能乘着华美的船离开，寄予了送行者的美好希望。

渡秋江怨二首

其一：秋江平，秋月明，孤舟独夜万里情。
万里情，相思远，人不见兮泪满眼。
其二：渡秋江兮渺然，望秋月兮婵娟。色如练，万里遍，
我有所思兮不得见。不得见兮露寒水深，耿遥夜兮伤心①。

这两首诗也是典型的楚辞体诗歌，诗歌在语言形式上是杂言体，三言、六言、七言、八言混用，情感表达自由流畅。另外，诗歌还运用了回环的艺术手法，回环往复的形式使情感表达的力度更为强烈。此诗在情感表达的是一种相思之情，但是究竟思念何人并没有明确交代，这就使得对诗人之所思的解读呈现出很多的可能性，诗人所思可能是朋友，可能是恋人，也可能像《诗经·蒹葭》中“伊人”带有不确指性。“秋江平，秋月明，孤舟独夜万里情”将“所思”发生的时间、地点交代出来，秋季给人的感受本是十分萧瑟的，在这样的季节中，一人于孤舟之中，心中有所思念，这是怎样的一种孤寂之感呢？心怀思念本已会使人孤独，将孤独之心置于孤独之境会使其情更甚。秋江使人愁，秋月使人寒，如练的月色使得诗人本已惆怅万分的心情笼罩上更加凄迷的色彩，冷色调的使用加剧了诗人的惆怅心情。耿耿遥夜何时是尽头，我思之人何时才能相见，不得见使人心伤！这首诗不仅在语言形式上学习“骚体”，其情感基调上亦有楚辞之余绪。

另外，权德舆的诗中有多处是对《楚辞》中语言的直接化用，且举以下几例。

---

① 权德舆诗文集[M].郭广伟，点校.上海：上海古籍出版社，2008：157.

《郊居岁暮因书所怀》:“纷吾守孤直,世业常恐坠。”[①]“纷吾”在《楚辞·离骚》中有:“纷吾既有此内美兮,又重之以修能。”[②]

《暮春闲居示同志》:“乍问山僧偈,时听渔父言。”[③]此句中的“渔父言”,暗用《楚辞·渔父》意。

《田家即事》:“漠漠稻花资旅食,青青荷叶制儒衣。”[④]在《离骚》中有:“制芰荷以为衣兮,集芙蓉以为裳”[⑤]的诗句。

《杂诗五首》其五:“君看心断时,犹在目成处。”[⑥]《楚辞·少司命》中:“满堂兮美人,忽独与余兮目成。”[⑦]“目成”指男女以眉目传情而两心相许。

《同陆太祝鸿渐崔法曹载华见萧侍御留后说得卫抚州报推事使张侍御却回前刺史戴员外无事喜而有作》其三:“众人哺啜喜君醒,渭水由来不杂泾。”[⑧]《楚辞·渔父》中有:屈原曰:“举世皆浊我独清,众人皆醉我独醒,是以见放。”……渔父曰:“众人皆醉,何不餔其糟而啜其醨。”[⑨]

《送梁道士谒寿州崔大夫》:“遥知小山桂,五马待邀欢。”[⑩]“小山桂”:《楚辞》淮南小山《招隐士》中有“桂树丛生兮山之幽,偃蹇连蜷兮枝相缭”[⑪]之语,后因以“小山桂”代指山林游赏之地。

《奉和礼部李尚书酬杨著作竹亭歌》:“能以簪缨狎薜萝,常通内学青莲偈”[⑫]“薜萝”指薜荔和女萝,在《楚辞·九歌·山鬼》中有:“若有人兮山之阿,披薜荔兮带女萝。”[⑬]《数名诗》:“九歌伤泽畔,怨思徒刺促”[⑭],“九歌”是《楚辞》篇名,此处指屈原的作品。

---

① 权德舆诗文集[M]. 郭广伟,点校. 上海:上海古籍出版社,2008:17.
② 黄寿祺,梅桐生. 楚辞全译[M]. 贵阳:贵州人民出版社,2008:2.
③ 权德舆诗文集[M]. 郭广伟,点校. 上海:上海古籍出版社,2008:17.
④ 权德舆诗文集[M]. 郭广伟,点校. 上海:上海古籍出版社,2008:20.
⑤ 黄寿祺,梅桐生. 楚辞全译[M]. 贵阳:贵州人民出版社,2008:10.
⑥ 权德舆诗文集[M]. 郭广伟,点校. 上海:上海古籍出版社,2008:153.
⑦ 黄寿祺,梅桐生. 楚辞全译[M]. 贵阳:贵州人民出版社,2008:43.
⑧ 权德舆诗文集[M]. 郭广伟,点校. 上海:上海古籍出版社,2008:48.
⑨ 黄寿祺,梅桐生. 楚辞全译[M]. 贵阳:贵州人民出版社,2008:139-140.
⑩ 权德舆诗文集[M]. 郭广伟,点校. 上海:上海古籍出版社,2008:83.
⑪ 黄寿祺,梅桐生. 楚辞全译[M]. 贵阳:贵州人民出版社,2008:206.
⑫ 权德舆诗文集[M]. 郭广伟,点校. 上海:上海古籍出版社,2008:137.
⑬ 黄寿祺,梅桐生. 楚辞全译[M]. 贵阳:贵州人民出版社,2008:49.
⑭ 权德舆诗文集[M]. 郭广伟,点校. 上海:上海古籍出版社,2008:147.

《与故人夜坐道旧》:“终当制初服,相与卧林丘。”[①]《离骚》:“退将复修吾初服”[②],意为辞去官职,重新穿上入仕前的衣服。

在权德舆的诗歌中将《楚辞》中的语言化用为自己语言的地方非常多,这不仅表明权德舆对《楚辞》十分熟悉,可以达到信手拈来的地步,也源自于其对《楚辞》深深的喜爱。权德舆的诗中化用《楚辞》中的语言可大致分为两类:一类是将《楚辞》原有的语言直接用到自己的诗中,如“纷吾”“目成”“初服”是《楚辞》中出现的词语直接用到权德舆的诗中。另一类是将《楚辞》中原有的语言加工后化用到自己的诗歌之中,如“渔父”“九歌”就是将《楚辞》中具体篇章的名称用到诗句中。“化用”是文学中较为常用的一种修辞方法,包括两个方面:一是“化”,二是“用”。化用的基本条件是熟悉、欣赏,所创作与原作品存在“是似”之处,《论语·述而》中孔子曾自谦“述而不作”[③],在其后的几千年之中亦成为中国历史文化传承的基本法则之一,是跨越时空、文人实现精神对接、使得艺术生命力得以延续的一种形式。

2.对“楚辞式”情感内涵的发扬

楚辞文学对权德舆的影响不仅仅体现在他诗歌所表现出来的对楚辞语言、意象的学习,还表现在他对楚骚文学精神实质的学习。楚骚的核心不在于文辞的表达方式,而在于其深沉浓烈、纵横挥洒的抒情风格和表情意蕴。

(1)骚体赋的创作。

骚体赋是赋中的一类,是从楚辞发展而来的,形式上属于骚体,所以称为骚体赋。骚体赋大都是抒发怀才不遇之情,抒发作者壮志难酬的郁愤之情。首倡者为西汉初年的贾谊,继之者为司马相如等。这种赋在内容上侧重于咏物抒情,且多抒发哀怨之情,近于《离骚》的情调。后代不乏骚体赋的创作者,韩愈的《复志赋》、柳宗元的《惩咎赋》《闵生赋》均可归入骚体赋类。权德舆所创作的骚体赋共有三篇,分别是《伤驯鸟赋》《洞庭春溜满赋》《行舟逗远树赋》,下文以《洞庭春溜满赋》和《行舟逗远树赋》为例分析。

---

① 权德舆诗文集[M].郭广伟,点校.上海:上海古籍出版社,2008:19.

② 黄寿祺,梅桐生.楚辞全译[M].贵阳:贵州人民出版社,2008:10.

③ 杨伯峻.论语译注[M].北京:中华书局,2011:74.

洞庭春溜满赋 送陆灞赴荆州

湖渺渺兮，荡东风以发春。春溜满兮，连净绿以无垠。接远色于青草，散晴辉于白苹。及夫反照安流，烟花明丽，霞生水底，鸟没空际。听棹讴之四起，见片帆之远逝。杳空旷以澄鲜，穷千里于一睇。若乃路转涔阳，波连沅湘，杜蘅秀兮蕙若芳，写云翠兮沉夕阳。月明露下霭苍苍，结遐想于骚人兮，悄目极以心伤。婉婉长离，翩翩彩鹢，远泛桃花之浪，去从莲府之辟。云兮水兮，指前程于空碧①。

行舟逗远树赋 送严谟赴东阳

有美一人兮，桂为楫，兰为舟，逗远树之晴彩，泛春江之碧流。乍迷云叶，稍映苹洲。凝暮色于愁睇，空蔼蔼以悠悠。的的轻帆，亭亭远质。喜扬舲之渐近，嗟转岸而还失。映微波以葱蒨，贮岚翠之蒙密。怆南浦之别离，占横塘之风日。柳怨别兮枫伤春，望不辨兮愁杀人。空江边兮远郊外，纷离绪兮相对颦。摽落照以微明，羃夕烟而又晦。波茫茫兮景沉沉，思结缆兮于清阴。惜归舟之不驻，伤远目以轸离心②。

《洞庭春溜满赋》和《行舟逗远树赋》这两篇均是权德舆送友人远行的赋作，在情感表现出的是对友人将行的依依惜别。这两篇赋作均是作于春天，春风骀荡，被送之人都是通过水路出行。这两篇赋时间描写上从天明写到天黑，更为突出的是送人情思之长。古人喜欢伤春悲秋，春天给人的感受是美好的事物转瞬即逝，容易诱发伤感。而且古代交通并不十分发达，朋友分别之后想再见亦是遥遥无期，有的可能终身不复再见，所以与今天的离别相比，古人的离别更为令人悲伤。陆灞和严谟所要去的地方在古代都属于楚地，可能是这点引发诗人之灵感，创作了两篇骚体赋以为之饯行。两篇赋虽同为送别之作，但是在表达内容及情感上稍有不同，《洞庭春溜满赋》对送别之人以及送别友人会产生的一系列情感波动写得稍少，将洞庭湖春天的美丽景色形象地表达出来，一望无际的湖面，湖边的绿树、青草，湖中的白苹以及湖边繁盛的花树，这些无疑都是洞庭之春所涵盖的内容，权德舆的妙笔将洞庭之春由白天写到夜晚，“月明露下霭苍苍”一句将月夜之下湖中别有一番滋味的美景表达出

① 权德舆诗文集[M]. 郭广伟，点校. 上海：上海古籍出版社，2008：3.

② 权德舆诗文集[M]. 郭广伟，点校. 上海：上海古籍出版社，2008：3－4.

来。这篇赋在写景,稍带以离情。《行舟逗远树赋》则把所送之人以及由送别所带来的伤感情绪明确地写了出来。这篇赋重在抒情,寓情于景,情生景中。开篇即把送别之事提出,接下来所描写的一系列景物都染上了浓浓离愁,似乎此次送别特别使作者伤心。骚体赋读起来较一般的赋作给人的感受更为华丽,意境更为优美。

(2)骚体式情感的表达。

翻开以《楚辞》为代表的骚体文学,人们关注很重要的一点就是骚体式的情感表达。楚辞的文化主旨是以《离骚》为代表的抒发身世遭际与人生志向,表达不遇之悲,以及描写男女恋情,表达相思相恋的情愫。胡应麟《诗薮·内篇》卷一中对楚骚文学进行全面的描述:"纡回断续,骚之体也;讽喻哀伤,骚之用也;深远优柔,骚之格也;宏肆典丽,骚之词也。"①这里提到"讽喻哀伤""深远优柔"两点可以部分地概括楚骚文学情感的表达方式。

权德舆赠内诗的情感表达在一定程度上继承楚骚文学此类的主旨表达和情感内涵,权德舆诗中有一卷都是写给他妻子的诗,从各个角度诠释了他对妻子的感情,如泣如诉,如怨如慕,透过这些诗作我们看到另外一个权德舆。

祗役江西路上以诗代书寄内

辛苦事行役,风波倦晨暮。
摇摇结遐心,靡靡即长路。
别来如昨日,每见缺蟾兔。
潮信催客帆,春光变江树。
宦游岂云惬,归梦无复数。
愧非超旷姿,循此跼促步。
笑言思暇日,规劝多远度。
鹑服我久安,荆钗君所慕。
伊予多昧理,初不涉世务。
适因拥肿材,成此嬾慢趣。
一身常抱病,不复理章句。
胸中无町畦,与物且多忤。

---

① 胡应麟.诗薮[M].北京:中华书局,1962:4.

既非大川楫，则守南山雾。
胡为出处间，徒使名利污。
羁孤望予禄，孩稚待我餔。
未能即忘怀，恨恨以此故。
终当税鞿鞅，岂待毕婚娶。
如何久人寰，俯仰学举措。
衡茅去迢递，水陆两驰骛。
晰晰窥晓星，涂涂践朝露。
静闻田鹤起，远见沙鸨聚。
怪石不易跻，急湍那可溯。
渔商闻远岸，烟火明古渡。
下碇夜已深，上碕波不驻。
畏途信非一，离念纷难具。
枕席有馀清，壶觞无与晤。
南方出兰桂，归日自分付。
北窗留琴书，无乃委童孺。
春江足鱼雁，彼此勤尺素。
早晚到中闺，怡然两相顾[①]。

这首诗作于贞元二年(786 年)，权德舆应江西观察使李兼之辟，为观察使判官兼监察御史，此时诗人从官制的品阶上来讲是一位下级官吏，做官时家眷无法随行，所以权德舆的寄内诗才会得以创作并留传下来。此诗通篇都在表达由于远役而带来的厌烦之感以及对妻子的思念，并将这种感受反复地书写，通过一次次强调，让人感受到诗人出仕做官的辛苦和无奈。虽然诗人不是贪念高官厚禄之人，但是迫于生计或是其他原因，使得自己必须离家远行，为物所役，其中的辛苦妻子也是能够体会的。在诗歌结尾处表达出早日重逢、以叙大伦的期待。在表达情绪上，诗的前半部分似乎更为迫切，“风波倦晨暮”“归梦无复数”这两句诗将诗人欲归家而不得的急切心情完整地表达了出来，到诗之后半段，有了“早晚到中闺，怡然两相顾”的期待，诗人的情绪似乎稍稍放松了一些，将美好的希望寄托给了明天。此诗表达的重点不是宦游的辛苦，而是对

① 权德舆诗文集[M]. 郭广伟，点校. 上海：上海古籍出版社，2008：164 - 165.

妻子的思念，一切负面情绪都是不能与妻子长相厮守带来的，思妻之情大于远役的辛苦。

由于诗歌篇幅的限制，权德舆在一首诗当中所表达出来的情感往往是单一方面的，但是把这些汇合成整体可以看出其情感的丰富性。《夜泊有怀》："转枕睡未熟，拥衾泪已濡。"[①]颠覆以往诗歌中男子的阳刚形象，表达出诗人内心柔软的一面，夜晚独眠，思妻落泪。《清明日次弋阳》："家人定是持新火，点明孤灯照洞房。"[②]想象家里寒食节之后起新火的场景。《中书夜直寄赠》："……步屧疲青琐，开缄倦紫泥。不堪风雨夜，转枕忆鸿妻。"[③]"青琐"指的是皇宫门上镂刻的青色连环花纹，"紫泥"代指诏书，因诏书用紫泥封缄。这首诗表现出对官场的态度是消极的、抗拒的，与《酬主客仲员外见贺正除》诗中"禁署独闻清漏晓，命书惭对紫泥新"[④]表现出对升职的喜悦全然不同，可见官场的诱惑比不及对妻子的思念。《病中寓直代书题寄》《端午日礼部宿斋有衣服彩结之贶以诗还答》《酬九日》《和九日从杨氏姊游》，表达出一个人在外，往往生病与过节日时最为思念亲人。端午节和重阳节是古时比较重要的节日，所以"每逢佳节倍思亲"，从诗题可以看出有些诗是权德舆和妻子的答作，《酬南园新亭宴会璩新第慰庆之作时任宾客》中的"喜君流好音"[⑤]说明权妻不仅是一位至亲至爱的亲人，更是他的精神伴侣，所以这份感情更为弥足珍贵，也在更深层次告诉我们为何权德舆对妻子的感情如此深厚。《新月与儿女夜坐听琴举酒》中的"儿女各冠笄，孙孩绕衣襟""笑语向兰室，风流传玉音"[⑥]表达了对妻子的思念中也兼及儿女的天伦之乐；《县君赴兴庆宫朝贺载之奉行册礼因书既事》中的"合卺交欢二十年，今朝比翼共朝天"[⑦]表达了二人都得到册封，有比翼齐飞之感；《奉使丰陵职司卤簿通宵涉路因寄内》中有"曙月思兰室，前山辨谷林"[⑧]，《发硖石路上却寄内》中有"细君几日路经此，应见悲翁相望心"[⑨]。"兰室""细君"都

---

① 权德舆诗文集[M]. 郭广伟，点校. 上海：上海古籍出版社，2008：165.
② 权德舆诗文集[M]. 郭广伟，点校. 上海：上海古籍出版社，2008：167.
③ 权德舆诗文集[M]. 郭广伟，点校. 上海：上海古籍出版社，2008：167.
④ 权德舆诗文集[M]. 郭广伟，点校. 上海：上海古籍出版社，2008：34.
⑤ 权德舆诗文集[M]. 郭广伟，点校. 上海：上海古籍出版社，2008：173.
⑥ 权德舆诗文集[M]. 郭广伟，点校. 上海：上海古籍出版社，2008：171.
⑦ 权德舆诗文集[M]. 郭广伟，点校. 上海：上海古籍出版社，2008：171.
⑧ 权德舆诗文集[M]. 郭广伟，点校. 上海：上海古籍出版社，2008：172.
⑨ 权德舆诗文集[M]. 郭广伟，点校. 上海：上海古籍出版社，2008：175.

是称呼妻子的美称。权德舆在对妻子表达思念之情是不遗余力的，抬头望月、低头看路都能够勾起诗人的思妻之情。这种感情内心当是十分浓烈，但是表达出的却是深婉曲致，令人回味悠长。

“讽喻哀伤”“深远优柔”这两点是楚骚文学情感的表达方式，权德舆在表达对妻子之深情时将这两点把握得非常好。虽无讽喻之情，但却深远优柔之旨。

第三节 许浑诗歌与丹阳地域文化

许浑，字用晦，或字仲晦，丹阳县人。他不仅出生于丹阳，而且他一生的出处行藏与家乡都有密切的关系。《唐才子传·许浑》中有：“久之，起为润州司马。大中三年，拜监察御史，历虞部员外郎，睦、郢二州刺史。尝分司朱方，买田筑室，后抱病退居丁卯涧桥村舍，暇日缀录所作，因以名集。”[①]他诗中不时流露出对家乡的深厚情感，如《送王总下第归丹阳》中有：“凭寄家书为回报，归乡还有故人知。”[②]《南海使院对菊怀丁卯别墅》中有：“何处曾移菊，溪桥鹤岭东。”[③]丁卯别墅在丹阳城郊。《南海府罢归京口郊居途经大庾县留赠张明府》中有：“陶诗尽写行过县，张赋初成梦到家。”[④]京口为丹阳古名。

一、许浑与丹阳的关系

许浑生于德宗贞元七年(791 年)辛未，他青少年时段的经历无从确考[⑤]。长庆元年(821 年)，许浑曾回丹阳，许浑这次回丹阳的直接原因很可能是为了干谒王播并与旧友刘三复交往。根据《旧唐书·穆宗纪》：长庆二年三月戊午“以中书侍郎、平章事王播检校右仆射，兼扬州大都督府长史，充淮南节度使”[⑥]。许浑此次回丹阳，干谒王播达到“奉儒守官”的目的。在李德裕任浙西观察使时，刘三复曾入李德裕幕。刘禹锡有《送

① 傅璇琮. 唐才子传校笺(第三册)[M]. 北京：中华书局，2002：237－240.

② 罗时进. 丁卯集笺证[M]. 北京：中华书局，2012：467.

③ 罗时进. 丁卯集笺证[M]. 北京：中华书局，2012：685.

④ 罗时进. 丁卯集笺证[M]. 北京：中华书局，2012：423.

⑤ 许浑行年参见罗时进所著的《晚唐诗歌格局中的许浑创作论》中相关部分。

⑥ 旧唐书[M]. 北京：中华书局，1975：496.

从弟郎中赴浙西》，另《旧唐书·刘邺传》："序曰：'从弟三复，三为浙右从事，凡十余年。往年主公入相，荐用登朝，中复从公之京口，未几而罢。'"①许浑诗有《下第归朱方寄刘三复》《春日思旧游寄南徐从事刘三复》《和浙西从事刘三复送僧南归》，可证其与刘三复的密切交往。

大约宝历二年(826 年)底，许浑将家从岳州迁至丹阳丁卯桥。在《夜归丁卯桥村舍》中有"紫蒲低水槛，红叶半江船"②的诗句，这里给诗人留下的记忆是温暖的，有类似于陶渊明隐居之处宁静淡雅的气氛。在《南海使院对菊怀丁卯别墅》中有："何处曾移菊，溪桥鹤岭东。疏篱还有艳，园小亦无丛。日晚秋烟里，星繁晓露中。影和金涧水，香染玉潭风。罢酒惭陶令，题诗答谢公。朝来数花发，身在尉佗宫。"③早起看花，只恨身在尉佗宫而不能在丁卯别墅。

大和七年(833 年)秋，许浑自长安归京口，归京口后，许浑拜访过时任浙西观察使王璠。根据《唐方镇年表》可知王璠镇守京口，当在大和六年(832 年)八月至八年(834 年)十一月之间。此次居丹阳至开成元年(836 年)赴海南为止。

根据许浑的岭南诗，可推断许浑在南海使府，北归约在会昌末、大中初。此次北归回丹阳，转赴长安，有诗《南海府罢归京口经大庾岭赠张明府》为证。

会昌二年(842 年)春许浑东归任润州司马，李频有《送许浑侍御赴润州》诗："家山近石头，遂意恣东游。祖席离乌府，归帆转蜃楼。阴氛出海散，落月向潮流。别有为霖日，孤云未自由。"④在《唐才子传·许浑》中载："久之，起为润州司马。大中三年，拜监察御史，历虞部员外郎，睦、郢二州刺史。尝分司朱方，买田筑室，后抱病退居丁卯涧桥村舍，暇日缀录所作，因以名集。浑乐林泉，亦慷慨悲歌之士。登高怀古，已见壮心，故为格调豪丽，犹强弩初发，牙浅弦急，俱无留意耳。"⑤回京口以后，许浑任润州司马期间，诗人重游了家乡的山山水水。如《尝与故宋補阙次都秋夕游永泰寺后湖今复登赏怆然》(又作《重游练湖怀旧》)，其序云：

---

① 旧唐书[M]. 北京：中华书局，1975：4616.
② 罗时进. 丁卯集笺证[M]. 北京：中华书局，2012：104.
③ 罗时进. 丁卯集笺证[M]. 北京：中华书局，2012：685.
④ 罗时进. 丁卯集笺证[M]. 北京：中华书局，2012：685.
⑤ 唐才子传校笺(第三册)[M]. 北京：中华书局，2002：237－241.

“余尝与故宋补阙次都秋夕游永泰寺后湖亭，今复登赏，怆然有感，因赋是诗。”其诗曰：“西风渺渺月连天，同醉兰舟未十年。鵩鸟赋成人已没，嘉鱼诗在世空传。荣枯尽寄浮云外，哀乐犹惊逝水前。日暮长堤更回首，一声邻笛旧山川。”[①]宋補阙为宋邧，字次都，与许浑同年应举，许浑有《下第送宋秀才游歧下，杨秀才迁江东》诗提到此人。宋邧开成二年(837 年)任左拾遗，会昌中迁补阙，因触犯李德裕而被贬死。此诗大约作于会昌五年(845 年)，许浑时任润州司马，得以重游练湖，有此感慨。

许浑约于大中二年(847 年)至长安，希望得到援引，但是此次长安之行并未达到预期的目的，在《秋日候朝》诗中有“虚戴铁冠无一事，沧海归去老渔舟”[②]，这句诗的意思即可理解为此次求仕未被重用，此年秋天许浑便托病解职，东归故里。

大中四年(851 年)三月十九，许浑对自己诗作进行整理和编纂的工作完成，命名为《丁卯集》。许浑《乌丝栏诗自序》内容如下：

> (余)大中三年守监察御史，抱疾不任朝谒，坚乞东归。明年少闲，端居多暇，因编集新、旧五百篇，置于几案，聊用自适，非求知之志也。时庚午岁三月十日，于丁卯涧村舍，手写此本[③]。

从这段话当中可见，许浑任监察御史的时间并不长，该是任职当年便辞职。第二年，诗人便将自己的诗歌集结成册，曰《乌丝栏诗》，亦称《丁卯集》。东晋皇帝司马睿之子镇守广陵，运粮出京口，船在此搁浅，于是筑土埭，开河道，让粮船顺利通过，后来为了便于同行而驾桥。此桥于丁卯日建成，所以叫丁卯桥。《至顺镇江制》卷十二《居宅》：“唐许浑宅在城南二里丁卯涧。”[④]

闻一多在《唐诗大系》中认为许浑卒于大中八年(854 年)，而罗时进认为许浑的卒年已入咸通年间是可以肯定的，其卒年应在咸通元年(860 年)以后[⑤]。许浑卒后葬京口城南三十五里雩山谏壁里。

---

① 罗时进. 丁卯集笺证[M]. 北京：中华书局，2012：397.

② 罗时进. 丁卯集笺证[M]. 北京：中华书局，2012：347.

③ 全唐文[M]. 北京：中华书局，1983：7903.

④ 宋元方志丛刊[M]. 北京：中华书局，1990：2782.

⑤ 罗时进. 晚唐诗歌格局中的许浑创作论[M]. 西安：太白文艺出版社，1998：82.

二、"许浑千首湿"与丹阳地域文化

唐代时，丹阳有纵横南北的运河、碧波荡漾的练湖、百里涵空的白鹤溪、波光潋滟的桃花涧，还有清龙潭、九曲河、珥渎河、丁文渎、李成涧、九里湖……大大小小的河流湖泊遍布于丹阳，密如蛛网，交相辉映，形成了一个水的天地。江南素以水乡著称，丹阳则是嵌于上面的一颗璀璨的明珠。

(一)许浑诗歌所表现出的水意象

家乡的水滋润着诗人的心田，陶冶着诗人的灵魂。诗人深爱着家乡的水，他曾自诩为水鸟，表达自己"故巢迷碧水"①，从一"迷"字即可看出，诗人是多么喜爱家乡的水。许浑的诗作几乎处处都有"水"的意象因子，在《苕溪渔隐丛话》前集卷二十四引《桐江诗话》中云："许浑集中佳句甚多，然多用'水'字，故国初士人云：'许浑千首湿'是也。谓如《洛中怀古诗》云：'水声东去市朝变，山势北来宫殿高。'若其他诗无'水'字，则此句当无愧于作者。罗隐诗，篇篇皆喜怒哀乐心志去就之语，而卒不离乎一身。故'许浑千首湿'，人以'罗隐一生身'为对，又云'杜甫一生愁'，似优于前矣。"②且举以下几例。

紫蒲低水槛，红叶半江船。《夜归丁卯村舍》③
绿树荫青苔，柴门临水开。《孟夏有怀》④
浪冲高岸响，潮入小池浑。《题邹处士居》⑤
门外长溪水，怜君又濯缨。《贻迁客》⑥
谏猎归来绮季歌，大茅峰影满秋波。《赠茅山高拾遗》⑦
烟开翠扇清风晓，水泛红衣白露秋。《秋晚云阳驿西亭莲池》⑧

虽然许浑以诗中"水"意象居多而闻名，成因有很多，但是在他创作

---

① 罗时进.丁卯集笺证[M].北京：中华书局，2012：34.
② 胡仔纂.苕溪渔隐丛话(前集)[M].廖德明，点校.北京：人民文学出版社，1962：164.
③ 罗时进.丁卯集笺证[M].北京：中华书局，2012：104.
④ 罗时进.丁卯集笺证[M].北京：中华书局，2012：116.
⑤ 罗时进.丁卯集笺证[M].北京：中华书局，2012：210.
⑥ 罗时进.丁卯集笺证[M].北京：中华书局，2012：289.
⑦ 罗时进.丁卯集笺证[M].北京：中华书局，2012：328.
⑧ 罗时进.丁卯集笺证[M].北京：中华书局，2012：358.

与家乡丹阳相关的诗中对周围环境描写的诗句,“水”这一物象出现的频率很高,这就与其家乡水、湖遍地有相当大的关系。

(二)权德舆与许浑诗歌中水意象的区别及成因

在中晚唐占籍丹阳的诗人中,权德舆与许浑同为丹阳人,二人家乡的生活环境大致相同,所以在现存的诗歌中,二人对水的描写较其他丹阳的诗人多。权德舆和许浑与家乡丹阳的关系不同,权德舆出生于丹阳,青年时期在丹阳度过,贞元八年(792 年)离家为官后,中晚年以后回乡与否没有特别明确的记载。而许浑时隐时宦,虽然也曾离家为官,甚至去过海南这样偏远的地区,但是在为官之余,他基本在家乡度过,还曾担任润州司马一职,许浑较之权德舆与丹阳的渊源更为深厚。二人同样置别业于水边,权德舆置于练湖旁,许浑置于丁卯桥边。《嘉定镇江志》卷六《地理》记载:“丁卯港在城南三里,即晋所立丁卯埭。《舆地志》:晋元帝子车骑将军裒镇广陵,运粮出京口,为水涸,奏请立丁卯,制:‘可’。因以为名。许浑诗序言于‘朱方丁卯涧村舍手写乌丝栏’,戏目之为《丁卯集》,盖浑尝居此。”[①]权德舆的诗中描写家乡的水仅限于练湖,且他的练湖情结是与思乡情怀融合在一起。许浑对家乡水的描写很少直接写出他所描写对象的名字,水似乎更像他诗歌的调味剂,信手拈来,时时都可入诗,下面举二人的诗作作具体分析。

秋晚怀茅山石涵村舍

十亩山田近石涵,石涵风俗旧曾谙。
檐前白艾惊春燕,篱上青桑待晚蚕。
云暖採茶来岭北,月明沽酒过溪南。
陵阳秋尽多归思,红树萧萧覆碧潭[②]。

此诗重出于《全唐诗》卷五二六《杜牧集》,题同。《乌丝栏诗真迹》、元刊《丁卯诗续補》录此诗,为许浑作无疑。此诗为许浑宦游宣州时所作,在外宦游思念家乡中的石涵村舍。颔联与颈联是对乡村生活的描写,充满了温暖。尾联两句是对现状的陈述,思归未得,表达出对家乡浓浓的思念之情。

---

① 宋元方志丛刊[M].北京:中华书局,1990:2371.

② 罗时进.丁卯集笺证[M].北京:中华书局,2012:624.

权德舆的诗中有一些写水的诗句，但是描写与家乡相关的水“练湖”是作为一个物象存在，而许浑写家乡的水是作为其描写对象的背景出现在诗歌中的，举许浑的《郊园秋日寄洛中友人》与《金陵阻风登延祚阁》来分析说明。

郊园秋日寄洛中友人

楚水西来天际流，感时伤别思悠悠。
一樽酒尽青山暮，千里书回碧树秋。
日落远波惊宿雁，风吹轻浪起欧眠。
嵩阳亲友谁相念，潘岳闲居欲白头①。

此诗为许浑未仕时居京口丁卯涧郊园时作。《唐诗鼓吹评注》卷一对这首诗的点评：“此见楚水西来，因感时伤别而愁思悠悠也。一樽酒尽，独对暮山，千里书回，欲看秋树，离群索居，情乌能已？兼之郊园景色，日惊宿雁，风起眠鸥，益不得不触物兴思矣。嵩山在洛，故言洛中亲友相念，为言我今闲居如潘岳亦将白头矣，能勿兴今昔之感哉？”②这段话将此诗重点在于表达对嵩洛一带亲友的思念的情绪叙述出来，愁思悠悠，深婉绵长。诗中的“楚水”“轻浪”只是诗人在表达思亲之情时所的一种背景，写景、写物均是为了表达自己的心情。

金陵阻风登延祚阁

极目皆陈迹，披图问远公。
戈鋋三国后，冠盖六朝中。
葛蔓交残垒，芒花没后宫。
水流箫鼓绝，山在绮罗空。
极浦千艘聚，高台一径通。
云移吴岫雨，潮转楚江风。
登阁惭漂梗，停舟忆断蓬。
归期与归路，杉桂海门东③。

金陵即今南京市，为吴、东晋、宋、齐、梁、陈六朝古都。延祚阁，在江

① 罗时进.丁卯集笺证[M].北京：中华书局，2012：612.
② 钱牧斋，何义门.唐诗鼓吹评注[M].保定：河北大学出版社，2000：32.
③ 罗时进.丁卯集笺证[M].北京：中华书局，2012：671.

宁府上元县。《丁卯集笺注·金陵阻风登延祚阁》集评:“此公于金陵登延祚阁怀古而赋也。……通首言登阁一望而金陵龙盘虎踞之象尽在目前,一如披图然者。”[①]这段话将这首诗的重点在于表达怀古之情点出,诗句“云移吴岫雨,潮转楚江风”所提及的“雨”“楚江风”均是作为背景因素出现在诗中的。

权德舆提及练湖的诗歌主要有《侍从游后湖宴望》《省中春晚忽忆江南旧居戏书所怀因寄两浙亲故杂言》《送少清赴润州参军因思练湖旧居》《嘉兴九日寄丹阳亲故》这几首诗,往往将练湖作为主要描写对象,而非仅作为背景因素存在。造成二人描写“水”这一物象不同呈现方式的主要原因是权德舆与许浑不同的人生经历。权德舆青年时期没有通过科举考试步入仕途,顺利步入仕途以后,职位越来越高,离权力中心也越来越近,曾一度为相,真正接触底层的生活比较少,缺乏游历的经历,生活中缺少“水”元素。许浑则相反,罗时进曾对许浑诗“水”字作过统计:“在《全唐诗》所收他的诗 531 首中,用到‘水’字的有 200 首,用到‘雨’‘露’‘河’‘浪’等字的有 251 首,两者约占其诗歌总数的 85%,真可谓一个诗的‘泽国’。”[②]许浑生活的环境一直与“水”相关,在未入世之前一直生活在家乡丹阳,家乡的水时时滋润着诗人的心田,陶冶着诗人的情怀,他曾作诗“故巢迷碧水”,表达出对家乡“水”的喜爱之情。后来他生活的地方也多滨于水,或傍伊洛,或临洞庭,或濒长江,最后仍回到丹阳城南的丁卯涧定居,这里的自然环境是“小桥通野水,高树入江云”[③]。他所长期任官的地方“泽国”姑熟、睦州和江城郢州。这些条件使得“水”意象成为他最直接的描写对象,而且不断强化着诗人对水的感情,所以就许浑诗中有丰富的水意象。

二、许浑创作于丹阳的诗歌体现的地域文化

许浑创作于丹阳的诗歌大致可分为以下几类。

1. 送别类

代表作有《送李暝秀才西行》《送无梦上人先归甘露寺》《将赴京师津

---

① 罗时进.丁卯集笺证[M].北京:中华书局,2012:672.

② 罗时进.晚唐诗歌格局中的许浑创作论[M].西安:太白文艺出版社,1998:153.

③ 尹占华.张祜诗集校注[M].成都:巴蜀书社,2007:59.

亭别箫处士二首》《送王总下第归丹阳》《送上元王明府之任》《庐山人自巴蜀由湘潭归茅山因赠》《将为南行陪浙西尚书崔公宴海榴堂》。中唐以后，大量送别诗出现，诗人在创作送别诗时有大量对送别地与目的地的风土描写，以“沿路叙景”为结撰送别诗的模式。蒋寅在《大历诗风》中总结了大历时期送别诗的结构：“先是送行地点或事由，接着是旅途所历的地理土风，然后是设想行人沿途所见景物与感触，最后设想行人抵达目的地后的情景”①，许浑的送别诗虽然没有完全按照这种“沿路叙景”的模式，但是也可以在一定程度上反映出丹阳的地域文化。且举两例说明。

庐山人自巴蜀由湘潭归茅山因赠

太乙灵方炼紫荷，紫荷飞尽发皤皤。
猿啼巫峡晓云薄，雁宿洞庭秋月多。
导引岂如桃叶舞，步虚宁比竹枝歌。
华阳旧隐莫归去，水没芝田生绿莎②。

“山人”旧时意义指隐逸之人或方士，此诗中的庐山人当是一位方士，去茅山学仙问道，始建于南朝的茅山道观在唐代达到极盛的地步，吸引了很多学道和归隐之人来此。诗歌从语言到意象都充满了道教文化的因子，即送庐山人归茅山，诗从意象到语言都是与道教文化相关，如“太乙灵方”指的是仙方，“导引”之术指的是导气引体（道教的养生术），“华阳旧隐”指的是“庐山人”，“芝田”为传说中仙人种灵芝的地方。玩味诗题，可以看出这位庐山人不是第一次去茅山，应是茅山的常客，作此诗时作者在何处不得而知。送人去某地，对所到之处的地域文化有一定的描写和反映。

送上元王明府之任

莫言名重懒驱鸡，六代江山碧海西。
日照蒹葭明楚塞，烟分杨柳见隋堤。
荒城树接沉书浦，旧宅花连罨画溪。
官满应定归未得，九重霄汉有丹梯③。

---

① 蒋寅.大历诗风[M].南京：江苏凤凰出版社，2009：202.
② 罗时进.丁卯集笺证[M].北京：中华书局，2012：495.
③ 罗时进.丁卯集笺证[M].北京：中华书局，2012：520.

上元为县名，秦汉为秣陵县地，隋改置江宁县。唐上元二年（761年），改为上元县，属润州，地在今江苏省南京市。据诗意可知王明府为浙西湖州人，此行任职上元。“六代江山”指的是王明府要上任的上元地界，这里又称金陵，是吴、东晋、宋、齐、梁、陈六朝的都城所在之地，这首诗是从历史角度来体现丹阳的地域文化。历史文化、历史典故的内容也当归属到地域文化的领域里面。

2. 与友人酬唱类

代表作有《下第归朱方寄刘三復》《王秀才自越见不遇题诗而回因以酬寄》《赠王处士》《岁首怀甘露寺自省上人》《赠茅山高拾遗》《祗命许昌自郊居，移就公馆秋日寄茅山高拾遗》《和友人送僧归桂州灵严寺》《淮阴阻风寄楚州韦中丞》《春日思旧游寄南徐从事刘三復》《郊园秋日寄洛中友人》《贻迁客》《京口闲居寄两都亲友》，通过这些诗歌可以看出许浑交友比较广泛，也可以看出他对丹阳楚地文化的认可与接受。

和友人送僧归桂州灵严寺

楚客送僧归桂阳，海门帆势极潇湘。
碧云千里暮愁合，白雪一声春思长。
柳絮拥堤添衲暖，松花浮水注瓶香。
南宗长老几年别，闻道半巖多影堂[①]。

诗中将诗人送别友人的场景进行描写，初春时节，残雪尚存，碧云千里，在乍暖还寒的季节送友人离开，心情难免有几分零落。此诗中的友人当是指刘三复，刘三复在长庆二年（822年）九月后辟为浙西从事。《旧唐书·刘邺传》后附刘三复传：“刘邺字汉藩，润州句容人也。父三复，聪敏绝人……长庆中，李德裕拜浙西观察使，三复以德裕禁密大臣，以所业文诣郡干谒。德裕阅其文，倒屣迎之，乃辟为从事，管记事。”[②]罗时进在《丁卯诗笺注》中认为此诗作于长庆三年或四年春[③]。诗中首句“楚客送僧归桂阳”中的“楚客”指的是刘三复，这是对他为“楚人”的一种肯定。做什么地方的人并不重要，重要的是许浑在内心中认可何种文化。

---

① 罗时进. 丁卯集笺证[M]. 北京：中华书局，2012：410.

② 旧唐书[M]. 北京：中华书局，1975：4616.

③ 本文许浑诗用的是罗时进的《丁卯集笺证》（中华书局，2012年版）诗歌编年部分亦参见此书。

京口闲居寄两都亲友

吴门烟月昔同游，枫叶芦花并客舟。
聚散有期云北去，浮沉无计水东流。
一尊酒尽青山暮，千里书回碧树秋。
相思何处不相见，凤城宫阙楚江楼[①]。

两都指的是西京长安、东都洛阳，诗有云"京口闲居"，此诗盖作于会昌四年、五年许浑任润州司马时。此诗的最后两句"相思何处不相见，凤城宫阙楚江楼"即表明许浑对自己所处之地归属的认定。"凤城"指的是亲友所在地，传说秦穆公之女弄玉，吹箫引来凤凰，降于秦京都咸阳，后以"凤城"作为京都之代称。彼在京洛，我在家乡，思念对方的心情无法释然。在《唐诗鼓吹评注》卷一中："时许浑致仕家居，而寄两都亲友也。首言昔与诸君游于吴门烟月之时，枫叶芦花与客舟相傍，今思之，人生之聚散如云北去，世事之浮沉似水东流，此二句慨往事也。一尊酒尽，千里书回，皆离群索居之景。相思而不得见，诸君在凤城，余在楚江，人各一方，会晤无日，安得不重所思乎？"[②]其中"诸君在凤城，余在楚江"此一注解亦间接证明许浑称自己的家乡丹阳为楚地。

丹阳历史上大部分时间属吴越之地，属楚的时间仅有139年。但楚地文化源远流长，强大的基因使得在这里生活过的人潜移默化都受到它的影响。在他称自己家乡的诗句中很少出现称吴或越，大部分称为楚。如许浑诗《怀旧居》："楚水吴山何处是，北窗残月照屏风"[③]，《长安岁暮》："花暗楚城春醉少，月凉秦塞夜愁多"[④]。在这两首诗中"楚"均指丹阳治所京口一带。所以说许浑在心里对"楚地文化"是呈接受态度的。

3.题咏景物类

代表作有《夜归丁卯桥村舍》《题邹处士居》《游茅山》《秋晚云阳驿西亭莲池》《尝与故宋补阙次都秋夕游永泰寺后湖今复登怆然》《鹤林寺中秋夜玩月》《陪宣城大夫崔公泛后池兼北楼宴二首》《茅山题徐校书隐居》。古代诗人游赏、登楼赋诗，已成惯例，在这些诗中有对人文地理环

---

① 罗时进.丁卯集笺证[M].北京：中华书局，2012：317.

② 钱牧斋，何义门.唐诗鼓吹评注[M].韩成武，贺严，孙微，点校.保定：河北大学出版社，2000：31.

③ 罗时进.丁卯集笺证[M].北京：中华书局，2012：363.

④ 罗时进.丁卯集笺证[M].北京：中华书局，2012：210.

境的描写，可以作为了解该地地域文化的一个窗口。

题邹处士居

桑柘满江村，西斋对海门。
浪冲高岸响，潮入小池浑。
岩树荫棋局，山花落酒尊。
相逢亦留宿，还似识王孙①。

据诗意“西斋对海门”中的“海门”，据《嘉定镇江志》卷六《地理》：“焦山在江中，去城九里，旁有海门二山，金焦相望，凡十五里。”②可见邹处士宅第在京口江边，此诗作于丹阳。处士在某种程度上相当于隐士，隐居京口过着逍遥自在的生活。诗中是对邹处士家居环境和生活情调的描写，邹处士家附近有水、有树、有花，环境清幽，格调高雅，在侧面亦可看出丹阳农村的养蚕业十分发达，能达到“桑柘满江村”的程度。

游茅山

步步入山门，仙家鸟径分。
渔樵不到处，麋鹿自成群。
石面迸出水，松头穿破云。
道人星月下，相次礼茅君③。

此诗前两句对茅山山门附近环境的描写，中间四句是对茅山自然环境的概述，最后两句是对道士礼敬茅君的客观刻画。这首诗虽然没有写出道士的仙风道骨，也没有使用很多与道教相关的词汇、典故，描写客观真实，语言清新自然，但是也在一定程度上反映出丹阳茅山道教的兴盛。

5. 未能归类的作品

代表作有《村舍二首》《孟夏有怀》《郊居春日有怀府中诸公并柬王兵曹》《泊蒜山津闻东林寺光仪上人物故》《出关》《登蒜山观发车》《金陵阻风登延祚阁》《梁秀才以早春旅次大梁将归郊扉言怀兼别示亦蒙见赠凡二十韵走笔依韵》。这几首虽是作于京口，但是未能归入上面几类当中，其中的《孟夏有怀》作于京口丁卯涧村舍，具体时间不可考。

---

① 罗时进. 丁卯集笺证[M]. 北京：中华书局，2012：210.
② 宋元方志丛刊[M]. 北京：中华书局，1990：2359.
③ 罗时进. 丁卯集笺证[M]. 北京：中华书局，2012：244.

孟夏有怀

绿树荫青苔，柴门临水开。
簟凉初熟麦，枕润乍惊梅。
鱼跃海风起，鼍鸣江雨来。
佳期今已晚，日夕上高台①。

这首诗写的是对孟夏时节丁卯村舍环境的描写，也是丹阳乡村环境的一个剪影。绿树下面长满了青苔，茅屋的门口就是流水，麦子初熟，梅子露出小头，风起鱼跃，鼍鸣雨来，在这样的环境下生活，无忧无虑，忘却世间一切烦恼。丁卯桥在丹阳城东南二公里处。《太平寰宇记·江南东道一·润州》载："丁卯桥，在城南。晋褚裒镇广陵，运粮出京口，为水涸，奏请立埭，以丁卯日，后人构桥，因名。许浑别墅在其侧。"②"柴门临水开"点明许浑的住所濒水；"簟凉初熟麦"点明丹阳农村种植麦子，麦子可能是当地人主要的粮食来源；"鼍鸣江雨来"告知读者一个南方的习俗，古人听之以占雨，这亦是对丹阳农村风俗习惯的描写。

这些诗明确为许浑创作于丹阳的作品，在不同层面反映出了丹阳的地域文化。这部分诗歌与同是丹阳籍其他诗人的作品相比，更为朴实，有一些诗歌描写丹阳的乡村生活，这是在其他占籍丹阳诗人的作品中所没有的部分，所以亦更有价值。

四、许浑诗歌与隐逸文化

通读许浑的诗歌，可以发现一种情况，他与僧人酬唱、游赏、寓居寺院的作品特别多，如《寄天乡寺仲仪上人富春孙处士》《赠契盈上人》《早发中严寺别契直上人》《游谯山新兴寺宿石屏村谢叟家》《赠僧》《赴慈和寺移宴》《送惟素上人归新安》《送太昱禅师》《下第寓居崇圣寺感事》《晨别翛然上人》《将归涂口宿郁林寺道玄上人院二首》《恩德寺》《天竺寺题葛洪井》《朗上人院晨坐》《题冲诏上人院》《题岫上人院》《与裴秀才自越西归阻冻登虎丘寺》《游果画二僧院》《晓过郁林寺戏呈李明府》《泛舟寻郁林寺道玄上人遇雨而返因寄》《郁林寺》《题崇圣寺》《送僧归金山寺》《白马寺不出僧院》《舟次武林寄天竺僧无画》《暝投灵智寺渡溪不得缘江

① 罗时进.丁卯集笺证[M].北京：中华书局，2012：116.

② 乐史.太平寰宇记[M].王文楚，等点校.北京：中华书局，2008：1837.

路》《岁首怀甘露寺自省上人》《寓崇圣寺怀李校书》《晚投慈恩寺呈俊上人》《怀政禅师院》《寓居开元精舍酬薛秀才见贻》《题灵山寺行坚师院》《自楞伽寺晨起泛舟道中有怀》《题苏州虎丘僧院》《竹林寺与李德元别》《泛溪寄道元上人》《宣城开元寺赠元孚上人二十韵》《寓居崇圣寺送客南归》《游楞伽寺》《寄云际寺子敬上人》《僧院影堂》《宣州开元寺赠惟直上人》《提慧山寺》,共 43 首。古代寺院的功能有其特殊性,那就是为过往客商提供住宿和饮食方便。寺院在古时交通不方便的时代,由于其或建于交通要道,或建于深山幽谷人迹罕至之处,往往成为商旅、赴京应世举子等人寄宿栖身之所。这部分诗作有因许浑投宿寺院而创作的,在离开时作诗一首以表感谢之意,如《晨别翛然上人》:“吴僧诵经罢,败衲倚蒲团。钟韵花犹敛,楼阴月尚残。晴山开殿响,秋水捲簾寒。独恨孤舟去,千滩复万滩。”[①]此诗或为开成元年自丹阳赴南海幕府时所作。海南路途遥远,自古以来多为流放犯人的处所。许浑要去这样的地方,难免心生怨怼,未来生活的不可预测使得诗人生出“独恨孤舟去,千滩复万滩”[②]之感。虽然许浑交往酬赠的僧人、游历投宿的寺院已超出丹阳范围,但是他最先接触到的佛教文化应是丹阳地域范围内的,作为他的思想基础部分而存在。葛立方《韵语阳秋》卷第十二中有言:“许浑《送栖元弃释奉道》诗云‘仙骨本微灵鹤远,法心潜动毒龙惊’,《送勤尊师自边将入道》诗云‘苍鹰出塞胡尘灭,白鹤还乡楚水深’,《送李生弃官入道》诗云‘水深鱼避钓,云过鹤辞笼’皆奖之也。至《送僧南归诗》,则云‘怜师不得随师去,已戴儒冠事素王’,岂浑亦有逃儒之意邪!”最早注意到许浑有逃儒而师佛道之意[③]。佛禅的理论使得许浑找到了通向明心见性境界的途径,他在“吏隐”和在丁卯涧隐居时期,到周边很多佛寺游历过。在与佛禅接触的过程中,使他放弃许多世俗的烦恼,寻求到了心灵的真正安宁。

许浑的诗作中与道人交往唱和的诗作较之于僧人的作品为少,但是从他的诗中仍可清晰地看到其受道教文化影响的痕迹。许浑在外做官时就已经在京口东南茅山置田十余亩,有诗《秋晚怀茅山石涵村舍》中

---

① 罗时进.丁卯集笺证[M].北京:中华书局,2012:154.

② 罗时进.丁卯集笺证[M].北京:中华书局,2012:154.

③ 历代诗话(下)[M].北京:中华书局,2011:576.

“十亩山田近石涵，石涵风景旧曾谙”为证[①]。唐武宗时禁佛，道教越发呈现出兴盛的模样，许浑在刚刚步入仕途，未为得意时，隐居京口，思想难免会受到道教的影响，《茅山赠梁尊师》即表明这一点。

茅山赠梁尊师

云尾何年客，青山白日长。
种花春扫雪，看箓夜焚香。
上象壶中阔，平生梦里忙。
幸承仙籍后，乞取大还方[②]。

此诗作于会昌五年(845 年)许浑任润州司马时。前四句是对梁尊师道徒生活的描绘，莳花看箓，扫雪焚香，在这样一个神仙一般的世界中，守真抱一，能使开悟道性。诗人闲赋京口期间，道教对他还是有一定影响的。后四句是似是对自己的寄语，用一道教典故，在《后汉书·方术列传·费长房传》中载传说有谪仙人壶公卖药于世，悬一壶于肆头，能跳入其中，内有楼观重门，俨然仙宫世界，“平生梦里忙”说的是世人的通病。杜牧的《许七侍御弃官东归潇洒江南颇闻自适高秋企望题诗寄赠十韵》中有“锦肆开诗轴，青囊结道书”[③]这样的诗句，可见在杜牧眼中，许浑在家乡是有道书相伴的，从侧面说明茅山道教对许浑产生的影响。

在诗人大中二年(848 年)东归后，过了相当长一段时间的田园生活。创作于这段时期的诗歌有《村舍二首》《春日郊园戏赠杨嘏评事》《京口闲居寄京洛友人》《郊居春日有怀府中诸公并柬王兵曹》，在这些诗中所表达出的诗人是一位隐士的形象，完全没有汲汲于功名的成分存在，而是乐于隐逸。

村舍二首

其一：自剪青莎织雨衣，村南烟火是柴扉。
莱妻早报蒸藜熟，童子遥迎种豆归。
鱼下碧潭当镜跃，鸟还青嶂拂屏飞。
花时未免人来往，欲买严光旧钓矶[④]。

---

① 罗时进.丁卯集笺证[M].北京：中华书局，2012：614.

② 罗时进.丁卯集笺证[M].北京：中华书局，2012：77.

③ 吴在庆.杜牧集系年校注[M].北京：中华书局，2008：96.

④ 罗时进.丁卯集笺证[M].北京：中华书局，2012：403.

其二：尚平多累自休难，一日深居一日安。
山路有云收猎网，水亭无月挂渔竿。
花间酒气春风远，竹里棋声夜雨寒。
三顷湖田秋更熟，北窗谁拂旧尘冠[①]。

这首诗表达的是辞官回乡后田园自乐的生活，官场上的一切在这里都已不见踪影，依山傍水的生活环境对在官场上仕宦颇为疲惫的诗人来说具有极大的诱惑力。荷锄种豆与撒网垂钓、花间酒气与竹里棋声，成为这一时期的理想生活模式。用“老莱妻”和“严光”的典故来表达诗人自己矢志隐逸的想法。这首诗语言通俗易懂，意境清远悠长，内容上写出了乡村隐居生活的恬淡自适。

许浑的行为方式可以概括为将山林之趣的追求贯穿于整个生活过程中，以求仕为过程，以超脱为目的。他一生都徘徊在仕进与隐逸之间。为官不如意时想隐逸，隐逸时又因抱负、生计等问题想为官，在两可之间时，隐逸文化往往对怀有这样心态的人影响最为巨大。

储嗣宗为许浑稍后时人，储光羲曾孙。延陵人，郡望兖州。他现存的诗中《和茅山高拾遗忆山中杂题五首》《和顾非熊先生题茅山处士闲居》是与丹阳地域文化相关的诗歌，诗中对茅山的自然环境及道教文化有所描绘。

本章小结

这章的研究对象是大历时期及其后占籍丹阳的诗人，包括皇甫曾、皇甫冉、包何、包佶、戴叔伦、权德舆、许浑诸人，但是他们所处的历史时期不同，故而其诗歌所体现出来的地域文化重点也不一致。皇甫冉、皇甫曾的诗歌中体现出了一定的吴楚文化，送别诗体现出茅山道教文化，皇甫冉的诗风与丹阳地域文化也有一定关系。戴叔伦的诗歌中有抒发乡关之思、诗中隐逸情结的成因及体现、家乡风物的描摹等几个方面。权德舆是大历以后的诗人，他一生以仕为主，但他的诗与家乡地域文化联系也较为紧密，因他曾在练湖边置有别业，因长期游宦在外，故他的诗中亦有浓厚的乡关之思。权德舆的诗歌中亦有齐梁诗风的展现，且深受

① 罗时进.丁卯集笺证[M].北京：中华书局，2012：403.

楚骚文学的影响。权德舆早年与丹阳本地的佛道教徒有一定的交往并且创作了相当数量与佛道教徒的唱和诗。许浑为晚唐的诗人，时事推移，时代与人事均与前期不同，诗人的心态亦步入晚唐。在梳理许浑与其家乡地域文化的关系时，着重抓住他创作于此地的诗作，分几类分别分析其与家乡地域文化的关系。

这几位诗人籍贯相同，他们都是在这片区域中接受文化的濡化发育成长起来的。个体从婴儿、幼儿、童年、少年到青年之初，都在区域文化景观中接受雅、俗文化的塑造，构建起文化心理结构的基本框架。至于个人成长过程中，走出青少年时代生活成长的区域，到别的地方学习、为官，接受新的文化的教养，使其拥有更新更博的文化素养，同时使其自身的文化特征得到丰富和更新。但无论怎样更新，都永远在其文化心理结构里，烙印上其故土区域文化的特征。

第四章

客居丹阳诗人的创作

地域文学的组成不仅包括本地域土生土长的作家创作的作品，也包括一些不是本土的作家创作的作品。这些人同样也创作了相当多与本地域相关题材的作品。较之于占籍丹阳诗人的诗歌创作，客居丹阳的诗人创作的诗歌更能体现此地的山川形胜、人文景观和风土人情。在客居丹阳的诗人中大致可分为三种类型：一是到此为官的；二是到此隐居的；三是漫游丹阳的名山秀水，或是取道于此的。他们留下一些与丹阳相关的诗歌，丰富了丹阳的地域文学。

第一节　唐代为官丹阳的诗人及创作

唐代的行政区划可按初唐和中晚唐划分为两段。初唐实施的是州、县二级制，安史之乱以后，则变为道（镇）、州、县三级制。道指开元年间依全国山川形势划分的十道，后来又改为十五道，道最初的命名是作为地理区划而得出的，各道皆设采访处置使，检察非法。安史之乱爆发，中央政权分崩离析，地方政权的势力渐大，相继脱离中央政府的控制。乾元元年（758 年），罢开元十五道采访处置使，改置各镇观察处置使，各镇大小不一，大者领十余州，小者领二三州。文人入幕的幕府，包括节度使等在内的方镇制度和其幕僚制度。

唐代中叶后，丹阳因其地理上得天独厚的区位优势而越来越重要，江左地区的观察使设在此地，管辖整个苏南和浙北地区。在《旧唐书·地理志三·润州上》记载："永泰后，常为浙江西道观察使理所。旧领县五，户二万五千三百六十一，口十二万七千一百四。天宝领县六，户十万二千三十三，口六十六万二千七百六。”①开元以后，润州取代苏州成为江南东道的治所所在地。唐代浙西亦称镇海军节度，浙西观察处置等使，兼润州刺史，领润、苏、常、杭、湖、睦六州。根据吴廷燮所撰《唐方镇年表》记载有唐一代曾在润州做过刺史的人有韦陟、司空袭礼、韦黄裳、颜真卿、侯令仪、季广琛、韦元甫、李栖筠、李涵、李道昌、韩滉、白志贞、王纬、李若初、李锜、李元素、韩皋、薛苹、李翛、窦易直、李德裕、丁公著、王璠、贾悚、路随、崔郾、卢商、卢简辞、李景让、郑朗、敬晦、崔瑶、崔慎由、萧寘、李琢、郑处诲、卢耽、杜审权、曹確、赵隐、裴璩、高骈、周寶、钱镠等44人。

本文选择李德裕、李绅、罗隐三人为例，分析他们的人生经历及在丹阳的诗歌创作。

一、李德裕

李德裕（787—850年），字文饶，赵郡人，唐政治家、文学家，牛李党争中李党领袖，中书侍郎李吉甫次子。历任校书、监察御史、翰林学士、中书舍人、浙西观察使、兵部侍郎、郑滑节度使、西川节度使、兵部尚书、中书侍郎、镇海军节度史、淮南节度使等职。历仕宪宗、穆宗、敬宗、文宗四朝，一度入朝为相，但因党争倾轧，多次被排挤出京。武宗继位，李德裕拜相。宣宗继位后，李德裕因位高权重，被贬为崖州司户。大中三年十二月（850年1月）在崖州病逝。

李德裕一生与丹阳较有渊源，因党争共三次出任浙西观察使，前后共计十年，在《旧唐书·李德裕传》中有记载：“（大和七年）九月十日，复召宗闵于兴元，授中书侍郎、平章事，代德裕，出德裕为兴元节度使。德裕中谢曰，自陈恋阙，不愿出藩，追敕守兵部尚书。宗闵奏命制已行，不宜自便，寻改检校尚书左仆射、润州刺史、镇海军节度使、苏常杭润观察等使，代王璠。……德裕凡三镇浙西，前后十余年。”②唐人普遍重京官，虽然唐代中后期，京官已不似唐前期那般地位高，但是此次被排挤出京，李德裕心中依然抑郁难平。在其担任浙西观察使的这几年中，他取得较

① 旧唐书[M].北京：中华书局，1975：1583.

② 旧唐书[M].北京：中华书局，1975：4520-4521.

为辉煌的政绩。李德裕到任后，身体力行，勤恭俭约。两年后，原本空虚的府库逐渐充盈起来。为了破除迷信，使百姓能安居乐业，李德裕下令拆毁淫祠、私邑山房多处。长庆四年（824 年）正月，穆宗驾崩，太子李湛即位，为唐敬宗。敬宗诏令浙西供奉银盝妆具，李德裕以银盝妆具文彩珍奇为由，请求朝廷罢造。宝历元年（825 年）二月，李德裕向敬宗献《丹扆六箴》讽谏敬宗。李德裕放弃了一些原本能够讨好帝王的机会，是一位真正能为百姓考虑的地方官。

（一）一镇浙西——自公镇南徐，七换营前柳

李德裕于长庆二年（822 年）九月因受李逢吉排挤，由御史中丞出任丹阳刺史、浙西观察使，其年为 36 岁。大和三年（829 年）八月由浙西观察使召为兵部侍郎，回京。在长庆二年至大和三年这七年的时间中，李德裕一直生活在丹阳。在丹阳这段时期，李德裕创作与丹阳相关的诗歌可以分为两类：一类是与元白的唱和诗；另一类是与茅山道士交往酬赠诗。

1. 与元稹、刘禹锡、白居易唱和往还

在宝历元年（825 年）到宝历二年（826 年）之间，李德裕与元稹、刘禹锡、白居易有诗唱和。刘禹锡后将与李德裕唱和诗编集，题为《吴蜀集》。刘禹锡《吴蜀集引》有言：“长庆四年，予为历阳守，今丞相赵郡李公时镇南徐州。每赋诗，飞函相示，且命同作。而后出处乖远，亦如邻封。凡酬唱始于江南，而终于剑外，故以“吴蜀”为目云。”[①]李德裕《述梦诗四十韵》自序云：“今属岁杪无事，羁怀多感，因缀其所遗，为述梦诗，以寄一二僚友。”[②]元稹有《奉和浙西大夫李德裕述梦四十韵，大夫本题言赠于梦中诗赋以寄一二僚友，故今所和者亦止述翰苑旧游而已，次本韵》，刘禹锡有《浙西李大夫示述梦四十韵并浙东元相公酬和，斐然继声》。

李德裕作有《述梦诗四十韵》，据傅璇琮在《李德裕年谱》中考证，此诗当作于宝历元年（825 年）岁末，诗中先叙与元稹同在丹阳的情况，接下来有对环境的描写的诗句“地接三茅岭，川迎伍子涛。花迷瓜步暗，石

---

① 瞿蜕园. 刘禹锡集笺证[M]. 上海：上海古籍出版社，1989：1499.

② 全唐诗[M]. 北京：中华书局，1960：5390.

固蒜山牢”[1]，可见出李德裕心境的诗句：“感旧心犹绝，思归首更搔。无聊燃蜜炬，谁复劝金舠。岚气朝生栋，城阴夜入濠。望烟归海峤，送雁渡江皋。宛马嘶寒枥，吴钩在锦弢。未能追狡兔，空觉长黄蒿。水国逾千里，风帆过万艘。阅川终古恨，惟见暮滔滔。”[2]宝历元年李德裕刚刚被排挤出京，这时的心境往往是极为郁闷的，时值年关岁末，思归之情亦最为浓烈。此诗的后十六句将李德裕想回归朝廷而不得的心境描述了出来，“感旧心犹绝，思归首更搔”想想旧事心情百转千回，想回归不得更是惆怅不已，伴随的动作是搔首，往往人在为难的时刻喜欢搔首，透过这一细节即可见李德裕当时的心境。“宛马嘶寒枥，吴钩在锦弢。未能追狡兔，空觉长黄蒿”这几句诗以“宛马”“吴钩”自喻，但却在“寒枥”、在“锦弢”，不得施展自己的抱负，诗人壮志难酬的心态表达殆尽。“阅川终古恨，惟见暮滔滔”看见往来的流水，发出“逝者如斯夫！不舍昼夜”[3]的感叹却没有解决的办法，在人生盛年被排挤出京，心中难免抑郁不平。

李德裕在丹阳时还作有《霜夜听小童薛阳吹觱篥歌》，现仅存六句“君不见秋山寂历风飙歇，半夜青崖吐明月。寒光下出松筱间，万籁萧萧从此发。忽闻歌管吟朔风，精魂想在幽岩中”[4]。这几个残句是运用通感的艺术手法描写此人吹觱篥声音的出神入化。这种艺术手法是古人在描写音乐如行云流水般感受时的常用手法，如李贺所作的《李凭箜篌引》中描写李凭所创造的诗意浓郁的音乐境界：“昆山玉碎凤凰叫，芙蓉泣露香兰笑。十二门前融冷光，二十三丝动紫皇。”[5]元稹和诗已佚，刘禹锡、白居易存和诗，刘禹锡诗题为《和浙西李大夫霜夜对月听小童吹觱篥歌》，白居易诗题为《小童薛阳陶吹觱篥歌和浙西李大夫作》。

李德裕另有《晚下北固山喜松径成阴怅然怀古偶题临江亭》，仅存残句。刘禹锡与元稹均有和作，元诗仅存两句，刘禹锡诗存，题为《和浙西李大夫晚下北固山喜松径成阴怅然怀古偶题临江亭并浙东元相公所知》。

---

① 全唐诗[M]. 北京：中华书局，1960：5391.

② 全唐诗[M]. 北京：中华书局，1960：5391.

③ 杨伯峻. 论语译注[M]. 北京：中华书局，2006：105.

④ 全唐诗[M]. 北京：中华书局，1960：5416.

⑤ 全唐诗[M]. 北京：中华书局，1960：4392.

2. 李德裕与道士的交往酬赠诗

李德裕在对道教与佛教思想文化的取舍上面，倾向道教而舍弃佛教。会昌年间，时李德裕在朝为相，他极力帮助唐武宗禁佛。对“禁佛”一事上表现出不遗余力的态度上即可看出李德裕对佛教的思想文化持否定态度。李德裕曾与多位道士交往唱和，通过他的诗作就可看出，如《寄茅山孙炼师》《怀山居邀松阳子同作》《思归赤松村呈松阳子》《思在山居日偶成此咏邀松阳子同作》《追和太师颜公同清远道士游虎丘诗》《山居遇雪喜道者相访》等。唐代茅山宗是道教的正宗，处于中心地位。李德裕对茅山道教有十分深厚的感情，他在担任浙西观察史期间，结识茅山道派的第十六代宗师孙智清，并与其结下十分深厚的友谊，写了多首交往的诗歌，如《寄茅山孙炼师》等。

寄茅山孙炼师

何地是翛然，华阳第八天。
松风清有露，萝月净无烟。
乍警瑶坛鹤，时嘶玉树蝉。
欲驰千里恋，惟有凤门泉。
石上辭荪发紫茸，碧山幽蔼水溶溶。
菖花定是无人见，春日惟应羽客逢。
独寻兰渚玩迟晖，闲倚松窗望翠微。
遥想春山明月曙，玉坛清磬步虚归①。

孙炼师即孙智清，黄洞元弟子，为茅山道派十六代宗师，《茅山志》卷十一有传，云：“十六代宗师命玄先生讳智清，不知何许人。……辞家入山，师洞真先生……李卫公尊师之，尝有诗赠。”茅山相传为道教第八洞天，在《梁书·陶弘景传》中：（弘景）“于是止于句容之句曲山（茅山）。恒曰：‘此山下是第八洞宫，名金坛华阳之天，周回一百五十里。昔汉有咸阳三茅君得道，来掌此山，故谓之茅山’”②。茅山在道教文化系统中有特殊的地位。“石上辭荪发紫茸，碧山幽蔼水溶溶。菖花定是无人见，春

① 全唐诗[M].北京：中华书局，1960：5391.
② 梁书[M].北京：中华书局，1973：742.

日惟应羽客逢。”可以看出茅山自然环境十分清幽，石上长出紫茸，山碧水幽，一派自然祥和的画面。空山中的菖花独自生长，希冀它日与羽客相逢。由最后四句“独寻兰渚玩迟晖，闲倚松窗望翠微。遥想春山明月曙，玉坛清磬步虚归”，可知诗人所述的视角由以自然为主体转换到以人为主体，这里的主体人当是指孙炼师。诗人想象着孙炼师“独寻兰渚”“闲倚松窗”，于山林中自在逍遥，孙炼师在茅山这样雅致的环境中进行修炼，终当得道。

在孙炼师去世时，李德裕已离开浙西观察史任，在会昌二年（842年）担任宰相期间亦曾作《遥伤茅山县孙尊师三首》来追忆他，可见李德裕对孙炼师感情之深厚。同年又作《尊师是桃源黄先生传法弟子，常见尊师称先师灵迹，今重赋此诗，兼寄题黄先生旧馆》来追忆他与孙尊师的交往。虽然现存的唐诗中没有孙智清的诗歌存世，但是可以想见他也一定有诗赠给李德裕。

遥伤茅山县孙尊师三首

其一：蝉蜕遗虚白，蜺飞入上清。
同人悲剑解，旧友觉衣轻。
黄鹄遥将举，斑麟偃未行。
惟应鲍靓室，中夜识琴声。
其二：金格期初至，飙轮去不停。
山摧武担石，天陨少微星。
弟子悲徐甲，门人泣蔡经。
空闻留玉舄，犹在阜乡亭。
其三：空宇留丹灶，层霞被羽衣。
旧山闻鹿化，遗舄尚凫飞。
数日奇香在，何年白鹤归。
想君旋下泪，方款里闾扉①。

据傅璇琮《李德裕年谱》考证此诗约作于会昌二年（842年），此诗于会昌三年（843年）被刻石茅山。唐敬宗长庆四年（824年），李德裕进《奏

① 全唐诗[M].北京：中华书局，1960：5396.

银妆具状》，其中说："昨奉五月二十三日诏书，令访茅山真隐，将欲师处谦守约之道，敦务实去华之美。"[①]这里提到的"茅山真隐"即为孙智清。二人交情匪浅，在李德裕第一次任浙西观察史时就已有交往。李德裕"尊师之，尝有诗赠"。李德裕与孙智清曾一起重修茅山灵宝院。会昌元年(841年)，唐武宗召孙智清入京修生神斋，并敕建九层宝坛行道，赐号"明玄先生"。

在诗人看来，孙尊师的去世，不是一般人的去世，而是有几分得道成仙的意思，在诗中屡用"蝉蜕""入上清""数日奇香"这些词汇即有此意。因为李德裕与孙炼师生前感情深厚，诗人心中满是对他的想念之情，并想象孙尊师驾鹤归来游览下泊宫殿敲门时的情景"想君游下泊，方款里闾扉"。三首诗运用了大量的道教典故和词汇，既契合被追忆者的身份，也渲染了道教场景的气氛。

在唐代士大夫面前，道教已经淡化了它的宗教色彩，成为一种收束心性的自我修养方式、高雅清峻的生活方式和淡泊自然的养生之道，成为一种表现素养的谈话内容和超脱不羁的交往手段，成为一种恬淡清幽的审美情趣与艺术境界。对于唐代的士大夫阶层，道教已经是生活中的必需品，所以这些人的思想中多少都会有道教思想的烙印，李德裕深受其影响。唐诗中的道教送别诗与赠题诗数量很多，这表明道教与世俗生活的关系十分紧密，道士与世俗之人的联系，尤其是与士大夫的联系尤其紧密。

(二)二使浙西

文宗大和八年(834年)十一月，遭李宗闵等排挤，李德裕出任润州刺史、镇海军节度使、苏常杭润观察使等，代王璠。大和九年(835年)三月，贬为袁州刺史，免去浙西观察使之职。

这次出镇浙西，刘禹锡作有《重送浙西李相公顷廉问江南已经七载后历滑台剑南两镇遂入相今复领旧地新加旌旄》："江北万人看玉节，江南千骑引金铙。凤从池上游沧海，鹤到辽东识旧巢。城下清波含百谷，窗中远岫列三茅。碧鸡白马回翔久，却忆朱方是乐郊。"将李德裕第二次出镇浙西时，丹阳人民对他盛大的欢迎场面进行描写，充分表达出百姓

---

① 全唐诗[M].北京：中华书局，1983：7241.

对他的拥护和爱戴。

(三)三使浙西

李德裕于开成元年(836 年)十一月二十一日授浙西观察使,十二月初四日赴任。开成二年(837 年)五月,李德裕由浙西观察使改为淮南节度使,代牛僧孺。根据傅璇琮著的《李德裕年谱》考证开成二年作于丹阳的诗有《早春至言禅公法堂忆平泉别业》《峡山亭月夜独宿对樱桃花有怀伊川别墅》,均为想念故居之作。

因为这两次出镇浙西的时间都很短暂,所以李德裕的诗作较少。

二、李绅

李绅(772—846 年),字公垂,亳州人,出身于魏晋以来山东五大士族之一的赵郡李氏。李绅一生历仕校书郎、国子助教、右拾遗、翰林学士、中书舍人、御史中丞、户部侍郎。敬宗初立,因李逢吉等人构陷,贬为端州司马。宝历元年(825 年),量移江州长史。大和二年(828 年)迁滁州刺史,四年,转寿州,七年,以太子宾客分司东都。同年,擢浙东观察使。开成元年(836 年),拜河南尹,旋转宣武军节度使,五年,任淮南节度使。会昌二年(842 年),拜中书侍郎、同中书门下平章事,进尚书右仆射,封赵郡公。四年,罢相,出为淮南节度使。六年,卒于任所,赠太尉,谥文肃。

根据《李绅集校注》附录一"李绅生平系年笺证"有明确文献记载李绅一生曾三次到过丹阳,分别为元和元年(806 年)、大和七年(833 年)、大和九年(835 年)。

元和元年(806 年),李绅时年 35 岁。李绅进士及第后由长安东归,经丹阳,浙西镇海军节度使李锜留掌书记。沈亚之《李绅传》载:"元和元年,节度使宗臣锜在吴,绅以进士及第还,过谒锜。锜舍之,与宴游昼夜。锜能其才,留执书记。"①后李锜骄横跋扈,蓄意谋反,李绅屡谏不纳并遭羁押。李绅在大和中赴浙东时途经丹阳回忆元和二年(807 年)在李锜幕的情事,作有《忆过润州》一诗。

---

① 全唐文[M].北京:中华书局,1983:7623.

忆过润州

元和二年，余以前进士为镇海军书奏从事。秋九月，兵乱。余以不从书奏飞檄之请，遭庶人李锜暴怒，腰领不殊者再三。后军平，尚书李公欲具事以闻，余以本乃誓节，非欲求荣，请罢所奏。

昔年从宦干戈地，黄绶青春一鲁儒。
弓把控弦招武众，剑当抽匣问狂夫。
帛书投笔封鱼腹，玄发冲冠捋虎须。
谈笑谢金何所愧，不为偷买用兵符①。

此诗作于大和七年(833 年)，诗人时年 62 岁。正月李绅授太子宾客分司东都，闰七月，检校左散骑常侍，兼越州刺史，充浙东观察使。赴任途中，渡扬子江至润州。此诗为回忆元和二年作江西观察府使从事时，不为叛臣李锜草表之事。首联诗人先对自己从李锜幕进行追忆，颔联是对李锜引发暴乱之事的痛斥，颈联是对自己当年的不为乱臣所使勇气的赞赏，尾联引用历史典故比附当年李锜事。诗人到丹徒登万岁楼，重游故地，览物触怀后作有《忆万岁楼望金山》。

忆万岁楼望金山

里言金山有龙盘护。《吴志》云：金陵虎踞。又云：万岁楼，往年清夜浮于江中，有宿楼者觉之，金锁縻于城上。

楼高雉堞千师垒，峰拔惊波万壑攒。
山绝地维消虎踞，水浮天险尚龙盘。
蜃嘘云拱飞江岛，鳌喷仙岩隔海澜。
长对碧波临古渡，几经风月与悲欢②。

卢宪《嘉定镇江志》卷六："周文中公必大《二老堂杂志》：'金山在京口江心，号龙游寺。登妙高峰，望焦山、海门，皆历历。此山大江环绕，每风涛四起，势欲飞动，故谓之浮玉山。'"③此诗亦作于大和七年，虽为回忆之作，但是写得仍极为传神，气势壮大。诗之前四句极言金陵地利之

---

① 卢燕平．李绅集校注[M]．北京：中华书局，2009：142.
② 卢燕平．李绅集校注[M]．北京：中华书局，2009：148.
③ 宋元方志丛刊[M]．北京：中华书局，1990：2358.

雄要,“山绝地维”抵得上虎踞,“水浮天险”像龙盘。五六句言“蜃嘘”“鳌喷”运用神话传说中的故事极言金山之壮丽景象和磅礴气势。最后两句感叹金山历史之沧桑,几多欢笑几多愁。

大和九年(835 年),时年李绅 64 岁。此年五月复为太子宾客分司东都,去洛阳需取道丹阳。到金陵,登北固亭望鹤林寺,夜宿瓜州,作有《却到金陵登北固亭》《望鹤林寺》《宿瓜州》等诗。

望鹤林寺

仍岁往来牵迫,皆不得往。元和初,在故度支尚书兄宾府,多因闲暇,经游此寺。寺内有木兰、杜鹃繁茂,人言至今犹未衰歇。

鹤栖峰下青莲宇,花发江城世界春。
红照日高殷夺火,紫凝霞曙莹销尘。
每思载酒悲前事,欲问题诗想旧身。
自叹秋风劳物役,白头拘束一闲人①。

此诗前两句是对鹤林寺概况的描述,鹤栖峰下的鹤林寺,在鹤林寺内开的花好像要使整个京口变成花的海洋一般。第三、四句是对鹤林寺内花海的一个侧面描绘,繁花似锦,在太阳下红的花儿像火,紫色的晶莹剔透,纤尘不染,这样写可以使读者充分发挥想象力去解读诗句。后四句归结到诗人自身,透过诗句可以看到一位对自己的现状并不满意白头老翁,在吟唱着并不得志的曲调。通过题目“望鹤林寺”可知诗人观察的视角为俯视,从上面向下望,这种角度的观察效果具有整体性,得到最直观的感受,如果置身寺中,观察效果就要另当别论。此诗做到了情景结合,在叙景时亦有情的抒发。

三、罗隐

罗隐(833—909 年),字昭谏,自号江东生,杭州新城县人。本名横,以十举进士不第,乃更名隐。《旧五代史・梁书・列传十四》中载:“罗隐,余杭人。诗名于天下,尤长于咏史,然多所讥讽,以故不中第,大为唐

① 卢燕平.李绅集校注[M].北京:中华书局,2009:214.

宰相郑畋、李蔚所知。"[①]晚年东归杭州，受杭州刺史钱镠器重，屡迁官职，终老故乡。

(一)客游南徐 两度入幕

罗隐历投湖南、淮南、浙西等藩镇，皆不得意。曾先后两次于丹阳入幕任职，第一次入周宝幕，第二次入钱镠幕。这两次的幕府生活使得罗隐与丹阳的渊源较为深厚，在丹阳时亦创作了一定数量的诗歌。

1. 一度入幕

据《唐方镇年表》卷五载周宝于乾符六年(879 年)至光启三年(887 年)为浙西(治所在丹阳)镇海军节度使。罗隐曾入丹阳周宝幕为从事，光启三年丁未，诗人 55 岁时，离开丹阳，后归杭州投钱镠。据《旧唐书·僖宗纪》载，光启三年二月，"润州牙将刘浩、度支使薛朗同逐其帅周宝，刘浩自称留后"[②]。罗隐或在此时离开丹阳。

2. 二度入幕

罗隐曾入丹阳钱镠幕为从事，据吴廷燮撰《唐方镇年表》卷五载钱镠于景福二年(893 年)至天祐四年(907 年)为浙西镇海军节度使。罗隐入钱镠幕任职，这段入幕具体时间与诗作不详。

(二)罗隐在丹阳的创作

罗隐在丹阳的诗歌创作大致可以分为两类：一为酬赠诗，一为题赠诗。

1. 酬赠诗

根据李定广所撰《罗隐年谱》的考证，罗隐于唐懿宗咸通十五年(874 年)、唐僖宗乾符元年(874 年)甲午与僧处默同游丹阳妙善街、甘露寺、平泉碑，同登北固山。《钱塘遇默师忆润州旧游》《北固亭东望寄默师》《寄处默师》等创作于这一时期。

中和二年(882 年)后罗隐赴丹阳游镇海节度使周宝幕时作有《甘露寺看雪上周相公》，且分析之。

---

① 旧五代史[M]. 北京：中华书局，1976：326.

② 旧唐书[M]. 北京：中华书局，1975：720.

甘露寺看雪上周相公

筛寒洒白乱溟濛，祷请功兼造化功。
光薄乍迷京口月，影交初转海门风。
细黏谢客衣裾上，轻堕梁王酒醆中。
一种为祥君看取，半禳灾沴半年丰[①]。

此诗前四句是对月夜雪景的描写，雪中夜色，烟雾弥漫，景色模糊，古人一向将雪看作是祥瑞之兆，故认为下雪是向神佛祈求来的功德，可以消除灾祸。月亮的光辉在朦胧的雪雾中显得特别凄迷，露出了一点昏白，在风的吹动下光与影摇曳生姿。五、六句是对幕主周宝比附为谢灵运，晋宋间谢氏一门常有赏雪之风雅，谢灵运与族弟谢惠连尝有赏雪之事。七、八句转以民社之重而结。唐代后期方镇大盛，入方镇幕的幕主与文人的关系较为特殊，亦主仆亦文友，和则留不和则散，不似皇帝与大臣有特别强的约束关系，通过这首诗可以看出周宝与罗隐主宾关系相当不错。

唐僖宗中和四年(884 年)年秋冬之际，罗隐沿江东下，年底东下丹阳，病寄南徐，除夕夜作《除夜寄张达》："梅花已着眼，竹叶况粘唇。只此留残岁，那堪忆故人。乱罹书不远，衰病日相亲。江浦思归意，明朝又一春。"[②]时直年关，战乱频起，诗人病寓异乡，思归不得，心中怅惘之情可想而知，通过赋诗一首以寄蜀地友人张达以明志。光启二年(886 年)作诗《秋日酬张特玄》有："病寄南徐两度秋，故人依约亦扬州。"[③]南徐即丹阳，东晋侨置徐州于京口，称南徐州。从诗句"平生意气消磨尽，甘露轩前看水流"[④]可知罗隐在丹阳修养已达两年之久，难免产生消极，甚至绝望的心理，此诗大概作于入周宝幕时期。

《吴门晚泊寄句曲道友》可以确定为罗隐晚年的作品，是与句曲道士的唱和之作，姑将其纳入此中，对于了解罗隐晚年的思想倾向有积极意义。

---

① 李定广. 罗隐集系年校笺[M]. 北京：人民文学出版社，2013：417.
② 李定广. 罗隐集系年校笺[M]. 北京：人民文学出版社，2013：349.
③ 李定广. 罗隐集系年校笺[M]. 北京：人民文学出版社，2013：120.
④ 李定广. 罗隐集系年校笺[M]. 北京：人民文学出版社，2013：120.

吴门晚泊寄句曲道友

采香径在人不留，采香径下停叶舟。
桃花李花斗红白，山鸟水鸟自献酬。
十万梅鋗空寸土，三分孙策竟荒丘。
未知到了关身否？笑杀雷平许远游[①]。

此诗的前四句向人们展示了一幅自在闲逸的画面，在采香径下划一叶扁舟，赏玩春景，桃李争奇斗艳，鸟儿往来悠游，这也与诗人此时的精神状态相符。后四句表达出即使奋斗一生，取得像梅鋗、孙策那样的业绩，最终仍不过是一捧黄土，诗人通过历史人物的最终结果得出了较为超然的出世态度，辛苦钻营不如像许远游那样修道成仙来的快活自在。罗隐晚年与道友往来甚为频繁，主观思想上开始追求逍遥养生，享受自然乐趣，从而否定功名富贵，此诗即为这种思想的典型反映。诗人大半生积极进取，最终也没有取得功名，到了晚年幡然醒悟，与其追求功名富贵不如追求养生长寿来的实际。

2. 题赠诗

罗隐在丹阳的诗歌创作还有《金陵思古》《效玉台体二首》《题润州妙善前石羊》《京口见李侍郎》《寄西华黄炼师》《五将军于余杭天柱宫入道因题寄》《金山僧院》《薛阳陶觱篥歌》等，这些诗歌无系年。

甘露寺突遭焚毁，罗隐作《甘露寺火后》："六朝胜事已尘埃，犹有闲人怅望来。只道鬼神能护物，不知龙象自成灰。犀惭水府浑非怪，燕说吴宫未是灾。还识平泉故侯否？一生踪迹比楼台。"[②]甘露寺在丹阳北固山上，相传为三国吴甘露年间建，至唐李德裕加以增辟，僖宗乾符初毁于大火，镇海军节度使裴璩重建。据《唐方镇年表》载，裴璩于乾符三年(876 年)至五年(878 年)为镇海军节度使，其任职期间重修甘露寺。此诗表达了诗人看破红尘，感慨人的命运时如这甘露寺，辉煌难以持久，终将泯灭。

① 李定广. 罗隐集系年校笺[M]. 北京：人民文学出版社，2013：440－441.

② 李定广. 罗隐集系年校笺[M]. 北京：人民文学出版社，2013：399.

题润州妙善前石羊 传云吴主孙权与蜀主刘备尝此置会云

紫髯桑盖此沉吟，很石犹存事可寻。
汉鼎未安聊把手，楚醪虽满肯同心。
英雄已往时难问，苔藓何知日渐深。
还有市鄽沽酒客，雀喧鸠聚话蹄涔[①]。

这首诗虽然是题丹阳妙善前石羊，为咏史怀古诗。“紫髯”“桑盖”分别指孙权与刘备，诗就孙权刘备曾同坐在丹阳妙善街前石羊上讨论联合抗曹之事发表感慨，对“雀喧鸠聚”之徒表达鄙视之情，这些人纷乱吵闹，气量狭小，终不能成大事。此诗可能有一定的讽谏意义，但因无法确定其创作年限，所以具体所指，不甚明了。全诗在结构上构思精巧，大开大合，整体上看很有气势，寓意深远，耐人寻味。

戴伟华所著的《唐代使府与文学研究》第三章“使府中的文人”中对唐文士进入浙西人次进行统计：？—玄宗时 0 人，肃宗—德宗时 46 人，顺宗—武宗时 33 人，宣宗—哀帝 27 人，时间不详者 11 人，合计 117 人[②]。在总人数上次于剑南西川 240 人，淮南 164 人，河东 155 人，山南东道 122 人，荆南 120 人，江西 120 人，居第七位[③]，由此可见浙西道以其得天独厚的地理人文因素吸引着大批文人入幕。

本节所选择的三位在丹阳为官的诗人，这三位诗人的身份有不同，李德裕的官职较高，李绅与罗隐在丹阳时只是为幕职。三人在丹阳创作的诗歌内容上亦稍有不同，李德裕较少有游赏的题作，更多的是抒发心中的情绪以及与道士的交往酬赠的作品，李绅与罗隐创作的游赏诗更多些。但无论创作角度如何，这些作品都是丹阳地域文化影响下的产物。

---

① 李定广．罗隐集系年校笺[M]．北京：人民文学出版社，2013：412．

② 戴伟华．唐代使府与文学研究[M]．桂林：广西师范大学出版社，2007：61．

③ 戴伟华．唐代使府与文学研究[M]．桂林：广西师范大学出版社，2007：63．

第二节　唐代隐居丹阳的诗人及创作

丹阳历史上就有隐逸的传统，而且这里的山水盘回数百里，雄秀之景，令人留连。东汉末年，名士焦光结草为庐，隐于焦山，三诏而不仕；南朝戴颙隐于招隐山，听鹂整弦，创制新曲；南齐陶弘景辞官隐居茅山，成为道教上清宗的重要传人；昭明太子萧统也曾隐居南山招隐寺编纂《文选》。唐代丹阳是浙江西道的政治、军事中心，领辖整个苏南和浙北地区。综合以上原因，很多文人雅士愿意选择在此隐居。

一、唐代隐居丹阳诗人概述

安史之乱以后，江南较北方受到影响小，经济中心移到江浙地区，所以中晚唐的隐逸中心移向江南，隐居丹阳的人也随之增加。王知远、吴筠隐于茅山，二人均为唐初著名道士，余延寿为丹阳人，亦隐于丹阳。再如顾况、皇甫冉、张众甫、顾非熊、张祜、皎然、韦渠牟、殷涣然、崔公颖、陈琡等隐居于丹阳，其中顾况、顾非熊、陈琡等隐居于丹阳茅山。

隐居丹阳诗人生平及创作与丹阳相关诗歌概述如下。

张众甫（715—782 年），字子初，清河人。宝应二年（763 年）为度支盐转运租庸使刘晏从事，大历初转寿安县尉，罢秩数年，侨居丹阳。德宗建中初入淮宁军李希烈幕，拜监察御史。建中三年（782 年）因事赴广陵，涉江省家，三月卒于家中。仅存诗三首，无涉及丹阳的作品。

韦渠牟（749—801 年），京兆万年人，曾为道士、僧徒。在权德舆《唐故太常卿赠刑部尚书韦公墓志铭（并序）》有这样的记载："于是传心印之法于金陵，授谷神之道于华阳。或为尘外人，或为遗名子。其达观也，不名一行；其玄同也，会归三教。"[①]可见，韦渠牟曾隐于丹阳。

秦系（720？—810 年），越州会稽人，天宝末避乱隐居越州，建中间又隐于此，贞元末隐于茅山而终，有诗《题茅山李尊师山居》。

顾况（约 727—约 820 年），字逋翁，别号华阳山人。祖籍丹阳，后迁居苏州海盐横山。顾况一生与丹阳发生联系主要有两个时段。第一阶

---

① 权德舆诗文集[M]. 郭广伟，点校. 上海：上海古籍出版社，2008：345.

段为入韩滉幕阶段。韩滉大历十四年到贞元三年(779—787 年)在任浙西观察使时,顾况曾入韩滉幕为判官。皇甫湜《唐故著作佐郎顾况集序》:“常从韩晋公于江南为判官,骤成其磊落大绩。”①第二阶段为贞元九年(793 年)秋,经滁州归吴后隐居茅山时期。皇甫湜在《唐故著作左郎顾况集序》中记叙顾况的晚年:“脱縻无复北意,起屋于茅山,意飘然若将续古三仙,以寿九十卒。”②顾况的诗作与丹阳相关有《在滁苦雨归桃花崦伤亲友略尽》《哭从兄苌》《大茅岭东新居忆亡子从真》《题元阳观旧读书房赠李范》《崦里桃花》《悼稚》《闲居自述》《伤子》《从江西至彭蠡入浙西淮南界道中寄齐相公》《送郭秀才》《寄江南鹤林寺石冰上人》《奉酬茅山赠赐并简綦毋正字》《送李道士》《山居即事》《忆山中》《听山鹧鸪》《田家》《题明霞台》《山僧兰若》《题卢道士房》《归山作》《登楼望水》《山中赠客》《崦里桃花》《夜中望仙观》《续茅山秀才吟》。

张祜(792—854 年),字承吉,排行第三,郡望清河,生于苏州。元和十五年(820 年),令狐楚自草表荐,以祜诗三百献于朝廷,时元稹在内庭,与楚有隙,谗之,遂罢。屡举进士不第。曾漫游各地,干谒方镇。后卜居丹阳而终,一生为处士,陆龟蒙有《和过张祜处士丹阳故居并序》,颜萱有《过张祜处士丹阳故居》诗。张祜的诗作与丹阳相关的有《题丹阳永泰寺练湖亭》《题润州金山寺》《题润州甘露寺》《题招隐寺》《题润州鹤林寺》《题金陵渡》《江南杂题三十首》《秋夜登润州慈和寺塔》《题润州李尚书北固新楼》《丹阳新居四十韵》《登金山寺》《润州杨别驾宅送蒋侍御收兵归扬州》《忆云阳宅》《酬郑模司直见寄》《瓜州闻晓角》《所居即事六首》(丹阳闲居寄郑明府如范上人)。

顾非熊(795—854? 年),苏州海盐人,顾况之子。性滑稽,以凌轹豪门子弟,困举场三十年。会昌五年(845 年),武宗闻其名,令进所试文章,追榜放进士及第。大中间任盱眙尉,慕父风,弃官归茅山隐居。现存诗 74 首。他存诗中没有直接描写丹阳的,有《第后寄高山人》《第后送友人不及》《下第后晓坐》《酬均州郑使君见送归茅山》《成名后将归茅山酬群公见送》5 首可证其与丹阳的关系。

---

① 全唐文[M].北京:中华书局,1983:7026.

② 全唐文[M].北京:中华书局,1983:7026.

殷涣然，隐居丹阳马迹山，权德舆的《酬李二十二兄主簿马迹山见寄》诗序载："丹阳郭北四十里所，有马迹山，山有奇峰怪石，且多昔贤真仙之所游践。方外士殷涣然，通易经老庄之旨，居于山下"①，可为证。

崔公颖，隐居茅山，权德舆的《奉送崔二十三丈谕德承恩致仕东归旧山序》载："初，躬耕于延州三茅山之趾，安仁食力，声利不入。……泊然与白云鸥鸟，同其无事。去年春，鹤书下江南，守臣多方以起物……循性蹈道，不迁于物，抗章乞身，词直而明。"②崔公颖性淡然，曾躬耕于茅山。

陈琡，于咸通年间从徐州郭铨幕携家迁居茅山，焚香习禅。留诗一首《一作留别兰若僧》，无与丹阳相关的诗歌。

崔备，许州鄢陵人，寓居南徐。建中二年(781 年)进士，历任监察御史、起居舍人等职。《全唐诗》存诗 6 首，《全唐诗补编·续拾》补收 2 句，无与丹阳相关的诗歌。

赵嘏(约 806—约 852 年)，字承祐，楚州山阳人。在进士未及第时曾家于丹阳，诗有《茅山道中》。

崔立言，隐居茅山，善戏谑。《全唐诗》存诗 1 首，无与丹阳相关的诗歌。

在这些选择隐居于丹阳的诗人中，顾况与张祜的诗歌创作受丹阳的地域文化影响较大，结合二人创作于丹阳的诗作并分析之。

二、顾况

顾况早年在韩滉幕中任职时创作的诗与后期归隐茅山的诗作风格上有不同。早期的诗中，诗风较为清丽，诗歌内容上不似后期诗中道教气息那般浓郁，也有对国事民瘼的关注。举《别江南》为例："江城吹晓角，愁杀远行人。汉将犹防虏，吴官欲向秦。布帆轻白浪，锦带入红尘。将底求名宦，平生但任真。"③此诗当为贞元三年(787 年)作者离开江南判官应征入京而作，时值将要离开丹阳，清晨军营中的号角已吹响，离开这里的船也将开启，诗人心中有诸多不舍也只能抛诸脑后。在贞元

① 权德舆诗文集[M]. 郭广伟，点校. 上海：上海古籍出版社，2008：42.

② 权德舆诗文集[M]. 郭广伟，点校. 上海：上海古籍出版社，2008：553.

③ 王启兴，张虹. 顾况诗注[M]. 上海：上海古籍出版社，1994：164.

初年，唐西北吐蕃连年侵犯，边患严重。诗中亦有对国防边事的关心。第五、六句诗由离开时的点点江水过渡到官场中，最后两句留以归隐的尾巴，表达虽进入官场但又希望能过不加矫饰、率真自然的生活的愿望。

顾况创作于丹阳的其他诗歌大致可以分为两大类：一类是对家园情思的直接抒发，另一类是对道士生活的真实描摹。

（一）家园情思的直接抒发

顾况在茅山创作诗歌内容中有对爱子的追忆。顾况有一子名从真，未成年而夭亡，《酉阳杂俎》卷一三："顾况丧一子，年十七。……顾悲伤不矣，因作诗，吟之且哭。"[①]顾况此子夭折的具体时间不得而知，但是儿子的夭折，对顾况打击颇大，晚年隐居茅山以后创作的诗歌时时有思子之作，伤心怀念之情溢于言表。如《大茅岭东新居忆亡子从真》中："谷鸟犹呼儿，山人夕沾襟。怀哉隔生死，怅矣徒登临。"[②]这首诗以思念亡儿始，后强装振作，认为"其夭非不幸，炼形由太阴"[③]，希冀在道教的精神世界中冲淡丧子的悲痛，这首诗创作于茅山的大茅岭。另有《悼稚》中有言："稚子比来骑竹马，犹疑只在屋东西。莫言道者无悲事，曾听巴猿向月啼。"[④]顾况在恍惚间仿佛仍能看到稚子骑着竹马，在家里这屋到那屋的玩耍，可是清醒之际却发现一切只是幻觉，该诗语浅情深。学道之人讲究清心寡欲，但作为父亲，思念自己的亡儿，却又是情理之中的事情。《伤子》："老夫哭爱子，日暮千行血。声逐断猿悲，迹随飞鸟灭。老夫已七十，不作多时别。"[⑤]通过顾况的自述可知诗人已是 70 岁的高龄，他受道箓当在贞元九年（793 年）秋由饶州归吴后，时年已近 70 岁，故可推测此诗作于丹阳。在《世说新语・黜免》中记载："桓公入蜀，至三峡中，部伍中有得猿子者，其母缘岸哀号，行百余里不去，遂跳上船，至便即绝。破视其腹中，肠皆寸寸断。"[⑥]《伤子》中利用典故表达出诗人思念爱子肝

---

① 段成式.酉阳杂俎[M].北京：中华书局，1981：121.

② 王启兴，张虹.顾况诗注[M].上海：上海古籍出版社，1994：83.

③ 王启兴，张虹.顾况诗注[M].上海：上海古籍出版社，1994：83.

④ 王启兴，张虹.顾况诗注[M].上海：上海古籍出版社，1994：261.

⑤ 王启兴，张虹.顾况诗注[M].上海：上海古籍出版社，1994：31.

⑥ 世说新语校笺[M].北京：中华书局，1984：461.

肠寸断的心情，至暮年仍难释怀，作为父亲的顾况已 70 岁，想必与爱子在泉下见面的日子已不会太久。顾况不仅伤爱子，而且对与他共同生活在丹阳的从兄袬亦是常常思之念之，在《哭从兄袬》中："共居云阳里，轗轲多别离。"①在《在滁雨归桃花崦伤亲友略尽》："废弃忝残生，后来亦先夭。……灵潮若可通，寄谢西飞鸟。"②这两首诗不是创作于丹阳，但是所思念的人以及哀悼的人都曾在丹阳生活过，所以说丹阳一地对于顾况来说寄予更多的是亲情之思。

他晚年隐居茅山，诗歌亦多有对其家乡环境的描写，《茅山志》卷六中有对桃花崦的记载："桃花崦在小茅岭北，林壑幽邃，春时花卉纷敷，不亚武陵源也。"此崦在茅山小茅岭北，景色十分优美。诗人在《送李道士》中："羡君乘竹杖，辞我隐桃花。鸟去宁知路，云飞似忆家"③可以看出诗人对李道士能够有机会隐居桃花崦心存艳羡之情，"鸟去"和"云飞"这些自然状态在顾况看来都是欲归家，便勾起诗人无限的思乡之情。到诗人的晚年，他的夙愿终可得偿，归隐茅山。诗人在《山中》诗所写的自己在茅山生活的场景："野人爱向山中宿，况在葛洪丹井西。庭前有个长松树，夜半子规来上啼。"④山中的生活自与红尘俗世有所不同，山中的生活没有世俗的纷扰，很闲适、很清静，有的只是自然与诗人的共鸣。《山中赠客》和《山居即事》两首诗能够很好地向读者展示诗人回归家乡后的生活状态。

山居即事

下泊降茅仙，萧闲隐洞天。
杨君闲上法，司命驻流年。
崦合桃花水，窗分柳谷烟。
抱孙堪种树，倚杖问耘田。
世事休相扰，浮名任一边。
由来谢安石，不解饮灵泉⑤。

---

① 王启兴，张虹. 顾况诗注[M]. 上海：上海古籍出版社，1994：70－71.
② 王启兴，张虹. 顾况诗注[M]. 上海：上海古籍出版社，1994：67.
③ 王启兴，张虹. 顾况诗注[M]. 上海：上海古籍出版社，1994：158.
④ 王启兴，张虹. 顾况诗注[M]. 上海：上海古籍出版社，1994：222.
⑤ 王启兴，张虹. 顾况诗注[M]. 上海：上海古籍出版社，1994：192.

顾况的这首诗开篇即对茅山环境进行总体概括，“崦合桃花水，窗分柳谷烟”说明桃花崦前的水到桃花崦附近即合为一体，推开窗子像把柳谷的烟分开一样。“抱孙堪种树，倚杖问耕田”是对生活状态的描摹，总体感觉很舒适、很安逸，“抱孙”“倚杖”运用典故、混化无迹，亦古人亦自己，忘却世间纷扰后的诗人在茅山度过了自己的晚年。诗最后四句表达出的是诗人忘却世忧，将浮名放置一边的志向，引用谢安的典故，表达出不想学谢安出仕为官的想法。茅山集道教文化与自然美景于一体，诗人选择此地隐居，甚为恰当。诗人想表达的是隐居生活的安逸闲适，借用的典故以及意象都是道教文化系统的。

(二)道士生活的真实描摹

唐代士子在未入仕之前，或隐居山林，或寄宿在寺庙、道观读书。如陈子昂曾读书于金华山的玉京观，李绅读书于无锡惠山寺。读书于山林往往在青年时期，这种影响，常伴随终身，在他们的诗中可以反映出来。顾况在年轻时亦曾于道观中读书学习，在《题元阳观旧读书房赠李范》有诗句“此观十年游，此房千里宿。还来旧窗下，更取君书读”[①]可为证。云阳观为道观名，位于丹阳茅山小茅岭。顾况年少时曾有在道观读书十年的经历，这段经历对顾况后半生接受道教文化有相当大的关系。无论是顾况的诗歌作品中，抑或是他的思想中，都深深地打上道教文化的烙印。

顾况晚年在茅山受道箓，《崦里桃花》诗是对受道箓一事的记载：“老人方授上清箓，夜听步虚山月寒。”[②]道箓指道教的受道之法。《崦里桃花》中的“崦”指的是地处茅山小茅岭北的桃花崦，顾况归隐丹阳后的晚年生活是围绕桃花崦度过的，在顾况归隐茅山之后所作的《题卢道士房》即对道士生活状态的真实描写。

题卢道士房

秋砧响落木，共坐茅君家。
唯见两童子，门外汲井花。
空坛静白日，神鼎飞丹砂。

---

① 王启兴，张虹. 顾况诗注[M]. 上海：上海古籍出版社，1994：196.

② 王启兴，张虹. 顾况诗注[M]. 上海：上海古籍出版社，1994：254.

麈尾拂霜草，金铃摇霁霞。
上章尘世隔，看弈桐阴斜。
稽首问仙要，黄精堪饵花[①]。

秋天落叶萧萧，捣衣之声不绝于耳，顾况去拜访卢道士所看到道观中的景象以及对道士炼丹药时场景的描写“唯见两童子，门外汲井花”，即两个小道童天刚明时去汲第一汲井水，用以合成丹药。“空坛静白日，神鼎飞丹砂”是对炼丹场景的描写，道教炼成丹，丹砂飞于釜上。“麈尾拂霜草，金铃摇霁霞”是对道士做法场景的描写，“麈尾”“金铃”是道士做法持所持之物。“上章尘世隔，看弈桐阴斜”描写道士斋醮时以表章上奏天神以祈求消灾除难。“稽首问仙要，黄精堪饵花”描写向天神稽首以冀求得长生之法。此诗多角度、全方位地描写炼丹的过程，向读者展示了道教活动的一个侧面。

顾况诗中的家园意象是精神家园与生活家园双重契合的产物，这里既寄托了他对已故家人的思念、追忆，也有对他晚年得偿夙愿归隐茅山之后安适生活状态的描写，亦有对道士生活及炼丹场景的真实展现。顾况在丹阳的经历及诗歌创作在隐居茅山的诗人群体中有一定的典型意义。

三、张祜

张祜（792—854 年）字承吉，排行第三，小名冬瓜，郡望清河（今属河北），祖籍南阳（今属河南邓县），是中晚唐之际的诗人。张祜年轻时喜漫游，未定居丹阳时就曾多次来此地，晚年选择丹阳为隐居之地，他一生的行迹与丹阳有密切联系。张祜现存诗歌 516 首，其中可以明确判断作于丹阳的诗歌有 52 首。

（一）张祜丹阳诗的主要内容

张祜在丹阳创作的诗歌主要分为两类：一类为题咏丹阳风景之作；另一类为对他隐居之处生活环境的细致描摹。他在丹阳的诗歌创作在诸多客居此地的诗人中有一定的独特性与典型性。

---

① 王启兴，张虹. 顾况诗注[M]. 上海：上海古籍出版社，1994：193.

1.题咏丹阳风景之作

丹阳不仅自然风光优美、人文景观众多，而且具有丰富的文化积淀。这里的楼台庙宇、名胜古迹，或是这里的名山秀水都是张祜题咏的对象，如《题丹阳永泰寺练湖亭》《题润州金山寺》《题润州甘露寺》《题招隐寺》《题润州鹤林寺》《秋夜登润州慈和塔寺》《题润州李尚书北固新楼》《登金山寺》等。张祜题咏丹阳景物的诗歌，数量多，质量高。葛立方《韵语阳秋》中载："张祜喜游山而多苦吟，凡历僧寺，往往题咏……润之甘露、招隐，皆有佳作……信之僧房佛寺，赖其诗而标榜者多矣。"[①]在其诸多题咏丹阳名胜古迹的诗歌中，张祜吟咏金山寺的诗就有两首，即《题润州金山寺》和《登金山寺》，这两首诗虽同为写金山寺，但是表达出的情感、诗歌所传达出来的气势以及描写的角度均有所不同。

题润州金山寺

一宿金山寺，超然离世群。
僧归夜船月，龙出晓堂云。
树色中流见，钟声两岸闻。
翻思在朝市，终日醉醺醺[②]。

登金山寺

古今斯岛绝，南北大江分。
水阔吞沧海，亭高宿断云。
返潮千涧落，啼鸟半空闻。
皆是登临处，归航酒半醺[③]。

《题润州金山寺》的写作背景是张祜夜宿金山寺，诗人有机会欣赏到金山寺的夜景。僧人们伴着月色回归，在月光的照映下，在水中可见树的倒影，金山寺的钟声响彻两岸，皎洁的月光、斑驳的树影、飘浮的白云、奔流的大江、古刹的钟声，这些汇聚在诗人的眼中，充满了诗情画意。此诗抓住了金山寺的特定风貌，加以概括，并借助光影的变化塑造一个亦

① 葛立方.韵语阳秋[M].上海:上海古籍出版社,1984:56.
② 尹占华.张祜诗集校注[M].成都:巴蜀书社,2007:109.
③ 尹占华.张祜诗集校注[M].成都:巴蜀书社,2007:565.

幻亦真的境界，钟声的加入让迷离的世界增加些许真实感。闻听寺院的钟声，使得诗人对于自己终日醉生梦死的生活有深深的负罪之感。《登金山寺》的观察视角应为白天，对金山寺及周围环境的描摹极具气势，这首诗中没有了月色、树影以及钟声，诗人换角度与方位去观察金山寺，金山寺及长江的壮丽映入了诗人的眼帘，“水阔吞沧海”与“返潮千涧落”将金山寺周边的水势的壮阔与浩大，描写得惟妙惟肖，生动逼真，使得此诗还留有些许盛唐遗韵。诗的最后两句“皆是登临处，归航酒半醺”，使诗的整体气势有所降低，不能像诸多盛唐诗那样真正达到气势混融的境地。

这两首诗同为写金山寺，一为夜晚，一为白天，一为静态，一为动态，一为平视，一为俯视，不同的观察视角得出了不同的结论。刘斧《青锁高议》前集卷九：“润州金山寺，张祜以江防留题两首，虽名贤经过，缩手袖间，不敢落笔。盖兹山居大江中，迥然孤秀，诗意虽见其寺与山出于水中之意也。祜诗久为绝唱，云‘寺影中流间，钟声两岸闻’。”[①]张祜题咏丹阳的风物诗，固然与他的写作习惯有关，但亦与丹阳有诸多历史人文景观有关系。

2.对隐居环境的细致描摹

据《张祜系年考》考证《丹阳新居四十韵》作于会昌元年(841 年)，《江南杂题三十首》、《所居即事六首》(丹阳闲居寄郑明府如范上人)、《穷居》、《寓言》皆作于大中五年(851 年)，这段时间为诗人在外游历返至丹阳闲居期间。这些诗以常言俗事入诗，语言明白晓畅，风格清丽而疏淡。张祜隐居后心境变得平和，绝少汲汲于功名，诗歌创作格调也发生了变化，由清冷转向幽细。如在《江南杂题三十首》其二中有“蛐蜒过竹节，翡翠抱龘枝”[②]，其三中有“晚蝶花心少，阴萤草里微”[③]，《所居即事六首》其六中有“墙头鸲鸰隗花叶，水面蜻蜓寄草枝”[④]等，这几句诗所描写的对象都是自然的景与物，亦是夏天居处所常见的。张祜对这些事物观察十

① 刘斧.青锁高议[M].上海：上海古籍出版社，1983：88.
② 尹占华.张祜诗集校注[M].成都：巴蜀书社，2007：267.
③ 尹占华.张祜诗集校注[M].成都：巴蜀书社，2007：268.
④ 尹占华.张祜诗集校注[M].成都：巴蜀书社，2007：325.

分细致，蚰蜒爬过竹子的节，翡翠鸟站在芦枝上。到了夜晚，蝴蝶在花心里驻足的就比较少了，萤火虫出来在草中四处游荡。墙头的鸲鹆、槐花的叶子、水面的蜻蜓立于草枝之上等生活场景为局部描写。这些都是眼前景、口头语，有声有色，情貌毕肖，纯熟工整，流畅自然。张祜这段时间所创作的诗中，对生活环境细处的描摹非常之多，俯拾即是。诗人当是摒弃了对世俗的孜孜追求，安于一隅，享受着平淡生活所带来的细微乐趣。丹阳环境优美，风光宜人，诗人晚年赋闲在家，知足保和，甘老于丹阳，这部分诗歌已入元白诗派之流。《丹阳新居四十韵》中张祜将自己所居之处的生活环境描写得十分细致，下面举此诗为例分析之。

丹阳新居四十韵

不出丹阳郭，茅檐寄北偏。
四隅踈积潦，万顷控平田。
地势金陵豁，湾形洱渎连。
路分南亩上，山映后湖边。
故国心殊阻，新池手强穿。
闲吟招隐詠，静赋笃终篇。
大树应徒而，高门亦偶然。
孤云出小屿，侣鹤下辽天。
早市归人语，昏亭醉客眠。
五更衔月岸，一宿渡江船。
雪旦飞琼圃，花时丽錦川。
茅峰遥自对，练水曲相沿。
夜出津头渡，晴昏巷里烟。
人情嗤散漫，鸟性乐暄妍。
夏菓垂簷上，春农起面前。
竹欄偎沓蝺，藤杖决潺湲。
不忝端居胜，何妨病者便。
水轩斜浸柳，风槛散披莲。
接壤重岗抱，坯沙浅洞延。
外瞻群嶺拔，中坐两崖颠。

峻面嶙峋甃，崇台硍礌填。
小桥深宛宛，新瀑下涓涓。
架俯蔷薇立，篱因枳壳编。
何当把牙算，只是蹑苔钱。
勃窣松栽短，尖纤石笋圆。
绿含山桂润，红绽海棠鲜。
枕上看羁鞅，门前见着鞭。
阑珊棋未毕，拨剌钓初牵。
麈尾曾无诮，猪肝是不缘。
坐甘尘外老，来幸酒中仙。
潘岳因成赋，杨雄便草玄。
散襟梳短发，揭指上游弦。
粗可迴车马，聊堪驻旆旃。
藉莎惭异席，折笋俟加笾。
哭地心知矣，儒家分已焉。
穷猿半啼啸，病鹤欲飞眠。
授箓陶贞白，留斋竺法乾。
观心知不二，叩齿问罗千。
帝里思徒切，家山望益悬。
阊门不可上，西恨涕涟涟①。

诗歌的主体内容是对张祜在丹阳居住环境的描写，但主旨似是表达自己想进入仕途却没有机会的遗憾之情。诗的前四句是对丹阳居所整体环境的一个概述，由“四隅踈积潦，万顷控平田”这句诗可看出张祜所居住的地方离农田很近，环境非常开阔，可谓一马平川。“地势金陵豁，湾形洱渎连。路分南亩上，山映后湖边”将周围环绕的水环境进行简要的概述，山带着水，水绕着山，山水相依，自然环境十分清幽。“故国心殊阻，新池手强穿。闲吟招隐詠，静赋笃终篇”表达了诗人吟咏古人的事迹来比附自己的隐居。从“孤云出小屿”到“红绽海棠鲜”是对丹阳新居的

① 尹占华.张祜诗集校注[M].成都：巴蜀书社，2007：508.

外部环境由远到近、由晨到昏、四季的变化过程进行描绘。诗人站在新居的外面，远处可以看到云从山的后面飘出，鹤在远处从天而降。晨起有从早市回来的人笑语相喧，晚上亭子有醉客休眠。夜晚的农家环境有几分静谧，白天的渡船到夜晚都停泊在江边。冬天雪花飘飞，周围的田地为白雪所覆，春天到来时，漫山遍野的花又使得山川穿上一件花衣。远有茅峰遥遥相对，近有练湖自相围绕。夜里渡口的码头有火所带来的光亮，晴日的黄昏时分民居里冒出缕缕炊烟。在这样的环境下，人与动物的生活状态都十分闲逸。当夏果成熟的时候，农民就来采摘。柳树的叶子可以垂到水里面，莲花的叶子被风吹散。向远处看山岗连绵，群峰峭拔。近处小桥姿态宛然地伫立在不远的地方，瀑布的涓涓流水点点灌溉着诗人的心田。居家周围的植物也非常多，有蔷薇，有枳壳，有绿色的山桂，有红色的海棠。诗人对其家居环境的描写可谓细致入微，面面俱到。生活环境十分优美、自在惬意。从"枕上看羁鞅"到"西恨涕涟涟"，是从对自然环境的描写过渡到通过一系列典故的运用，借助这些典故表达隐逸生活之乐。但结尾又为之一转，表达出诗人想出仕而无门的万千感慨。此诗语言清新自然，颜色词的使用让诗显得格外灵动。但不足之处在于后半部分使用典故稍多，使诗的可读性降低。

(二)张祜晚年隐居丹阳的原因

张祜于武宗会昌元年(841 年)由苏州移居丹阳，尹占华的《张祜系年考》一书中根据张祜《访许用晦》云："怪来音信少，五十我无闻。"[①]判定拜访许浑时张祜已 50 岁时，此时许浑已然隐居于丹阳。诗人年轻时也曾胸怀济世之志，但无奈人微言轻，生活方式亦有不被主流文化所接受的一面：纵酒、疏狂、狎妓，所以一直受贬抑，干谒不成，沉沦下僚。张祜在知天命的年纪选择隐居，当也是求仕无望，便归隐山林。在辛文房《唐才子传·张祜》中载："性爱山水，多游名寺……"[②]由此条记录与其诗可知，张祜性喜自然的山水，丹阳风景优美是吸引张祜来此隐居的原因之一。另有陆龟蒙《和过张祜处士丹阳故居诗序》解释了张祜缘何选择丹阳为其隐居之地的原因："以曲阿地古澹，有南朝之遗风，遂筑室种

---

① 尹占华. 张祜诗集校注[M]. 成都：巴蜀书社，2007：59.

② 唐才子传校笺(第三册)[M]. 北京：中华书局，2002：174.

树而家焉。”[①]丹阳地域文化与张祜心灵发生某些契合，所以选择此地为隐居终老之地。

四、其他隐居丹阳诗人的创作

除顾况与张祜二人外，还有一些隐居在丹阳的诗人，其中吴筠与皎然比较具有代表性，一为道，一为僧，他们创作的与丹阳相关的诗留存下来的并不是非常多，举两例并分析之。

1. 吴筠

吴筠（？—778 年），字贞节，华州华阴人。少通经，善属文，举进士不第。性高洁，不奈流俗，乃入嵩山，笃志学道。玄宗闻其名，遣使征至，待诏翰林。天宝中，坚求还山，寻入会稽，隐剡中，大历中年卒。弟子私谥宗玄先生。《全唐诗》编入其诗一卷。

在《旧唐书・吴筠传》记载：“（吴筠）开元中，南游金陵，访道茅山。久之，东游天台。筠尤善著述，在剡与越中文士为诗酒之会，所著歌篇，传于京师。玄宗闻其名，遣使征之。既至，与语甚悦，令待诏翰林。……天宝中，李林甫、杨国忠用事，纲纪日紊。筠知天下将乱，坚求还嵩山，累表不许，乃诏于岳观别立道院。禄山将乱，求还茅山，许之。既而中原大乱，江淮多盗，乃东游会稽。尝于天台剡中往来，与李白、孔巢父诗篇酬和，逍遥泉石，人多从之。竟终于越中。文集二十卷。其玄纲三篇、神仙可学论等，为达识之士所称。”[②]这段文字将吴筠行迹与茅山的关系表述得十分清晰。

吴筠游行四方，憩息山水，借山水抒发道教情怀，亦能生动地写景状物，在丹阳时创作《登北固山望海》，全文如下。

此山镇京口，迥出沧海湄。
跻览何所见，茫茫潮汐驰。
云生蓬莱岛，日出扶桑枝。
万里混一色，焉能分两仪。

---

① 全唐诗[M]. 北京：中华书局，1960：7194.

② 旧唐书[M]. 北京：中华书局，1975：5129－5130.

愿言策烟驾，飘渺寻安期。

挥手谢人境，吾将从此辞①。

古长江入海口离北固山不远，此处江面宽阔如海。诗人游览至此，登北固山望海，站在雄伟的北固山看到了什么呢？只看到茫茫的潮汐在奔驰。云雾在蓬莱岛上生成，太阳在东方极远处升起。极目万里混成一个颜色，怎么分得出天和地呢？诗人愿意驾车到海岛把神仙寻觅，挥挥手告别人世间，在这里向大家告别。这是诗人想象着自己能登仙而去，羽化成仙的场景。有如此想法，大多都是因为在现实中遇到某些不顺心的事情，逃避现实的一种想法与做法。这首写景诗，写山、写海，意境宏阔，既有山的妩媚，又有海的灵动，能够把现实景物和神仙幻想融为一体，把客观感受和主观思想结合起来，描摹亦真亦幻的独特风景，显示道士作品的独有特色。诗歌语言不甚华丽，意境混融，将海天一色壮阔画面写得十分形象，让人浮想联翩。

2. 皎然

皎然，约生于720年，卒年不可确考，名清昼，俗姓谢，长城（今浙江长兴）人，灵运十世孙。皎然于开元末、天宝初曾干谒侯门，应试未第。中年后皈依佛门，在杭州灵隐寺受戒出家。天宝年间出家于江宁县的长干寺，有《答李侍御问》为证："入道曾经离乱前，长干古寺住多年。"②长干寺位于丹阳境内。大历后居湖州，往来与西山东溪草堂和杼山妙喜寺。存诗与丹阳相关的有《日曜上人还润州》《往丹阳寻陆处士不遇》《送皇甫侍御曾还丹阳别业》《京口送孟明还扬州》等。

日曜上人还润州

送君何处最堪思，孤月停空欲别时。

露茗犹芳邀重会，寒花落尽不成期。

鹤令先去看山近，云碍初飞到寺迟。

莫倚禅功放心定，萧家陵树误人悲③。

---

① 全唐诗[M]. 北京：中华书局，1960：9648.

② 全唐诗[M]. 北京：中华书局，1960：9193.

③ 全唐诗[M]. 北京：中华书局，1960：9238.

天上孤月，人间送别，离别时刻往往是令人惆怅的。与朋友相别，再见之期亦是遥遥。“露茗犹芳邀重会，寒花落尽不成期”是对与日曜上人交往活动的追忆、期待与向往，文人雅集多在春天品尝雾露中采摘的茶叶，芳香四溢，尽情享受春光的明媚，而在初冬悲风落叶、寒意顿生的季节，很难有此雅集的机会。此次离别，路途遥远，千山万水，实难再见。“萧家陵树误人悲”中的萧家陵树指南朝齐、梁帝王陵墓。齐高帝、武帝、景帝、明帝，梁武帝、简文帝等共十一个帝王陵寝，均在丹阳境内。历史上再辉煌的人物，最终成为陈迹，不如转向佛家去寻找心灵的安宁。

在丹阳隐居的这群诗人，大致可以分为两类：一类是选择晚年在此定居终老的，如顾况、张祜；另一类是隐居于丹阳一段时间，后因各种原因离开这里的，如吴筠、皎然等人。这些隐居丹阳的人或者为茅山道教文化所承载的隐逸之风吸引，或是因为这里的交通便利、经济发达而居于此。但无论是哪种原因的隐居者，他们均有受丹阳地域文化影响而创作的诗歌，这些诗歌在一定程度上反映出丹阳的地域文化。

第三节 唐代漫游丹阳的诗人及创作

丹阳地处长江与大运河交界处，很多诗人曾到此地或是漫游，或是路过，留下许多吟咏丹阳的诗篇①。《全唐诗》48900 余首，据不完全统计，歌咏丹阳的诗篇有 500 多首，描写过丹阳的诗人有 150 余人。其中除了占籍丹阳的诗人之外，还有在丹阳做官、隐居、漫游的文人，由于文献资料的有限性，有部分诗人的行迹已无从考证，只能从现存的诗歌中看出他曾经来过丹阳，究竟何种原因却不得而知，姑且将这部分诗人归结到唐代漫游或取道丹阳的诗人群体中。在众多漫游丹阳的诗人中，笔者选择王昌龄、李嘉祐、杜牧、皮日休、陆龟蒙这几位诗人，根据其在丹阳的生活经历以及所创作的诗歌，分析这些诗歌与丹阳地域文化的关系。

一、王昌龄

王昌龄(698—757 年)，字少伯，行大，太原人，开元十五年(727 年)

① 唐代漫游润州诗人及诗歌创作一览表，附于第四章文字内容之后。

进士，补秘书省校书郎。开元二十二年(734 年)，中博学宏词科，调汜水尉。开元二十七年(739 年)以事贬岭南。开元二十八年(740 年)北归，同年冬，王昌龄离京赴江宁丞。在天宝七年(748 年)其 51 岁时又被贬为龙标尉。后为亳州刺史闾丘晓所忌而杀。

王昌龄曾任江宁丞，据傅璇琮《王昌龄事迹考略》中考证王昌龄于开元二十八年(740 年)的冬日离开长安赴江宁，岑参作《送王大昌龄赴江宁》中有“君行到京口，正是桃花时”[①]，据推测离开长安时大概是冬末，到达江南时已是桃花吐艳的春日。王昌龄在任江宁丞的这段时间里，曾往游丹阳，作《万岁楼》诗。

万岁楼

江上巍巍万岁楼，不知经历几千秋。
年年喜见山长在，日日悲看水独流。
猿狖何曾离暮岭，鸬鹚空自泛寒洲。
谁堪登望云烟里，向晚茫茫发旅愁[②]。

巍峨的万岁楼伫立于江中，不知经历了多少的岁月，见证了物换星移与喜怒哀乐的变换。“猿狖”未曾离开暮岭，“鸬鹚”在寒冷的水中游来游去，这里有自况的成分，王昌龄所生活的盛唐时期，普遍重京官轻外官，他屡次被贬出京，心情可想而知，看见动物亦联想到自身。暮色降临，登楼远望，羁旅之愁充塞整个内心，这是每个游子共同的感受。诗人登上万岁楼，勾起了内心无数的涟漪。

同时王昌龄还作《芙蓉楼送辛渐二首》，其一是历代传颂的名篇：“寒雨连江夜入吴，平明送客楚山孤。洛阳亲友如相问，一片冰心在玉壶。”[③]王昌龄所怀念的洛阳的亲友，当有可能包括李颀、刘晏在内。王昌龄在赴江宁丞经洛阳时，刘晏时任洛阳尉，刘晏和李颀等曾送行。在开元末天宝初王昌龄任江宁丞时，诗人与刘昚虚有交往唱和诗《宿京口期刘昚虚不至》：“霜天起长望，残月生海门。风静夜潮满，城高寒气昏。

① 全唐诗[M]. 北京：中华书局，1960：2033.
② 全唐诗[M]. 北京：中华书局，1960：1440－1441.
③ 全唐诗[M]. 北京：中华书局，1960：1448.

故人何寂寞，久已乖清言。明发不能寐，徒盈江上尊。”[①]此时刘昚虚当也在东南一带，所以诗人才会与老友相约。此外，王昌龄还作有《诸官游招隐寺》《客广陵》等与丹阳相关的诗歌，当均是作于任职江宁时。

且举《诸官游招隐寺》分析之。

山馆人已空，青萝换风雨。
自从永明世，月向龙宫吐。
凿井长幽泉，白云今如古。
应真坐松柏，锡杖挂窗户。
口云七十馀，能救诸有苦。
回指岩树花，如闻道场鼓。
金色身坏灭，真如性无主。
僚友同一心，清光遣谁取[②]。

王昌龄所创作的这首游招隐寺诗，与其他诗人所创作的游招隐寺诗有些不同，他向读者展示的是招隐寺破败的景象。这首诗当是诗人任江宁丞期间，与同僚一起去拜访招隐寺，此时的寺庙已是人去楼空，只有当年昭明太子凿的井及井中的泉水、千百年来的白云依旧未变，而今却是物是人非，寺中一切的景象均向世人展示它的颓败。另外，这首诗渗入很多佛理的内容，较为晦涩难懂。“一切景语皆情语”，眼前的景物似乎也正是诗人内心的展示，有才难伸、有志不获聘的抑郁不平都通过残败的景物得以昭示出来。

王昌龄游历丹阳之后创作的诗歌多为千古流传的名篇，在某种程度上讲成就了王昌龄在文学史上的地位。

二、李嘉祐

李嘉祐，生卒年俱不可考，字从一，行二，赵州（今河北赵县）人。新旧《唐书》无传。关于李嘉祐的记载最早见于史籍的是姚合的《极玄集》（卷下）：“字从一，袁州人，天宝七载（748 年）进士，大历中泉州刺史。”[③]

---

① 全唐诗[M].北京：中华书局，1960：1440.
② 全唐诗[M].北京：中华书局，1960：1431－1432.
③ 唐人选唐诗新编[M].北京：中华书局，2014：694.

历任秘书正字、监察御史。后坐事谪鄱江(今属江西)令,调江阴令。入朝为司勋员外郎。上元中,出为袁州刺史,官终台州刺史。

长达八年的安史之乱并没有直接对江淮一带产生很强的破坏性,但是在肃宗上元年间(760—761 年),由于唐朝最高统治集团的昏庸无能和地方藩镇势力的跋扈专横,江浙一带却遭受了两次比较大的破坏,即刘展之乱与浙东的袁晁农民起义。在《新唐书·刘晏传》末附陈谏的一篇论对袁晁农民起义有记载:"初,州县取富人督漕輓,谓之船头;主邮递,谓之捉驿;税外横取,谓之白著。人不堪命,皆去为盗贼。上元、宝应间,如袁晁、陈庄、方清、许钦等乱江淮,十余年乃定。"①这段文字将袁晁农民起义的原因及造成的严重后果进行了较为清晰的记载。李嘉祐的《早秋京口旅泊章侍御寄书相问因以赠之时七夕》将这段历史对百姓造成的迫害展示了出来。

早秋京口旅泊章侍御寄书相问因以赠之时七夕

移家避寇逐行舟,厌见南徐江水流。
吴越征徭非旧日,秣陵凋弊不宜秋。
千家闭户无砧杵,七夕何人望斗牛。
只有同时骢马客,偏宜尺牍问穷愁②。

此诗为宝应(762—763 年)、广德(763—764 年)间李嘉祐为避战乱、举家旅泊京口时所作。时北方战乱尚未熄灭,南方动乱又起,今江苏、浙江一带大多男子被征发,或入军旅,或事徭役,长年在外,生死不知。没人指望还能有与亲人相聚之日;壮丁不存,田野荒芜,已是秋收季节,却无物可收。身为一州之长的李嘉祐都在为生活困顿而愁苦,一般的平民百姓当然更难以为继了。在剥削与压迫之下,浙东爆发了袁晁农民起义,这首诗反映了这一时期的现实。素来以富庶繁华著称的江南,在统治阶级的横征暴敛以及刀兵四起的战火中,竟也成为"千家闭户无砧杵,七夕何人望斗牛"的破败之景。友人寄书来询问李嘉祐的情况,此诗为应答之作。举家乘舟迁移为了躲避转乱,这种有家不能回,在外四处漂

① 新唐书[M].北京:中华书局,1975:4797-4798.
② 全唐诗[M].北京:中华书局,1960:2164-2165.

泊的生活着实令人心生烦乱，所以当诗人看见南徐的江水时没有丝毫欣赏美景的心情。除了战争使百姓生活陷入困境之外，还有来自统治阶级的赋税徭役使百姓的生活更加困苦，在诗人看来京口这一历史古城亦是满目凋敝。本是挨家准备棉衣的时候，但是却丝毫听不见该有的“砧杵”之声，百姓们大都流离失所，根本无暇去做这个时节本应做的事情。在中国传统“七夕”这个节日之际，百姓也无法过本应轻松、愉悦的节日。只有当年的友人，问问诗人生活是否有如意，是否可以果腹。诗人没有对战争的正面描写，但是从侧面可以看出战争对普通百姓生活的蹂躏与践踏，似是无声的哭泣，带来的效果使人更加震撼。

李嘉祐创作与丹阳相关的诗作还有《送裴五归京口》《留别昆陵诸公》《送崔侍御入朝》《句容县东青阳馆作》《和韩郎中扬子津玩雪寄严维》《润州扬别驾宅送蒋九侍御收兵归扬州》《奉陪韦润州游鹤林寺》《秋晓招隐寺送内弟阎伯均归江州》《韦润州后亭海榴》等，具体的创作时间不可确考。

三、杜牧

杜牧（803—852 年），字牧之，排行十三，京兆万年人，因祖居长安樊川，世称“杜樊川”。文宗太和二年（828 年）进士，复举贤良方正。沈传师表为江西团练巡官，又为牛僧孺淮南节度府掌书记。擢监察御史，移疾，分司东都，以弟顗病弃官。复为宣州团练判官，拜殿中侍御史、内供奉、累迁左补阙、史馆修撰，改膳部员外郎，历黄、池、睦三州刺史。入为司勋员外郎，常兼史职。改吏部，复乞为湖州刺史。逾年，拜考功郎中、知制诰，迁中书舍人，卒。

根据缪钺所编的《杜牧年谱》可知，大和四年庚戌（830 年）杜牧在沈传师幕中，跟从沈传师从江西幕中迁宣歙观察使，至宣州（宣歙节度使治宣州宣城县）。大和七年癸丑（833 年）春，杜牧 31 岁，在宣州幕中。其间奉命至扬州（唐淮南节度使治所）聘淮南节度使牛僧孺，往来于丹阳。开成二年（837 年）秋又由扬州往宣州幕，亦可经过丹阳。杜牧所作《唐故歙州刺史邢君墓志铭》中的叙述：“后六年，牧于宣州事吏部沈公，涣思于京口事王并州，俱为幕府史。……后一年，牧奉沈公命，北渡扬州聘丞相牛公，往来留京口。”[1]这是他曾到过丹阳的直接证据。

《杜秋娘诗》《润州二首》《寄题甘露寺北轩》是杜牧在丹阳时所创作，《晚秋怀茅山石涵村舍》当为离开丹阳后的追忆之作。且举《润州二首》《寄题甘露寺北轩》为例并分析之。

润州二首

其一：向吴亭东千里秋，放歌曾作昔年游。
青苔寺里无马迹，绿水桥边多酒楼。
大抵南朝皆旷达，可怜东晋最风流。
明月更想桓伊在，一笛闻吹出塞愁[2]。

其二：谢朓诗中佳丽地，夫差传里水犀军。
城高铁瓮横强弩，柳暗朱楼多梦云。
画角爱飘江北去，钓歌长向月中闻。
杨州尘土试回首，不惜千金借与君[3]。

可能与杜牧曾经担任史职有关，或者是因为社会的大环境有关，他的咏史怀古诗在晚唐占有一席之地，《润州二首》则是其中的翘楚。在秋高气爽之际，杜牧故地重游，别有一番滋味在心头，由眼前之景“青苔寺”与“绿水桥”联想到历史上丹阳是何等繁华，亦有对南朝旷达风流士风的深致仰慕。更联想到自己，希望可以主宾相欢。谢朓曾写过《入朝曲》，其中有“江南佳丽地，金陵帝王州”[4]来盛赞丹阳的美丽，杜牧即化用入自己的诗中。丹阳的历史与现实、过往与今昔，一幕幕在作者的心头盘桓，抚今追昔、兴衰更迭自有其历史规律，透过世事沧桑，总会使智者有大彻大悟的感慨。

寄题甘露寺北轩

曾上蓬莱宫里行，北轩栏槛最留情。
孤高堪弄桓伊笛，飘渺宜闻子晋笙。
天接海门秋水色，烟笼隋苑暮钟声。

---

① 全唐文[M]. 北京：中华书局，1983：7832.
② 吴在庆. 杜牧集系年校注[M]. 北京：中华书局，2008：170.
③ 吴在庆. 杜牧集系年校注[M]. 北京：中华书局，2008：170.
④ 先秦汉魏晋南北朝诗[M]. 北京：中华书局，1983：1414.

他年会著荷衣去，不向山僧道姓名[①]。

诗人登上甘露寺北轩，极目远望，并回忆早前曾来此一游。诗中用了两个典故来形容甘露寺北轩的孤高与缥缈之感。在此可以看到长江入海口的壮阔，亦可听见甘露寺的暮鼓晨钟。这些都使得诗人有着荷衣归去之感。

《润州二首》《寄题甘露寺北轩》都是歌咏丹阳的名篇，通过"放歌曾作昔年游""北轩栏槛最留情"这样的诗句似可以看到一个顾盼自如、风流自赏的杜牧形象，"大抵南朝皆旷达，可怜东晋最风流""孤高堪弄桓伊笛，飘渺宜闻子晋笙"亦是杜牧集中表达对南朝风流仰慕的一个剪影。

四、皮日休与陆龟蒙

皮日休（约 838—约 883 年），字袭美，一字逸少，襄阳人。性傲诞，隐居于襄阳鹿门山。懿宗咸通年间以诗文见重于令狐绹。咸通八年（867 年）以榜花及进士第。咸通十年（869 年）任苏州刺史崔璞的军事判官，与陆龟蒙往来唱和，时称"皮陆"。

陆龟蒙（？—881 年），字鲁望，苏州吴县人。举进士不第，隐居吴县甫里，自号江湖散人，又号天随子、甫里先生。咸通十年（869 年），得识皮日休，相与唱和，后编唱和诗成《松陵集》。

皮日休与陆龟蒙亦曾至丹阳漫游。根据李福标所著《皮陆年谱》考证陆龟蒙或于唐宣宗大中八年（854 年）自丹阳取解，赴京应举。此时陆龟蒙曾作《京口与友生话别》云："共是悲秋客，相逢恨不堪。雁频辞蓟北，人尚在江南……"[②]

唐宣宗大中十三年已卯（859 年），春二月，陆龟蒙逗留丹阳，有《纪梦游甘露寺》诗云："忽上南徐山，心期豁而獲。"[③]南徐山即指北固山。春末夏初，陆龟蒙曾到达丹阳新丰，创作《归路》诗云："渐入新丰路，衰红映小桥。浑如七年病，初得一丸销。"[④]此诗的"新丰路"并非长安东的新

---

① 吴在庆. 杜牧集系年校注[M]. 北京：中华书局，2008：289.

② 全唐诗[M]. 北京：中华书局，1960：7167.

③ 全唐诗[M]. 北京：中华书局，1960：7132.

④ 全唐诗[M]. 北京：中华书局，1960：7200.

丰，而是丹阳之新丰。

陆龟蒙于咸通八年(867 年)的丹阳之游作《润州送人往成洲》及《润州江口送人谒池阳卫郎中》。

唐懿宗咸通九年(868 年)底，皮日休或由扬州至丹阳。在皮日休《太湖诗》序云："……又航天堑，从北固至姑苏。"[①]此北固指丹阳之北固山。

唐懿宗咸通十一年(870 年)，陆龟蒙早秋游丹阳，登北固山。皮日休有《重玄寺双矮桧》，陆龟蒙和作《和袭美重玄寺双矮桧》中有"更忆早秋登北固，海门苍翠出晴波"[②]的诗句，可见陆龟蒙有早秋登北固山之举。

陆龟蒙晚年隐居震泽别墅数年中曾至丹阳，参观文宣王庙韩滉《春秋通例》石刻，至丹阳城南，访庆封宅古井，有《庆封宅古井行》。

(一)皮日休与陆龟蒙的道教文化诗

皮日休与陆龟蒙创作的丹阳诗比较多，有一部分是与道教文化相联系的诗，其中主要集中两个角度，一个是描写道教仪式的诗歌，另一个是与茅山道士的酬唱诗。

1. 描写道教仪式的诗歌

陆龟蒙是苏州长洲县人。在《唐摭言》卷十云："陆龟蒙，字鲁望，三吴人也。"[③]三吴古指苏州一带。他的家乡离丹阳很近，又因他的思想受道教影响比较深，所以他经常来往于家乡和茅山之间，《句曲山朝真词二首并序》即体现出这一点。

句曲山朝真词二首并序

岁三月十八日，句曲山道士朝真于大茅峰上、学神仙有至于千万里者。余距华阳洞天，程止信宿，尘约不能遂去。驰神旦旦，忽若载升矣。因作朝真词迎送各二解，以自塞意。

---

① 全唐诗[M].北京：中华书局，1960：7134.

② 全唐诗[M].北京：中华书局，1960：7213.

③ 王定保.唐摭言[M].北京：中华书局，1960：117.

迎真

九华磬答寒泉急，十绝幡摇翠微湿。
司命旂旌未下来，焚香抱简凝神立。
残星下照霓襟冷，缺月才分鹤轮影。
空洞灵章发一声，春来万壑烟花醒。

送真

萦云凤髻飘然解，玉钺玄干俨先迈。
朝真弟子悄无言，再拜碧杯添沆瀣。
火镳跳跃龙毛盖，脑发青青霞綷綷。
万象销沉一瞬间，空馀月外闻残佩①。

从此诗的序文中可见每年三月十八这一天，句曲山的道士都会去茅山上的大茅峰去朝真，朝真指的是道教中朝见真人或者指道教修炼养性之术，犹如佛家之坐禅。很多学道之人为参加这一天的活动，不远千里万里而来。陆龟蒙家离华阳洞颇近，但是因俗务没能参加，且作《句曲山朝真词二首》来填补心中的失落。“迎真”“送真”主要是场景描写，钟磬相鸣，幡旗摇摇，想要恭请的真人没有下来时，恭请之人焚香祷告，屏气凝神地站立等待。在夜晚残星若干与缺月一轮映照着这些虔诚的人们，吟唱着道教相关的乐曲。真人离开之后，朝真的这些弟子们仍要恭敬肃穆地拜了再拜。当一切归于沉寂之后，仍隐约能听到迎真音乐的声音。此诗是对迎真、送真场景的描写，诗人在写作时运用了一些的道教术语，晦涩难懂，但十分契合此诗创作的文化氛围。

2. 与道士的酬唱诗

陆龟蒙家离茅山“程止信宿”，苏州吴县与茅山距离不是很远，交通的便利促使陆龟蒙与道士多有交往，皮日休与陆龟蒙交往甚密，有些道士就成为二人共同的朋友。

(1)张贲。

张贲，字润卿，南阳人，宣宗大中间进士及第，后为广文博士。以懿宗咸通前后，隐于茅山，世称华阳山人、华阳道士。后寓吴中，与皮日休、

① 全唐诗[M]. 北京：中华书局，1960：7152.

陆龟蒙等人游，多有唱和。《唐诗纪事》卷六四“张贲”条载：“贲，字润卿，南阳人。登大中进士第，唐末为广文博士。寓吴中，与皮陆二生游。其诗多羁旅感激，若异乡无限思，尽付酒醺醺。”[①]皮日休作有《江南道中怀茅山广文南阳博士三首》《鲁望示广文先生吴门二章，情格高散可醒俗态因追想山中风度，次韵属和，存于诗编，鲁望之命也》《怀华阳润卿博士三首》《寄润卿博士》《润卿鲁望寒夜见访，各惜其志，遂成一绝》等诗来表达对张贲的交往与感情。陆龟蒙亦有《和张广文贲旅泊吴门次韵》《和袭美江南道中怀茅山广文南阳博士三首次韵》《寄怀华阳道士》等诗。《全唐诗》张贲存诗 16 首，其中有 11 首是与皮陆的唱和之作，可见三人是十分要好的朋友。

(2)何道士。

陆龟蒙有《寄茅山何道士》诗云：“况是曾同宿，相逢便隔年。”[②]可见何道士与陆龟蒙关系甚为亲密。陆龟蒙还有《寄茅山何威仪二首》。

寄茅山何威仪二首

其一：大小三峰次九华，灵踪今尽属何家。
汉时仙上云巅鹤，蜀地春开洞底花。
闲傍积岚寻瀑眼，便凌残雪探芝芽。
年来已奉黄庭教，夕炼腥魂晓吸霞。

其二：曾向人间拜节旄，乍疑因梦到仙曹。
身轻曳羽霞襟狭，髻耸峨烟鹿帻高。
山暖不荤峰上薤，水寒仍落洞中桃。
从闻此日搜奇话，转觉魂飞夜夜劳[③]。

“威仪”当为道教中的官职名称，从诗题可知何威仪在茅山修炼。其一中的第一、二句是说何威仪足迹所履之处遍布茅山与九华山，赞赏何威仪道心真诚，感叹何威仪近年信奉道教并积极修炼以求达到养生的目的。其二中点出何威仪也曾入幕任职，但后来仍走上学习道教的道路，“身轻曳羽霞襟狭，髻耸峨烟鹿帻高”是对何威仪外形的描绘，有几分仙风道骨在内。披霞为羽，发髻高耸，并表达出希冀何威仪能修炼成仙的

① 唐诗纪事[M].北京：中华书局，2007：961.

② 全唐诗[M].北京：中华书局，1960：7167.

③ 全唐诗[M].北京：中华书局，1960：7188.

愿望。此诗运用了道教的意象与典故，通过陆龟蒙的诗可知何威仪的形象是高大超迈、潇洒飘逸的，何威仪写给陆龟蒙的诗现已不存。

(3)顾道士。

皮日休有《伤开元观顾道士》："协晨宫上启金扉，詔使先生坐蜕归。鹤有一声应是哭，丹无余粒恐潜飞。烟凄玉笥封云篆，月惨琪花葬羽衣。肠断雷平旧游处，五芝无影草微微。"①雷平，山名，为茅山旁一小山，有田公泉，饮之能除三尸。张贲、陆龟蒙皆有酬和。

(二)陆龟蒙的怀古诗

咏史怀古题材的诗歌，六朝时人偶有涉及。初唐以来，此种题材的诗歌便以蓬勃兴盛的趋势发展起来，诗人们创作此种类型的诗歌越来越多，尤其是中晚唐以后，此风大盛，达到空前的程度。在这样的风潮中，皮、陆也创作了一些咏诗怀古诗，二人吟咏的对象是春秋战国时期吴国的史迹与人事，陆龟蒙来丹阳漫游时亦曾作过《算山》和《京口》等诗。

算山

水绕苍山固护来，当时盘踞实雄才。
周郎计策清宵定，曹氏楼船白昼灰。
五十八年争虎视，三千馀骑骋龙媒。
何如今日家天下，阊阖门临万国开②。

汉献帝兴平二年(195年)，孙策派孙何"领兵屯京地"。建安十三年(208年)，孙权定都此地为京城，并在这里指挥了著名的赤壁之战。算山又名蒜山，此山水绕着山，山依着水，当年在算山为营的一时之杰，周瑜在这里指挥赤壁之战大破曹操的水军，取得战争的胜利。三国时期吴国有五十八年的历史，已然可以傲视天下。诗人由古及今，感叹历史，缅怀英雄伟业，感叹世事沧桑。

京口

江干古渡伤离情，断山零落春潮平。
东风料峭客帆远，落叶夕阳天际明。
战舸昔浮千骑去，钓舟今载一翁轻。

① 全唐诗[M].北京：中华书局，1960：7090.

② 全唐诗[M].北京：中华书局，1960：7188.

可怜宋帝筹帷处，苍翠无烟草自生[①]。

此诗是由送别引发了诗人的怀古之情。在古渡口送别友人，在此远望可以看见远处的山岚、春水，所送客人的所乘之舟渐行渐远，春天微寒的风时时拂过诗人的面颊。一轮红日徐徐下降于远处水天交界的地方。诗人由眼前景色思绪触及历史上此地发生的事实，由昔日战船与今日之钓舟、千骑与一翁做出对比。此诗最后两句中提到的"宋帝"指的是宋武帝刘裕。东晋哀帝兴宁元年(363 年)，刘裕出生于京口，其家世属于寒族。在《宋书·武帝本纪上》对其有记载："高祖武皇帝讳裕，字德舆，小名寄奴，彭城县绥舆里人，汉高帝弟楚元王交之后也。交生红懿侯富，……熙生开封令旭孙，旭孙生混，始过江，居晋陵郡丹徒县之京口里，官至武原令。"[②]晋元兴三年(404 年)，刘裕于京口举兵，开始建宋大业。"凡同谋……二十七人；愿从者百余人"[③]至"众推高祖为盟主，移檄京邑"[④]时，"百姓愿从者千余人"[⑤]，丹阳是刘裕起兵之地，于今夕诗人站在曾经发生过历史大事的这片土地上，历史胜迹已成陈迹，湮没在荒草之中。此诗画面感很强，诗句没有使用太多的典故，较好理解。

晚唐的社会环境异常黑暗，在《资治通鉴·唐纪六十》中对晚唐的社会环境进行记载："阉寺专权，胁君于内，弗能远也；藩镇阻兵，陵慢于外，弗能制也；士族杀逐主帅，拒命自立，弗能诘也；军旅岁兴，赋敛日急，骨肉纵横于原野，杼轴空竭于里闾。"[⑥]唐王朝在内宦官专权，胁迫君主；在外藩镇割据，称霸一方；军队中以下犯上，下级不听上级命令，这种现象完全不能被阻止；战争亦常常发生，赋税、徭役逼迫百姓家破人亡，十室九空。在这样的社会背景下，陆龟蒙的咏史怀古诗表达出来的思绪多是悲凉的、绝望的，唐王朝无望复兴，映照在文人心里的最后那抹阳光亦渐渐散去。

皮日休与陆龟蒙的丹阳诗中有一部分送别诗，皮日休有《送润卿博

---

① 全唐诗[M]. 北京：中华书局，1960：7179.

② 宋书[M]. 北京：中华书局，1983：1.

③ 宋书[M]. 北京：中华书局，1983：5 - 6.

④ 宋书[M]. 北京：中华书局，1983：7.

⑤ 宋书[M]. 北京：中华书局，1983：8.

⑥ 资治通鉴新注[M]. 西安：陕西人民出版社，1998：8272.

士还华阳》，陆龟蒙有《京口与友生话别》《润州送人往长洲》《润州江口送人谒池阳卫郎中》等。

润州江口送人谒池阳卫郎中

山翁曾约旧交欢，须拂侯门侧注冠。
月在石头摇戍角，风生江口亚帆竿。
闲随野醉溪声闹，独伴清谭晓色残。
待取新秋归更好，九华苍翠入楼寒①。

诗人在丹阳江边送人去谒见池阳卫郎中，此处的“山翁”似指卫郎中，他曾约朋友去他处，诗中有对送别的场景进行描摹，可见送别的场景发生在江边，诗人寄语将送行友人若能秋天归去，景色当更为优美。

到丹阳漫游的这部分诗人，相较于到丹阳做官与隐居的诗人，居住的时间可能短一些，有的可能只是路过，顺便赏游，即兴赋诗。创作的诗歌数量较少的如王昌龄。创作的诗歌数量较多如皮日休与陆龟蒙。独特的时代背景、人生经历、个人风格与丹阳地域文化汇聚成了一首首成绩斐然的诗作。

第四节　丹阳文化与客居诗人的创作

特定区域源远流长、独具特色，历代传承且发挥作用的文化传统可视为地域文化，其中可包括此地的生态、民俗、传统、习惯等，在一定范围内与环境相融合，因而打上地域的烙印。丹阳道教文化枝繁叶茂，应便利的水上交通而生渡口文化，这些是客居诗人歌咏吟唱的生发点。

一、丹阳秀美的风景与风物诗的创作

丹阳一地山清水秀，江河交汇，真山真水，山水形胜，有“天下第一江山”“城市山林”的美誉，这里自然景观有山、有水、有林、有泉，人文景观有道观、有寺庙，亭台楼阁遍布于此，这些无疑都是诗人歌咏的对象，凡是到过丹阳的诗人无不为其美景所折服，创作了一定数量的风物诗。且

① 全唐诗[M]. 北京：中华书局，1960：7179.

举几例，如骆宾王的《陪润州薛司空丹徒桂明府游招隐寺》："共寻招引寺，初识戴颙家。还依旧泉壑，应改昔云霞。绿竹寒天笋，红蕉腊月花。金绳倘留客，为系日光斜"①，王湾的《次北固山下》："客路青山外，行舟绿水前。潮平两岸阔，风正一帆悬。海日生残夜，江春入旧年。乡书何处达，归雁洛阳边"②，李白的《焦山望松寥山》："石壁望松寥，宛然在碧霄。安得五彩虹，架天作长桥？仙人如爱我，举手来相招"③，王昌龄的《万岁楼》："江上巍巍万岁楼，不知经历几千秋。年年喜见山长在，日日悲看水独流。猿狖何曾离暮岭，鸬鹚空自泛寒洲。谁堪登望云烟里，向晚茫茫发旅愁"④，李绅的《忆万岁楼望金山》："楼高雉堞千师垒，峰拔惊波万壑攒。山绝地维消虎踞，水浮天险尚龙盘。蜃嘘云拱飞江岛，鳌喷仙岩隔海澜。长对碧波临古渡，几经风月与悲欢"⑤，刘长卿的《泛曲阿后湖简同游诸公》："……夤缘白蘋际，日暮沧浪舟。渡口微月进，林西残雨收。水云去仍湿，沙鹤鸣相留"⑥。

诗人游赏丹阳的亭台楼阁，多在此赋诗，在一定程度上源于古人"登高而赋"的文化心理。"登高而赋"有深远的思想渊源，已作为一种基因沉淀在中国文人的血液中，不可剥离。在《韩诗外传》卷七第二十五章中记载，孔子游于景山之上，对跟随在其旁的子路、子贡、颜渊说："君子登高必赋。小子愿者何，言其愿。丘将启汝……"⑦孔子在这里既做了一项总结，又做了一项创新，自此中国文学中多了"登高必赋"的内容。另外在刘勰《文心雕龙·神思》篇中有云："登山则情满于山，观海则意溢于海，我才之多少，将与风云并驱矣。"⑧这说明主体在欣赏客体时必然会激发内在的情思，文人的这种情思转而可诉诸笔端，就形成一篇篇耐人品读的文学作品。客居丹阳的诗人，登上此地的山、楼、亭、阁时，想必继承这一诗歌传统。能激发"登高而赋"的往往是怀才不遇、哀世悯时、思

---

① 陈熙晋．骆临海集笺注[M]．上海：上海古籍出版社，1985：93－94.
② 全唐诗[M]．北京：中华书局，1960：1170.
③ 瞿蜕园，朱金城．李白集校注[M]．北京：中华书局，1980：1218.
④ 全唐诗[M]．北京：中华书局，1960：1440－1441.
⑤ 卢燕平．李绅集校注[M]．北京：中华书局，2009：148.
⑥ 储仲君．刘长卿诗编年笺注[M]．北京：中华书局，1996：99－100.
⑦ 韩婴．韩诗外传集释[M]．北京：中华书局，1980：268.
⑧ 郭晋稀．文心雕龙注译[M]．兰州：甘肃人民出版社，1982：318.

乡怀人等情感，这些情感或是作为单一情愫涌上心头，或是一起涌上心头而形成一种情绪复合体，既有希望，亦有失望，既有痛苦，亦有快乐，既有失意，亦有奋进，这些情感因素在客居丹阳诗人所作的丹阳风物诗中也多有体现。

二、茅山道教文化与酬唱诗创作

在客居丹阳的诗人群体中，有的深受道教文化的熏陶，比如顾况，因为受茅山道教文化的感召，晚年隐居于此地。顾况晚年亦曾在茅山受道箓，如《崦里桃花》诗"老人方授上清箓，夜听步虚山月寒"[①]为证。这部分诗人对茅山道教文化接受的另一种表现形式是与道士的交往、酬唱送别，都表现在他们创作的诗歌中。李德裕、陆龟蒙、皮日休、罗隐等均与茅山道士相交往，如李德裕与孙智清的酬唱诗，李德裕对茅山道教有很深厚的情感，在其担任浙西观察史期间，结识茅山道派第十六代宗师孙智清，与之结下十分深厚的友谊，并写诗相赠。皮日休、陆龟蒙二人也存有多首与茅山道士的交往酬唱诗，陆龟蒙家乡为苏州吴县，离茅山"余距华阳洞天，程止信宿"(《句曲山朝真词二首》并序)[②]，交通条件上的便利促使陆龟蒙与茅山道士交往颇多。皮日休与陆龟蒙交往甚密，经陆龟蒙介绍有些道士就成为二人共同的朋友，比如张贲。皮日休的存诗中多有企慕张贲，与之酬唱的诗作，如《江南道中怀茅山广文南阳博士三首》《鲁望示广文先生吴门二章，情格高散可醒俗态因追想山中风度，次韵属和，存于诗编，鲁望之命也》《怀华阳润卿博士三首》和《润卿鲁望寒夜见访，各惜其志，遂成一绝》，除此之外还有其他诗歌，如《寄怀南阳润卿》《寄润卿博士》《醉中即席赠润卿博士》等，这些诗大都表达了对张贲的思念和对道教生活的描写。与张贲交往唱和诗如此之多，说明二人交往十分密切，且感情深厚。皮陆之间的唱和之作，往往是皮日休首发，陆龟蒙唱和。所以，陆龟蒙亦有《和张广文贲旅泊吴门次韵》《江南秋怀寄华阳山人》《和袭美江南道中怀茅山广文南阳博士三首次韵》《奉和袭美怀华阳润卿博士三首》《送润卿还华阳》《和袭美寄怀南阳润卿》《和袭美醉中即

---

① 王启兴，张虹．顾况诗注[M]．上海：上海古籍出版社，1994：254．

② 全唐诗[M]．北京：中华书局，1960：7152．

席赠润卿博士次韵》《寄怀华阳道士》等诗，这些诗描写的内容大致为对张贲道士生活风采的描述与对二人感情的追忆。《全唐诗》张贲存诗16首，其中有11首是与皮陆的唱和之作，可见三人是十分要好的朋友。皮日休、陆龟蒙除了与张贲交往甚密之外，还与何道士、顾道士有过交往，皮日休有《伤开元观顾道士》，陆龟蒙有《寄茅山何道士》《寄茅山何威仪二首》等诗。罗隐因一生仕宦颇为不得意，晚年亦有入道教者流的倾向，曾作有《吴门晚泊寄句曲道友》。从现存的这些诗歌可以看出客居于丹阳的诗人中有一些与茅山道士交往很密切。

唐代士大夫与道士交往除了受茅山道教文化的影响之外，还有其深刻的时代原因。从历史经验来看，何种宗教能得以大行其道，大都依靠帝王政权的介入。在唐代，道教能进入到它的鼎盛时期与当政者的扶持有相当大的关系。上行下效，文人们绝大多数都有道士朋友。士大夫与道士友人交往，或是写诗相赠，或是寻访仙踪，或是请教道法，或是为道士饯行送别，或是为其凭吊哀悼等。唐诗中道教送别诗和赠题诗数量非常多，这表明士大夫阶层与道士的联系异常紧密。仕途不得意，便可在道教中寻找一个可以全身远祸，逃避是非荣辱烦恼的憩园，让心灵在道教的神仙世界中得以解脱。

三、丹阳历史文化与咏史怀古诗的创作

咏史怀古题材的诗歌，六朝时人偶有涉及。初唐以来，此种题材的诗歌便以蓬勃兴盛的趋势发展起来，诗人们创作此种类型的诗歌越来越多，尤其是中晚唐以后，此风大盛，达到空前的程度。

在丹阳，可以触摸到中国最古老的文明。这里是炎黄子孙最早的繁衍生息地之一，也是长江文明与吴文化的重要发源地。三千年前，周封宜侯，古公亶父的儿子太伯、仲雍在此地胼手胝足、筚路蓝缕以启先吴文明。曲阿山下，秦始皇驱赶着赭衣囚徒，试图凿破长垅、北岗一带的“王气”。三国时期，此地是孙吴的大本营，孙权、刘备在此联军拒曹，共商三分天下大计。东晋末年，刘裕自此起兵建宋，完成寒族到一代帝王的华丽转身。这些均可证明丹阳是一座具有历史故事的城市，也是盛产咏史怀古诗的地方。

客居丹阳的诗人在此地取道或是做官游览之际，难免触景生情，由古思今，创作与丹阳相关的咏史怀古诗。如孙逖的《丹阳行》中的“在昔风尘起，京都乱如燬。双阙戎虏间，千门战场里……”[①]，杜牧的《润州二首》其二前四句：“谢朓诗中佳丽地，夫差传里水犀军。城高铁瓮横强弩，柳暗朱楼多梦云”[②]，陆龟蒙的《京口》：“江干古渡伤离情，断山零落春潮平。东风料峭客帆远，落叶夕阳天际明。战舸昔浮千骑去，钓舟今载一翁轻。可怜宋帝筹帷处，苍翠无烟草自生”[③]，《算山》：“水绕苍山固护来，当时盘踞实雄才。周郎计策清宵定，曹氏楼船白昼灰。五十八年争虎视，三千馀骑骋龙媒。何如今日家天下，阊阖门临万国开”[④]，以及《庆封宅古井行》等。

庆封宅古井行并序

《春秋左氏传》云：襄公二十八年，齐庆封乱而来奔。既而齐人来让，奔吴。吴句余与之朱方，聚族而居之，富于其旧。后七年，荆人使屈申围朱方，聚族而居之，执庆封而尽灭其族。按图经，润之城南一里，则封所居之地。询诸故老，井尚存焉，因览其遗甃，歌之以志其恶。

古甓团团藓花碧，鼎渫寒泉深百尺。
江南戴白尽能言，此地曾为庆封宅。
庆封嗜酒荒齐政，齐人剪族封奔迸。
虽过鲁国羞鲁儒，欲弄吴民窃吴柄。
吴分岩邑号朱方，子家负固心强梁。
泽车豪马驰似水，锦凤玉龙森若墙。
一朝云梦围兵至，胸陷锋铓脑涂地。
因知富德不富财，颜氏箪瓢有深意。
宣父尝违盗泉水，懦夫立事贪夫止。
今歌此井示吴人，断绠沉瓶自兹始[⑤]。

---

① 全唐诗[M].北京：中华书局，1960：1187.

② 吴在庆.杜牧集系年校注[M].北京：中华书局，2008：171.

③ 全唐诗[M].北京：中华书局，1960：7179.

④ 全唐诗[M].北京：中华书局，1960：7188.

⑤ 全唐诗[M].北京：中华书局，1960：7151.

诗序首先交代庆封古井的由来，诗从对古井外貌描写开始，井周围因为时代久远而布满绿色的苔藓，水深而泉洌。只要是江南的老者都知道，此井所在之地为庆封古宅。接下叙述了庆封的事迹，庆封为春秋时期齐国大夫，与崔杼一起弑庄公，立景公，并为景公相。庆封这个人喜欢打猎活动并且嗜酒，当国时不自己处理政务，而是将国家大事都交给他的儿子庆舍来处理。后齐国发生内乱，要推翻庆氏，庆氏先逃到鲁国，又逃到吴国，后来楚灵王攻打吴国，将庆封杀死。陆龟蒙由庆封的故事得出结论，人应该注意积累德行而不是单纯地积累财富，写此诗有警示来者的意味。

陆龟蒙所处时代的几位帝王分别是唐宣宗李忱（810—859 年）、唐懿宗李漼（833—873 年）、唐僖宗李儇（862—888 年），其生活时段与唐懿宗基本同时。而唐懿宗又是怎样的一位君主呢？他继承其父的皇位后，整日沉湎于游乐，对宴会、乐舞和游玩的兴致远远高出对国家政事的热情。耽于享受、奢侈无度是其统治的主要特色。懿宗执政以后在治国上的业绩与其父宣宗相距甚远，欧阳修在《新唐书・本纪第九》中对懿宗朝的定位乃是："盖朝廷天下之本也，人君者朝廷之本也，始即位者人君之本也。其本始不正，欲以正天下，其可得乎？懿、僖当唐政之始衰，而以昏庸相继……"[①]上行下效，整个朝廷都弥漫着穷奢极欲、醉生梦死的风气。唐朝末期，本已风雨飘摇，有如此君王，更加快了其覆灭的脚步。

陆龟蒙虽未曾入仕途，但他理想中的人格模式仍是儒家传统所秉承的大丈夫当"齐家治国平天下"。在这样的历史条件下，人生理想固难以实现，国家的未来更令人堪忧。在他晚年一次来到丹阳城南，访庆封宅古井，有感于庆封骄奢淫逸以至于落得"齐人剪族封奔迸""胸陷锋铓脑涂地"的结局，联想到当朝皇帝的荒唐暴行，并且由于当政者的原因，使得自己仕途无门，布衣终身。所以借咏史以讽今，发泄心中的愤懑之情。

丹阳有着悠久的历史，在这个历史舞台上既有英雄人物的豪迈气概，也有跳梁小丑的猥琐行迹。客居诗人置身丹阳时，可以与历史人物对话，也可以感受到岁月的沧桑。儒家思想在唐代文人群体的思想领域中仍占主导地位，崇古复古亦是儒学的基本精神特征之一。基于此客居

---

① 新唐书[M].北京：中华书局，1975：281.

丹阳的诗人们"可以将既往的一切筛选、沉淀、诗化、理想化，借助于回忆缅古来超越现实"[①]。在丹阳受此地历史文化遗存影响而创作咏史怀古诗的这群诗人以中晚唐居多，这一时期的咏史怀古诗融入更多的是诗人对现实的关怀以及深沉的忧患意识，这在客居丹阳诗人的作品中皆有体现。

四、丹阳渡口文化与送别诗的创作

丹阳地域文化中很重要一点就是渡口文化。在《辞海》中这样解释"渡口"："在河流两岸用舟筏或其他方式渡河的地方；为渡场的主要组成部分，包括两岸进出路和渡河设备。"[②]随着隋朝大运河的开通，丹阳的地理位置日趋重要。

与丹阳相关的送别诗可分为两类：一类是送人去丹阳的，另一类是立足丹阳送人离开的。这两类诗歌在体现京口地域文化的作用和功能上却不尽相同。由于地理位置的特殊性，往来之人多在此地取道，唐人送别时往往喜题咏诗歌以相送，以丹阳为背景的送别诗在唐代浩如烟海的送别诗有其独特之处，它们是渡口文化的衍生物。渡口不仅具有现实生活的功用意义，还蕴含着独特的情感意蕴。渡口特定的作用就是"离开"或"归来"，在这背后的是行人对自身漂泊不定生存状态所寄予的心酸之情，有对家乡及朋友的思念，也有对故人的惜别之情。随着渡口文化的发展，以及历史文化的沉积，渡口文化在寓居丹阳的诗人笔下有了别样的风调。且举几例，比如严维的《丹阳送韦参军》："丹阳郭里送行舟，一别心知两地秋。日晚江南望江北，寒鸦飞尽水悠悠"[③]，王昌龄的《芙蓉楼送辛渐二首》其一："寒雨连天夜入吴，平明送客楚山孤。洛阳亲友如相问，一片冰心在玉壶"[④]，李涉的《京口送朱昼之淮南》，"两行客泪愁中落，万树山话雨后残。君到扬州见桃叶，为传风水渡江难"[⑤]，皎然的《京口送卢孟明还扬州》："萧萧北风起，孤棹下江滨。暮客去来尽，春

---

① 莎白，王立.论中国古代文学中的怀古主题[J].江汉大学学报，1990(1)：75.
② 辞海[M].上海：上海辞书出版社，1999：813.
③ 全唐诗[M].北京：中华书局，1960：2919.
④ 全唐诗[M].北京：中华书局，1960：1448.
⑤ 全唐诗[M].北京：中华书局，1960：5429.

流南北分。萋萋御亭草，渺渺芜城云。相送目千里，空山独望君”①，崔峒的《润州送友人》：“见君还此地，洒泪向江边。国士劳相问，家书无处传”②，《润州送人往长洲》：“秋来频上向吴亭，每上思归意剩生。……汀洲月下菱船疾，独伴清谭晓色残”③，《润州江口送人谒池阳卫郎中》：“山翁曾约旧交欢，须拂侯门侧注冠。月在石头摇戍角，风生江口亚帆竿”④等。

从以上诗歌内容可以看出送别的地点多为渡口，“行舟”“风水”“渡江”“孤棹”“江滇”“江边”“孤舟”“汀洲”“江口”等词汇在诗中频繁出现，说明诗人们在丹阳所创作的送别诗受渡口文化的影响。由于此地水上交通的地位和功用十分突出，为南来北往行旅提供了舟楫之便外，渡口已经成为人们离别情愫的载体。古人离别再相见十分困难，有些离别甚至是永诀，所以在渡口发生的离别总是笼罩着伤感的底色，虽然每日离别在此地均有发生，但所留下来的诗歌仍是诗人及朋友间最真挚感情的见证。滚滚不尽的流水与人们的心灵实现交融，那些千百年来在古河道中流淌的水，不仅承载了人们的情感，而且被赋予了一定的文化意义，所以在这种地理文化背景下创作出来的诗歌别具一番情味。

这些诗虽均作于丹阳，所作时间不尽相同，据诗中反映时令的词汇“两地秋”“寒雨”“萧萧北风起”“秋草”“悲秋客”“秋来”等，可知时节大都为秋季。宋玉在《九辩》中已写出秋日离别的气氛：“悲哉秋之以为气也！萧瑟兮草木摇落而变衰。憭慄兮若在远行，登山临水兮送将归。泬寥兮天高而气清，寂寥兮收潦而水清，憯凄增欷兮薄寒之中人。”⑤送别伤怀，自古而然。离别本已是十分悲伤，在肃杀的秋天送行，更是平添几分寥落之意。丹阳以其独特的地理条件成为送别诗创作良好的土壤。

在外方送人去丹阳的诗歌，创作这些诗歌的诗人是否去过丹阳，有的可以考证，有的无从考证。这类送别诗亦有展示丹阳地域文化的功能，所反映的地域文化既可包括自然景观、人文景观，也可包括风物民

① 全唐诗[M].北京：中华书局，1960：9236.
② 全唐诗[M].北京：中华书局，1960：3344.
③ 全唐诗[M].北京：中华书局，1960：7169.
④ 全唐诗[M].北京：中华书局，1960：7169.
⑤ 黄寿祺，梅桐生.楚辞全译[M].贵阳：贵州人民出版社，2008：143.

俗、历史人物等。诗人所选择的，往往是丹阳地域文化中最具代表性的，能够感发诗人的意志或间接触动诗人情思的景观。当然，只有诗人在送人去丹阳时的主观感受与丹阳地域文化中某一点相契合，那样这部分景观才会被引入诗歌当中。这里且举几例，如王建的《送顾非熊秀才归丹阳》："江城柳色海门烟，欲到茅山始下船。知道君家当瀑布，菖蒲潭在草堂前。"①这是对顾非熊家居环境的描写。刘长卿的《送李挚赴延陵令》："清风季子邑，想见下车时。向水弹琴静，看山采菊迟。明君加印绶，廉使托茕嫠。旦暮华阳洞，云峰若有期。"②此诗提到"延陵季子"典故的出处在《史记·吴太伯世家》中："……十三年，王诸樊卒。有命授弟馀祭，欲传以次，必致国於季札而止，以称先王寿梦之意，且嘉季札之义，兄弟皆欲致国，令以渐至焉。季札封于延陵，故号延陵季子。"③延陵因季札的存在而留名千古，这里表现出的是丹阳地域文化中的历史文化传统。在《太平寰宇记·江南东道一·润州》中记载："延陵季子庙，在县东北九里。史记云：'吴王寿梦之少子。'太康地志云：'吴封季札，州来而居延陵，故曰延州。'顾野王云：'吴自有延州来，此地先已封季子，非楚州来邑也。'祠前有沸井四所。"④刘长卿的另外一首《送陆羽之茅山寄李延陵》："延陵衰草遍，有路问茅山。鸡犬驱将去，烟霞拟不还。新家彭泽县，旧国穆棱关。处处逃名姓，无名亦是闲。"⑤杜荀鹤的《送九华道士游茅山》："忽起地仙兴，飘然出旧山，于身无切事，在世有余闲。日月浮生外，乾坤大醉间。故园华表上，谁得见君还。"⑥皮日休的《送董少卿游茅山》："名卿风度足杓斜，一舸闲寻二许家。天影晓通金井水，山灵深护玉门沙。空坛礼后销香母，阴洞缘时触乳花。尽待于公作廷尉，不须从此便餐霞。"⑦这三首诗所表现出丹阳地域文化中的茅山隐逸文化与道教文化。这几首诗仅是送人去丹阳诸多诗歌的一个缩影，这些诗所表达出的丹阳地域文化并不像立足丹阳送客远行的诗是渡口文化的衍生物，而

---

① 全唐诗[M]. 北京：中华书局，1960：3434.
② 储仲君. 刘长卿诗编年笺注[M]. 北京：中华书局，1996：240－241.
③ 史记[M]. 北京：中华书局，1982：1451.
④ 乐史. 太平寰宇记[M]. 王文楚，等点校. 北京：中华书局，2008：1763.
⑤ 储仲君. 刘长卿诗编年笺注[M]. 北京：中华书局，1996：245.
⑥ 全唐诗[M]. 北京：中华书局，1960：7935.
⑦ 全唐诗[M]. 北京：中华书局，1960：7088.

是呈现多样化的特征。

戴伟华在《地域文化与唐代诗歌》一书中写道："送行诗中地域文化表现为两个层次：一是送别地点的地域文化，二是行人所至地点的地域文化。"①送别诗往往以抒发诗人的离愁别绪为主，后世颇为著名的篇章大都属于此类。而在送别诗中加入对送别者要去之地地域文化的书写，在某种程度上是会削弱其诗歌的抒情性，但是却在保留地域文化的角度上独具异彩。所以不仅要重视立足丹阳本地的送别诗，也要重视那些送人去丹阳的诗歌，对这部分诗歌的解读也有助于我们把握丹阳的地域文化。

丹阳的地理人文景观催生了风物诗的创作，发达的道教文化系统以及唐朝士大夫与道士交往催生了酬唱诗的创作，悠久的历史以及崇古与复古的思想催生了咏史怀古诗的创作，南北交通要道这一独特的地理位置，南来北往之人在此中转取道，催生了众多送别诗的创作，地域文化可以通过诗歌的映照展现在人们的眼前，让人们去关照、去领悟其中的文化精髓。唐代漫游丹阳诗人及其诗歌创作见表 4-1。

表 4-1 唐代漫游丹阳诗人及其诗歌创作一览表

姓名	生卒年	籍贯	创作与丹阳相关的诗歌
骆宾王	约 619—?	婺州义乌人	《夜泊江镇》《陪润州薛司空丹徒桂明府游招隐寺》
张子容	不详	襄阳人	《九日陪润州邵使君登北固山》
宋之问	? —712 年	虢州弘农人	《酬李丹徒见赠之作》《登北固山》
孙逖	约 696—761 年	潞州涉县人	《丹阳行》《杨子江楼》《下京口埭夜行》《夜到润州》
王湾	693—751 年	洛阳人	《次北固山下》
徐安贞	671—743 年	信安龙丘人	《送丹阳采访》
王维	700—761 年	祖籍太原祁县，后徙家蒲州	《送邢桂州》
丘为	703—798 年	嘉兴人	《登润州城》

① 戴伟华. 地域文化与唐代诗歌[M]. 北京：中华书局，2006：53.

续表

姓名	生卒年	籍贯	创作与丹阳相关的诗歌
李颀	690—751 年	东川人	《送刘主簿归金坛》《送卢少府赴延陵》
綦毋潜	不详	虔州人	《茅山洞口》《题招隐寺绚公房》《题鹤林寺》
刘长卿	约 726—约 786 年	宣城人	《送李挚赴延陵令》《送许拾遗还京》《送姚八之句容旧任便归江南》《京口怀洛阳旧居兼寄广陵二三知己》《自紫阳观至华阳洞宿侯尊师草堂简同游》《旅次丹阳郡遇康侍御宣召兼别岑单父》《发越州赴润州使院留别鲍侍御》《送李判官之润州行营》《送柳使君赴袁州》《和樊使君登润州城楼》《登润州万岁楼》《送陆羽之茅山寄李延陵》《送灵澈上人量》《风饯郑中丞罢浙西节度还京》《至德三年春正月时谬蒙差摄海盐令》
王昌龄	698—757 年	太原人	《诸官游招隐寺》《万岁楼》《芙蓉楼送辛渐二首》《客广陵》《宿京江口期刘昚虚不至》
颜真卿	709—785 年	京兆人	《题杼山癸亭得暮字》
孟浩然	689—740 年	襄阳人	《宿杨子津寄润州长山刘隐士》《杨子津望京口》《早春润州送弟还乡》《渡扬子江》《登万岁楼》
李白	701—762 年	陇西成纪人	《入朝曲》《丁都护歌》《永王东巡歌其六》《叙旧赠江阴宰陆调》《焦山望松寥山》《杂言用投丹阳知己奉宣慰判官》
韦应物	737—792 年	长安人	《夜偶诗客操公作》《同长源归南徐寄子西子烈有道》《上东门会送李幼举南游徐方》《送秦系赴润州》
岑参	715—770 年	江陵人	《送许子擢归江宁拜亲因寄王大昌龄》《送王大昌龄赴江宁》《送许拾遗恩归江宁拜亲》《送樊侍御使丹阳便觐》《送王判官西津所居》
高适	约 704—约 765 年	渤海郡人	《奉酬睢阳李太守》
杜甫	712—770 年	祖籍襄阳，河南巩县人	《送许八拾遗归江宁觐省甫昔时尝客游此》《送元二适江左》《贻华阳柳少府》
钱起	722—780 年	吴兴人	《江宁春夜裴使席送萧员外》《初至京口示诸弟》

续表

姓名	生卒年	籍贯	创作与丹阳相关的诗歌
灵澈	746—816年	越州会稽人	《题李尊师堂》
张继	不详	襄州人	《寄皇甫补阙》《登丹阳楼》
元结	719—772年	河南鲁山人	《招陶别驾家华阳作》
韩翃	不详	南阳人	《题玉真观李秘书院》《送元诜还江东》《赠别崔司直赴江东兼简常州独孤使君》《送丹阳刘太真》
独孤及	725—777年	河南洛阳人	《海上赠萧立》
郎士元	？—786年	定州人	《朱方东郭留别皇甫冉》《送王司马赴润州》《送元诜还丹阳别业》《登丹阳北楼》
薛据	701—767年	河中宝鼎人	《题鹤林寺》《西陵口望海》《题丹阳陶司马厅壁》
蒋涣	？—约795年	常州义兴人	《途次维扬望京口寄白下诸公》
严维	？—780年	越州山阴人	《丹阳送韦参军》
韦夏卿	734—806年	京兆万年人	《送顾况归茅山》
项斯	不详	江东人	《送顾非熊及第归茅山》
杨凭	不详	虢州弘农人	《送别》
窦牟	749—822年	平陵人 郡望扶风	《故秘监丹阳郡公延陵包公挽歌》
王建	不详	颍川人	《送顾非熊秀才归丹阳》
陈存	？—812年	不详	《丹阳作》
窦常	747—约825年	平陵人 郡望扶风	《北固晚眺》《故秘监丹阳郡公延陵包公挽歌词》《茅山赠梁尊师》《金山寺》
窦庠	767—约828年	平陵人 郡望扶风	《金山寺》《金山行》
朱长文	不详	不详	《送李司直归浙东幕兼寄鲍将军》《挽歌词五首》《春眺扬州西上岗寄徐员外》
卢纶	748—798年	河中蒲州人	《送从叔士准赴任润州司士》《泊扬子江岸》《和常舍人晚秋集贤院即事十二韵寄赠》《送丹阳赵少府》
朱放	？—788年	襄州人	《题竹林寺》

续表

姓名	生卒年	籍贯	创作与丹阳相关的诗歌
李端	？—785年	赵郡人	《送惟良上人归润州》《送少微上人入蜀》《送暕上人游春》《春晚游鹤林寺寄使府诸公》《送赵给事侄尉丹阳》《闻吉道士还俗因而有赠》《送吉中孚拜官归业》《云阳观寄元稹》
司空曙	不详	广平人	《过坚上人故院与李端同赋》
杨凌	？—790年	虢州弘农人	《润州水楼》
朱湾	不详	西蜀人	《送李司直归浙东幕兼寄鲍行军》
崔峒	不详	博陵人	《秋晚送丹徒许明府赴上国因寄江南故人》《润州送友人》《登润州芙蓉楼》《润州送师弟自江夏往台州》
武元衡	758—815年	河南缑氏人	《送陆书还吴》《南徐别业早春有怀》
李正封	不详	陇西人	《夏游招隐寺暴雨晚晴》
刘禹锡	772—842年	苏州府嘉兴人，祖籍洛阳	《和浙西李大夫晚下北固山怅然怀古》《重送浙西李相公问江南已经七载后历滑台剑南两镇遂入相今复领旧地新加旌旄》《马大夫见示浙西王侍御赠答诗因命同作》《浙西李大夫述梦四十韵》《奉送浙西李仆射相公赴镇》《和浙西尚书闻常州杨给事制新楼因寄》《和浙西李大夫伊川卜居》《和浙西李大夫霜夜对月听小童吹觱篥歌》《答乐天临都驿见赠》《送从弟郎中赴浙西》《罢郡姑苏北归渡杨子津二首》《题招隐寺》《送李尚书镇滑州》《重送浙西李相公顷廉问江南》《送分司陈郎中祗召直史馆重修三圣实录》《别夔州官吏》《浙西李大夫述梦并浙东元相公酬和》《题欹器图》
吕温	771—811年	河中人	《道州月叹》
卢仝	约795—835年	祖籍范阳	《杨子津》《感古四首之三》
白居易	772—846年	祖籍太原，生于河南新郑	《小童薛阳陶吹觱篥歌》《自问行何迟》《赠韦八》《太湖石》

续表

姓名	生卒年	籍贯	创作与丹阳相关的诗歌
元稹	779—831 年	河南洛阳人	《酬李浙西先因从事见寄之作》《寄浙西李大夫四首》《奉和浙西大夫李德裕述梦四十韵》《和浙西李大夫晚下北固山喜松径成阴》
刘言史	？—812 年	邯郸人	《夜泊润州江口》《看山木瓜花二首》《题十三弟竹园》《题茅山仙台药院》
李涉	768—？	洛阳人	《润州听暮角》《京口送朱昼之淮南》《登北固山亭》《过招隐寺》《题鹤林寺僧舍》《春晚游鹤林寺寄使府诸公》《题招隐寺即戴颙旧宅》
张籍	约 767—约 830 年	和州乌江人	《送浙西周判官》
鲍溶	不详	籍贯不详	《望江中金山寺》《寄薛膺昆季》
殷尧藩	不详	苏州嘉兴人	《还京口》
张南史	不详	幽州人	《送李侍御入茅山采药》
沈亚之	781—832 年	吴兴人	《宿后自华阳行次昭应寄王直方》
杨巨源	755—833 年	河中人	《夏日苦热同长孙主簿过仁寿寺纳凉》
周贺	不详	东洛人	《京口赠崔固》《送杨岳归巴陵》《留别南徐故人》《春日重至南徐旧居》《送郭秀才归金陵》
杜牧	803—852 年	京兆万年人	《润州二首》《寄题甘露寺北轩》《送杜顗赴润州幕》《寄浙西李判官》《杜秋娘诗》《江楼晚望》
卢肇	818—882 年	袁州人	《题甘露寺》
李频	818—876 年	寿昌长汀源人	《送许浑侍御赴润州》《峡州送清彻上人归浙西》《送延陵韦少府》
杨乘	不详	同州冯翊人	《南徐春日怀古》
薛能	约 817—约 880 年	汾州人	《华清宫和杜舍人》
马戴	799—869 年	定州曲阳人	《送僧归金山寺》
李羣玉	808—862 年	澧州人	《法华微上人盛话金山境胜旧游在目吟此》《题金山寺石堂》《登宜春醉宿景星寺寄郑判官兼寄简空上人》
温庭筠	约 812—约 866 年	太原祁人	《鸡鸣埭曲》《秘书刘尚书挽歌词二首之二》《中书令裴公挽歌词二首之一》《京兆公池上作》《寄清源寺僧》《重游圭峯宗密禅师精庐》《宿秦生山斋》《更漏子之五》
刘沧	不详	汶阳人	《宿题金山寺》

续表

姓名	生卒年	籍贯	创作与丹阳相关的诗歌
许棠	822 年—?	宣州泾县人	《题金山寺》《题甘露寺》
陆龟蒙	? —881 年	苏州吴县人	《京口与友生话别》《京口》《算山》《纪梦游甘露寺》《归路》《润州送人往成洲》《润州江口送人谒池阳卫郎中》《和袭美重玄寺双矮桧》《奉和袭美二游诗之任诗》《庆封宅古井行》《和过张祜处士丹阳故居并序》《丹阳道中寄友生》《奉和袭美太湖诗二十首之飘渺峰》《五歌之刈获》《丁隐君歌》《江南秋怀寄华阳山人》《寄怀华阳道士》《和同润卿寒夜访袭美各惜其志次韵》《洞宫夕》《奉和袭美怀华阳润卿博士三首》《送润卿还华阳》《华阳巾》《句曲山朝真词二首》《送延陵张宰》《送人罢官归茅山》《寄茅山何道士》《和袭美江南道中怀茅山广文博士三首次韵》《寄茅山何威仪二首》
张乔	不详	池州人	《金山寺空上人院》《寄绩溪陈明府》《甘露寺僧房》
罗虬	不详	台州人	《比红儿诗之四十》
曹松	828—903 年	舒州人	《秋日送方干游上元》《题甘露寺》《浙右赠陆处士》
徐铉	916—991 年 (五代宋人)	广陵人	《得浙西郝判官书未及报闻燕王移镇京口》《送郝郎中为浙西判官》《使浙西先寄献燕王侍中》《赠浙西顾推官》(七律　五言)《赠浙西妓亚仙》《和陈赞善致仕还京口》《从驾东幸呈诸公》《奉和宫傅相公怀旧见寄四十韵》《登甘露寺北望》《京口江际弄水》《柳枝辞十二首之十》《文献太子挽歌词五首之三》《宿茅山寄舍弟》《张员外好茅山风景求为句容令作此送》《晚憩白鹤庙寄句容张少府》
李中	约 851—约 910 年	江西九江人	《秋日登润州城楼》《送致仕沈彬郎中游茅山》《游茅山三首》
熊皎	不详	不详	《怀三茅道友》
韦庄	836? —910 年	长安杜陵人	《润州显济阁晓望》《观浙西府相畋游》《官庄》《陪金陵府相中堂夜宴》《题许浑诗卷》

续表

姓名	生卒年	籍贯	创作与丹阳相关的诗歌
李洞	不详	京兆人	《秋宿润州刘处士江亭》
江为	不详	五代建州人	《登润州城》
齐己	863—937 年	潭州益阳人	《与节供奉大德游京口寺留题》《送人润州寻兄弟》《金山寺》《登金山寺》《送东林寺睦公往吴国》《送僧》《赠浙西李推官》《怀金陵知旧》《寄南徐刘员外二首》
徐夤	不详	莆田人	《宋二首之二》
李建勋	约 872—约 953 年	广陵人	《金山》《送喻炼师归茅山》
孙鲂	不详	南昌人	《题金山寺》《甘露寺》《甘露寺紫薇花》
韩重	不详	不详	《题金山》
皮日休	约 838—约 883 年	襄阳人	《友人以人参见惠因以诗谢之》《奉和鲁望寒目古人名一绝》《太湖诗之飘渺峰》《江南道中怀茅山广文南阳博士三首》《奉和鲁望春雨即事次韵》《寄怀南阳润卿》《寄润卿博士》《润卿鲁望寒夜见访各惜其志遂成一绝》《怀华阳润卿博士三首》《送润卿博士还华阳》《北禅院避暑联句》《咏螃蟹呈浙西从事》
贯休	823—912 年	婺州兰豁人	《贺郑使君》
张贲	不详	南阳人	《以青餖饭分送袭美鲁望因成一绝》《酬袭美先见寄倒来韵》
王瓒	不详	临沂人	《冬日与羣公泛舟焦山二首》
李嘉祐	722—782 年	赵州人	《送裴五归京口》《留别毘陵诸公》《送崔侍御入朝》《句容县东青阳馆作》《和韩郎中扬子津玩雪寄严维》《润州别驾宅宅送蒋九侍御收兵归扬》《奉陪韦润州游鹤林寺》《早秋京口旅泊章侍御寄书相问因以赠之》《秋晓招隐寺送内弟阎伯均归江州》《韦润州后亭海榴》
苏广文	不详	不详	《春日过田明府遇焦山人》
高蟾	不详	河朔间人	《秋日北固晚望二首》《秋日寄华阳山人》
贾岛	779—843 年	范阳人	《送朱可久归越中》《寄宋州田中丞》《题皇甫荀》

续表

姓名	生卒年	籍贯	创作与丹阳相关的诗歌
卢延让	不详	范阳人	《哭李郢端公》
周繇	不详	不详	《登甘露寺》《甘露寺东轩》《甘露寺北轩》
周朴	？—878年	吴兴人	《题甘露寺》
郑谷	约851—约910年	宜春人	《少华甘露寺》《淮上与友人别》
杨夔	不详	弘农人	《题甘露寺》
施肩吾	780—861年	南昌人 一说睦州人	《及后过扬子江》
吴融	850—903年	越州山阴人	《题杨子津亭》《还俗尼》《过丹阳》《金陵遇悟空上人》
陈陶	不详	岭南人	《临风叹》《怀仙诗二首之一》
杜光庭	850—933年	缙云人	《读书台》
崔涂	不详	江南人	《秋宿鹤林寺》
方干	809—888年	睦州青溪人	《游竹林寺》《重寄金山寺僧》《贻高说》《送吴彦融赴举》《茅山赠洪拾遗》
司马扎	不详	不详	《南徐夕眺》
吴仁璧	不详	吴人 或云关右人	《南徐题友人郊居》
褚载	不详	不详	《南徐晚望》
颜萱	不详	吴郡人	《过张祜处士丹阳故居》
法振	不详	不详	《丹阳浦送客之海上》
韩愈	768—824年	河南河阳人	《答道士寄树鸡》
陈羽	不详	江东人	《西蜀送许中庸归秦赴举》
牟融	不详	不详	《春日山亭》《赠浙西李相公》
李商隐	约813—约858年	荥阳人	《酬令狐郎中见寄》《郑州献从叔舍人褒》《送阿龟归华》《赠华阳宋真人兼寄清都刘先生》《月夜重寄宋华阳姐妹》
曹唐	不详	桂州人	《仙都即景》
徐凝	不详	睦州人	《浙西李尚书奏毁淫昏庙》
罗邺	825—?	余杭人	《谢友人遗华阳巾》
李延陵	不详	不详	《自紫阳观至华阳洞俗侯尊师草堂简同游》
陈陶	不详	岭南人	《临风叹》

续表

姓名	生卒年	籍贯	创作与丹阳相关的诗歌
陈嶰	不详	不详	《寻易尊师不遇》
无可	不详	范阳人	《寄华州马戴》
栖蟾	不详	不详	《再宿京口禅院》
晁衡	698—770 年	日本人	《晚泊北固山下二首》
吕岩	796 年—?	河中府永乐县人	《寄白龙洞刘道人》《七言之二十五 三十九》
崔致远	857 年—?	新罗人	《登润州慈和寺上房》
韦嗣立	654—719 年	郑州阳武人	《奉和初春幸太平公主南庄应制》
章孝标	791—873 年	桐庐县常乐乡章邑里人	《赠陆邕浙西进诗除官》《游地肺》
章碣	836—905 年	桐庐县常乐乡章邑里人	《浙西送杜晦侍御入关》《陪浙西王侍郎夜宴》
姚合	约 779—约 855 年	陕州人	《送清敬阇黎归浙西》
钱起	不详	吴兴人	《送归客》
魏璞	不详	山阴人	《寻鸟窠迹》
择禅师	不详	不详	《因道吾指夹山寻师颂》
杜荀鹤	846—904 年	池州石埭人	《游茅山》《送九华道士游茅山》

本章小结

客居丹阳的诗人与当地的景物是辩证互动的关系，诗人们对丹阳地理、文化、风情有直接或间接的描写，随着诗歌的流传，当地的文化也得到了传播。诗人们因为各种原因留居丹阳，正因为这些诗人的到来，为本地留下了辉煌的诗篇。没有途经这里的经历，很难写出与此地相关的诗歌。另一方面，丹阳的山山水水、地理文化这些与别处不同的创作素材，为诗人们提供新的创作来源和动力。诗人因山水的存在而得以抒发心中之块垒，山水因诗人的作品得以彰显其魅力，人与地域文化交相互动。客居丹阳的诗人们，对当地的文化发现和文化传播有着突出的贡献。丹阳的山山水水、亭台楼阁之于诗歌作品，在一定程度上丰富了诗人的生活经历和作品内容,提高了诗人们创作总体的艺术成就。随着唐代交通运输条件的发达,以及丹阳独特的地理文化条件,促进了诗人们的行走往来,客居他乡以及对陌生环境的审美感受,促使许多描写丹阳的优秀作品问世。

结　语

在唐代，丹阳以其独具魅力的地理文化情怀、历史人文传统、发达的经济、便捷的水路交通位置，孕育并吸引了众多诗人在这里流连创作，且代不乏人，如初盛唐时期的《丹阳集》作家群，大历及其之后占籍丹阳的诗人，以及从初唐到晚唐客居丹阳的诗人。读这些诗人在丹阳的创作，透过字面看到一个个立体的、丰满的生命向读者昭示着他们的喜怒哀乐、旅行见闻，使千年之后的读者借助于文字，仍能感同身受。丹阳的山川风物、历史文化为诗人提供了创作的出发点，这些内容又因为诗歌的流传而得到长久的生命力，一直延续到今天，让读者欣赏着、领悟着，历史似乎离我们并不遥远。

《丹阳集》仅存部分，今人无缘得见其全貌，共涉及18位诗人，这些诗家除储光羲之外都不是诗歌史上很有名的诗人。他们居于江南一隅，吟唱出了或激昂或婉媚的曲调。长期江南地区的生活经历使得他们的诗中有着独有的灵动与通透。这样一小群诗人及他们的创作，因《丹阳集》是一部地域性诗歌选集而有着独特的价值与意义。

大历及其后占籍丹阳的诗人，这几位诗人与丹阳的关系各有不同，文化底蕴各有不同，历史时段各有不同，所以没有太多共性可言。但在他们创作于丹阳的诗以及与丹阳相关的诗中，或可看见乡愁，或可看到历史文化的传承，或可看到佛道文化影响的痕迹，或可看到吴楚文化的影响，无论走出丹阳的也好，或是终老这里的也好，初生地文化的影响是持久而深远的，是深入骨髓的文化记忆。

客居丹阳的诗人以独特的视角创作出许多反映丹阳地域文化的诗，他们的根不在这里，以客居者的眼光打量着这里的一切。这些诗人或到丹阳为官，或选择丹阳为隐居之地，或单纯只是取道路过而进行游赏。他们的丹阳诗结合他们的人生经历以及对丹阳文化的理解而独具价值。这些诗或是为丹阳美景而创作的风物诗，或是有感于悠久历史而创作的咏史怀古诗，或为茅山道教文化吸引而创作的与道士的酬唱诗，或是与友人道别的送别诗，其共同之处在于是受丹阳文化的影响的产物。

一地有一地之文化，一地亦有一地之诗歌，地域文化与诗歌的互动关系，很长时间以来都是学界关注的热点。诗人到一地后的所见所闻、所知所感，乃至人生经历、心路历程都可以用诗歌的形式记录下来。读这些诗歌，可以起到观风物、知历史、存文化的作用。

参考文献

一、古籍及整理本

[1]杨伯峻.论语译注[M].北京:中华书局,2006.
[2]杨伯峻.孟子译注[M].北京:中华书局,1960.
[3]史记[M].北京:中华书局,1959.
[4]后汉书[M].北京:中华书局,1965.
[5]宋书[M].北京:中华书局,1974.
[6]晋书[M].北京:中华书局,1974.
[7]南史[M].北京:中华书局,1975.
[8]梁书[M].北京:中华书局,1973.
[9]隋书[M].北京:中华书局,1973.
[10]孔颖达.十三经注疏[M].北京:中华书局,1980.
[11]旧唐书[M].北京:中华书局,1975.
[12]新唐书[M].北京:中华书局,1975.
[13]旧五代史[M].北京:中华书局,1976.
[14]资治通鉴新注[M].西安:陕西人民出版社,1998.
[15]李吉甫.元和郡县图志[M].贺次君,点校.北京:中华书局,1983.
[16]乐史.太平寰宇记[M].王文楚,等点校.北京:中华书局,2007.
[17]顾祖禹.读史方舆纪要[M].北京:中华书局,1955.
[18]全唐诗[M].北京:中华书局,1960.
[19]全唐诗补编[M].北京:中华书局,1992.
[20]全唐文[M].北京:中华书局,1983.
[21]唐五十家诗[M].上海:上海辞书出版社,1981.

[22]全宋文[M]. 上海:上海辞书出版社,2006.
[23]黄伯思. 东观余论[M]. 北京:中华书局,1991.
[24]黄晖. 论衡校释[M]. 北京:中华书局,1990.
[25]王利器. 颜氏家训集解[M]. 北京:中华书局,1996.
[26]宋元方志丛刊[M]. 北京:中华书局,1990.
[27]钟嵘. 诗品[M]. 郑州:中州古籍出版社,2010.
[28]李善,等. 六臣注文选[M]. 北京:中华书局,1987.
[29]程俊英,蒋见元. 诗经注析[M]. 北京:中华书局,1991.
[30]诗经[M]. 上海:上海古籍出版社,2009.
[31]陈鼓应. 庄子今注今译[M]. 北京:中华书局,1983.
[32]黄寿祺,梅桐生. 楚辞全译[M]. 贵阳:贵州人民出版社,2008.
[33]徐震堮. 世说新语校笺[M]. 北京:中华书局,2006.
[34]李庆甲. 瀛奎律髓汇评[M]. 上海:上海古籍出版社,1986.
[35]范宁. 博物志校正[M]. 北京:中华书局,1980.
[36]胡守为. 神仙传校释[M]. 北京:中华书局,2010.
[37]王叔岷. 列仙传校笺[M]. 北京:中华书局,2007.
[38]顾久. 抱朴子内篇全译[M]. 贵阳:贵州人民出版社,1995.
[39]李肇,赵璘. 唐国史补[M]. 上海:上海古籍出版社,1979.
[40]段成式. 酉阳杂俎[M]. 北京:中华书局,1981.
[41]遍照金刚. 文镜秘府论[M]. 北京:人民文学出版社,1975.
[42]陈熙晋. 骆临海集笺注[M]. 上海:上海古籍出版社,1985.
[43]瞿蜕园,朱金城. 李白集校注[M]. 上海:上海古籍出版社,1980.
[44]蒋寅. 戴叔伦诗集校注[M]. 上海:上海古籍出版社,2010.
[45]权德舆诗文集[M]. 郭广伟,点校. 上海:上海古籍出版社,2008.
[46]卢燕平. 李绅集校注[M]. 北京:中华书局,2009.
[47]罗时进. 丁卯集笺证[M]. 北京:中华书局,2012.
[48]储仲君. 刘长卿诗编年笺注[M]. 北京:中华书局,1996.
[49]尹占华. 张祜诗集校注[M]. 成都:巴蜀书社,2007.
[50]瞿蜕园. 刘禹锡集笺证[M]. 上海:上海古籍出版社,1989.

[51]王启兴,张虹.顾况诗注[M].上海:上海古籍出版社,1994.
[52]李定广.罗隐集系年校笺[M].北京:人民文学出版社,2013.
[53]吴在庆.杜牧集系年校注[M].北京:中华书局,2013.
[54]王定保.唐摭言[M].北京:中华书局,1959.
[55]计有功.唐诗纪事[M].上海:上海古籍出版社,1985.
[56]晁公武.郡斋读书志[M].上海:上海古籍出版社,1990.
[57]葛立方.韵语阳秋[M].上海:上海古籍出版社,1984.
[58]刘斧.青锁高议[M].上海:上海古籍出版社,1983.
[59]胡仔.苕溪渔隐丛话(前集)[M].廖德明,点校.北京:人民文学出版社,1962.
[60]胡应麟.诗薮[M].上海:上海古籍出版社,1979.
[61]全上古三代秦汉三国六朝文[M].北京:中华书局,1958.
[62]历代诗话[M].北京:中华书局,1981.
[63]历代诗话续编[M].北京:中华书局,1983.
[64]陈鸿墀.全唐文纪事[M].北京:中华书局,1959.
[65]永瑢,等.四库全书简明目录[M].上海:上海古籍出版社,1985.
[66]钱牧斋,何义门.唐诗鼓吹评注[M].韩成武,贺严,孙微,点校.保定:河北大学出版社,2000.
[67]金圣叹.贯华堂选批唐才子诗[M].南京:江苏古籍出版社,1986.
[68]先秦汉魏晋南北朝诗[M].北京:中华书局,2011.
[69]唐人选唐诗新编[M].北京:中华书局,2014.
[70]王存.元丰九域志[M].魏嵩山,王文楚,点校.北京:中华书局,2004.

二、著作

[1]中国古今地名大辞典[M].上海:商务印书馆,1931.
[2]唐诗百科大辞典[M].北京:光明日报出版社,1990.
[3]增订注释全唐诗[M].北京:文化艺术出版社,2001.
[4]吴廷燮.唐方镇年表[M].北京:中华书局,1980.
[5]中国历史地图集[M].北京:地图出版社,1996.

[6]辞海[M].上海:上海辞书出版社,1999.
[7]吴地文化通史[M].北京:中国文史出版社,2006.
[8]吴文化概论[M].南京:东南大学出版社,2006.
[9]吴恩培.勾吴文化的现代阐释[M].南京:东南大学出版社,2002.
[10]傅璇琮,李珍华.河岳英灵集研究[M].北京:中华书局,1992.
[11]王克讓.河岳英灵集注[M].成都:巴蜀书社,2006
[12]傅璇琮.唐代诗人丛考[M].北京:中华书局,1980.
[13]陈良运.中国诗学批评史[M].南昌:江西人民出版社,2001.
[14]李丛君.唐代文学演变史[M].北京:人民文学出版社,2006.
[15]罗宗强.隋唐五代文学思想史[M].北京:中华书局,2003.
[16]张少康.中国文学理论批评史[M].北京:北京大学出版社,2005.
[17]中国文学批评通史·隋唐五代卷[M].北京:上海古籍出版社,1993.
[18]胡可先.唐诗发展的地域因缘和空间形态[M].北京:中国社会科学出版社,2010.
[19]曾大兴.文学地理学研究[M].北京:商务印书馆,2012.
[20]曾大兴.中国历代文学家之地理分布[M].北京:商务印书馆,2013.
[21]李德辉.唐代交通与文学[M].长沙:湖南人民出版社,2003.
[22]梅新林.中国古代文学地理形态与演变[M].上海:复旦大学出版社,2006.
[23]葛晓音.诗国高潮与盛唐文化[M].北京:北京大学出版社,1998.
[24]杜晓勤.初盛唐诗歌的文化阐释[M].北京:东方出版社,1997.
[25]靳明全.区域文化与文学[M].北京:中国社会科学出版社,2003.
[26]陈铁民.唐代文史研究丛稿[M].北京:中国社会科学出版社,2013.
[27]葛兆光.道教与中国文化[M].上海:上海人民出版社,1988.
[28]房锐.唐五代文化论稿[M].成都:巴蜀书社,2006.
[29]谢遂联.唐代都市文化与诗人心态[M].杭州:浙江大学出版社,2010.
[30]谭优学.唐诗人行年考[M].成都:四川人民出版社,1981.

[31]谭优学.唐诗人行年考续编[M].成都:巴蜀书社,1987.
[32]蒋寅.大历诗风[M].南京:凤凰出版社,2009.
[33]蒋寅.大历诗人研究[M].北京:北京大学出版社,2007.
[34]赵睿才.时代精神与风俗画卷[M].石家庄:河北人民出版社,2002.
[35]王锡九.皮陆诗歌研究[M].合肥:安徽大学出版社,2004.
[36]傅璇琮.李德裕年谱[M].北京:中华书局,2013.
[37]李定广.罗隐年谱[M].上海:上海古籍出版社,2012.
[38]李福标.皮陆年谱[M].广州:中山大学出版社,2011.
[39]缪钺.杜牧传·杜牧年谱[M].石家庄:河北教育出版社,1999.
[40]陈尚君.唐代文学丛考[M].北京:中国社会科学出版社,1997.
[41]罗时进.晚唐诗歌格局下的许浑创作论[M].西安:太白文艺出版社,1998.
[42]王红霞.权德舆研究[M].成都:巴蜀书社,2009.
[43]傅璇琮.唐翰林学士传论[M].沈阳:辽海出版社,2005.
[44]杨建波.道教文学史论稿[M].武汉:武汉出版社,2001.
[45]孙昌武.道教文学十讲[M].北京:中华书局,2014.
[46]汤用彤.隋唐佛教史稿[M].北京:北京大学出版社,2010.
[47]戴伟华.唐代使府与文学研究[M].桂林:广西师范大学出版社,2007.
[48]戴伟华.唐方镇文职僚佐考[M].桂林:广西师范大学出版社,2007.
[49]南京师范大学古文献整理研究所.江苏艺文志·镇江卷[M].南京:江苏人民出版社,1994.
[50]陈伯海.唐诗汇评(增订本)[M].上海:上海古籍出版社,2015.
[51]程美宝.地域文化与国家认同[M].北京:生活·读书·新知三联书店,2006.
[52]张安祖.唐代文学散论[M].北京:生活·读书·新知三联书店,2004.
[53]钱林森.牧女与蚕娘·中国诗歌的艺术[M].上海:上海古籍出版社,1990.

三、期刊论文

[1]乔长富.《丹阳集》和盛唐润州籍诗人[N].镇江日报,2009－08－10.
[2]乔长富.蔡希周兄弟事迹与《丹阳集》成书时间考[J].镇江高专学报,2004(4).
[3]乔长富.“孤游”离京口,“疲老还旧邦”——鲍照与京口浅探[J].镇江高专学报,2011(1).
[4]翟付满.论《丹阳集》选诗标准及其地域文学特色[J].现代语文,2007(11).
[5]吕玉华.《丹阳集》考辨[J].文献,2002(2).
[6]杨琼,胡可先.新出土墓志与《丹阳集》诗人考辨[J].陕西师范大学学报:哲学社会科学版,2014(5).
[7]周衡.殷璠《丹阳集》选诗风格论[J].名作欣赏,2012(12).
[8]许图南.古竹院考——从李涉的诗谈到镇江的竹院寺[J].教学与进修,1981(7).
[9]张雪松.试论以“吴中四士”为首的初唐吴地诗人群体[J].苏州大学学报:哲学社会科学版,2004(4).
[10]丛思飞.《蔡希周墓志》与蔡希综《法书论》相关问题[J].中国书画,2012(5).
[11]张剑光.略论唐五代江南城市的经济功能[J].上海师范大学学报:社会科学版,2001(3).
[12]张剑光,陈巧凤.从唐至五代润州经济的发展与变化看区域经济中心的转移[J].江西社会科学,2008(9).
[13]戴伟华.储光羲与《河岳英灵集》唐代文学研究(第十四辑)[C].中国古代文学学会第十五届年会暨唐代文学国际学术研讨会,2010.
[14]景遐东.中晚唐文士隐居江南之风及其影响[J].湖北师范学院学报:哲学社会科学版,2006(6).
[15]卞孝萱.李绅年谱[J].安徽史学,1960(6).
[16]张兴茅.唐代送人赴任诗的风土书写[J].天中学刊,2016(2).
[17]刘明华.地域文学史和文化史中的过境作家研究刍议[J].文学遗

产,2008(1).
[18]杜晓勤.地域文化的整合和盛唐诗歌的艺术精神[J].文学评论,1999(4).
[19]张学锋."齐梁故里"研究中的史料学问题——兼论"晋陵武进县之东城里"的地望[J].南京晓庄学院学报,2011(1).
[20]孟二冬.试论齐梁诗风在中唐时期的复兴[J].烟台大学学报:哲学社会科学版,1990(2).
[21]陈彝秋.权德舆对楚骚的接受与中唐文学思想的变迁[J].华南师范大学学报:社会科学版,2006(2).
[22]白欲晓."地域文化"内涵及划分标准探析[J].江苏社会科学,2011(1).
[23]陈大路.地域文化基本特征的新审视[J].学术交流,2007(11).
[24]王祥.试论地域、地域文化与文学[J].社会科学辑刊,2004(4).
[25]杨积庆.三镇浙西 出入十年——李德裕与镇江[J].镇江师专学报:社会科学版,1994(4).
[26]查庆.唐代臣僚与道教的关系[J].社会科学研究,2009(6).
[27]吴淑玲.唐代驿路诗歌的类型及其情感内涵[J].保定学院学报,2015(3).
[28]弓亚斌.唐宋咏史怀古创作中的"金陵"情结[J].天水师范学院学报,2013(1).
[29]蒋寅.权德舆与唐代赠序文体之确立[J].北京大学学报:哲学社会科学版,2010(3).
[30]段承校.试论皎然诗学对权德舆诗论及诗作的影响[J].南京师范大学学报:社会科学版,2000(9).
[31]陈婉娴.从送别诗关照盛唐社会[J].深圳大学学报:人文社会科学版,2013(7).
[32]王岩.古典诗歌中登高诗的承传关系与心理因素[J].学术交流,2008(4).
[33]陈婉娴.盛唐送别诗与中国传统文化精神[J].广东社会科学,2012(4).

[34]李金坤.储光羲山水田园诗的审美特征与文学地位[J].常州工学院学报,2000(3).

[35]陆亮.隐与仕的双重矛盾——储光羲诗歌创作的地域文化关照[J].太原城市职业技术学院学报,2009(2).

[36]赵爱红.论戴叔伦的仕隐与诗歌[J].内蒙古农业大学学报:社会科学版,2009(5).

[37]蒋寅.论戴叔伦诗[J].文学遗产,1988(1).

[38]胡遂,熊英.权德舆诗歌创作与马祖洪州禅[J].湖南大学学报:社会科学版,2006(7).

[39]郑顺婷.论江南文化对顾况诗歌的影响[J].广西师范学院学报:哲学社会科学版,2015(5).

[40]吕婷.张祜迁居丹阳、与许浑交往情况及卒年考辨[J].时代文学,2011(6).

[41]梁必彪.佛禅隐逸思想对许浑仕途及其创作的影响[J].武夷学院学报,2008(2).

[42]周蓉.从许浑送别诗看中晚唐送别诗创作模式的形成[J].西北师范大学学报:社会科学版,2003(11).

[43]罗时进.晚唐诗人的仕隐矛盾与许浑隐逸诗[J].文史哲,1997(5).

[44]续娟娟.论许浑山水诗的审美视角及“许浑千首湿”[J].西安文理学院学报:社会科学版,2007(2).

[45]徐永静.“化用”修辞手法例话及其魅力释微[J].徐州教育学院学报,2006(9).

[46]刘青海.论中晚唐绮艳风尚中杜牧冶游七绝之独创性[J].中国高校社会科学,2015(5).

[47]汤其领.唐代茅山道论略[J].河南科技大学学报:社会科学版,2008(6).

四、博硕士论文

[1]霍建波.隐逸诗研究(先秦至隋唐)[D].西安:陕西师范大学,2005.

[2]段祖青.宋前茅山宗文学研究[D].长沙:湖南师范大学,2013.

[3]石树芳.唐人选唐诗研究[D].杭州:浙江大学,2013.
[4]景遐东.江南文化与唐代文化研究[D].上海:复旦大学,2003.
[5]严国荣.权德舆研究[D].西安:陕西师范大学,2004.
[6]禹媚.盛唐前期吴越诗人群体研究[D].长沙:湖南大学,2008.
[7]王栋梁.唐代“吴中四士”研究——兼论盛唐吴地诗人群体[D].济南:山东大学,2005.
[8]沈小娣.论许浑与江南地域文化[D].泉州:华侨大学,2012.
[9]王超.皇甫曾研究[D].西安:陕西师范大学,2013.
[10]张华.皇甫冉及其诗歌研究[D].南京:南京师范大学,2012.
[11]罗燕萍.李德裕及其诗文研究[D].西安:西北大学,2003.
[12]刘泽海.陆龟蒙诗歌研究[D].贵阳:贵州大学,2007.
[13]马冠芳.唐代润州诗歌研究[D].西安:陕西师范大学,2010.
[14]王乐为.论戴叔伦及其诗[D].西安:西北师范大学,2006.

后　记

在我的博士毕业论文《唐代丹阳诗歌研究》即将付梓之际，内心有些许激动、些许怅惋。时间飞逝，转眼博士毕业已经三年有余。刚刚读博士的时候，觉得博士的学习生涯好漫长，可是转眼之间就过去了。仔细想想这些年过来需要感谢的人很多，每取得点滴进步，都要有人帮着铺路搭桥。

作为一名基础并不算好的学生，能够读书，并且顺利毕业，我最想把"感谢"二字送给我的导师张安祖先生，先生不嫌我愚钝，将我收入门下。读博士最重要的是撰写博士毕业论文，然而我在写论文方面的能力是极为欠缺的。老师没有过多责怪我，也没有对我写出的章不成章、句不成句的"文章"提出过多的批评，而是字斟句酌，针对布局框架到行文上的疏漏，一一给予指正。我自认为非常幸运，有一位这样的导师，在他的帮助下一点一点成长，四年的时间我有很大进步。

读博士的四年，除了学业有所增益外，我个人的角色也发生了很大变化。当我步入黑龙江大学读书之时，我还没结婚，当我即将毕业的时候，我已是为人妻、为人母了。四年的时间改变了很多。我要感谢我的母亲，在我生下女儿以后，为了让我有充分的时间写论文，照顾孩子的责任全都落到她的头上。我也要感谢我的爱人，他能够充分体谅我的辛苦与难处，在工作之余，分担家务，甚至晚上起来哄孩子睡觉，以确保我有充分的时间休息，在白天有足够的精力撰写论文。孩子一天天长大，我的论文也一点点码出，在感叹时光飞逝的同时，我从内心也感叹自己的幸运。可以读书，可以有个完整的家庭。

读博士在某种程度上是让人郁闷的，尤其是走到一半时，甚至是让人绝望的，就像在茫茫大海中不知向哪个方向游，不知岸离自己究竟有多远，想放弃没有勇气，想前进没有动力。虽然知道再坚持一下也许就可以上岸，但不是所有人都能够坚持下来。我是幸运的，能够得始终，没有半途而废，这也越发彰显博士的魅力！

博士毕业虽是某个阶段的终点，但也是一个新的起点，学术的道路还很长，希望自己能够再接再厉，有所建树！

辛馨于牡丹江

2020 年 10 月